金屋

长篇小说卷

李佩甫文集

SELECTED WORKS OF LI PEIFU

河南文艺出版社
郑州

图书在版编目（CIP）数据

金屋/李佩甫著. —郑州：河南文艺出版社，2020.8
（李佩甫文集.长篇小说卷）
ISBN 978-7-5559-0906-4

Ⅰ.①金…　Ⅱ.①李…　Ⅲ.①长篇小说−中国−当代
Ⅳ.①I247.5

中国版本图书馆 CIP 数据核字（2020）第 100417 号

总 策 划	陈 杰 李 勇
选题策划	陈 静
责任编辑	张 丽
责任校对	赵红宙
装帧设计	Ｍ 书籍/设计/工坊 刘运来工作室
内文设计	吴 月
责任印制	陈少强

出版发行	河南文艺出版社
本社地址	郑州市郑东新区祥盛街 27 号 C 座 5 楼
邮政编码	450018
承印单位	河南瑞之光印刷股份有限公司
经销单位	新华书店
纸张规格	700 毫米×1000 毫米　1/16
本册字数	213 000
总 字 数	4914 000
总 印 张	369.5
版 次	2020 年 8 月第 1 版
印 次	2020 年 8 月第 1 次印刷
定 价	1580.00 元（全 15 册）

李佩甫，生于 1953 年 10 月，河南许昌人。现为中国作家协会全委会委员，河南省作家协会名誉主席。

主要作品有长篇小说《河洛图》《平原客》《生命册》《等等灵魂》《羊的门》《城的灯》《李氏家族》等，中短篇小说《学习微笑》《无边无际的早晨》等，散文集《写给北中原的情书》，电视剧《颍河故事》等，以及《李佩甫文集》15 卷。

作品曾获茅盾文学奖、庄重文文学奖、人民文学优秀长篇小说奖、全国"五个一工程"奖、"中国好书"等多种文学奖项。部分作品被翻译到美国、英国、法国、俄罗斯、日本、韩国等国家。

小引

阴历九月初八，一个吉祥的日子（也是罪孽深重的日子。不久的将来，村人们会这样说），杨如意的新屋落成了。那一挂长达两万头的爆竹足足炸了一个时辰，把村人们的耳朵都震聋了。弥漫的硝烟在扁担杨的上空缭绕盘旋，久久不散，而后飘落在农家那大大小小的院落里。硝烟过后，村子里巍然地竖起了一座金碧辉煌的两层小楼。

没有人会想到杨如意能盖起房子，更没人想到杨如意能盖这么好的房子，人们甚至没意识到这个常年不穿裤子的"带肚儿"是在哪一天里长大的，他太不起眼了。人们只记得他那罗锅爹领着他挨门磕头的情景：长着一双小贼溜溜儿眼，瘦狗一样地躲在人后……却不料时光就这么一天天磨过去了，竟然把小狗儿磨成了一个人。

不晓得狗儿是哪一天混出去的。他出外几年，突然就回来了。回来就张罗盖房。村里人也仅是听说他在外承包了一个涂料厂，好像挣了些钱。可狗儿一下子就抖起来了。他居然在外边请了一个建筑队来，三下五除二扒去旧房，一扎根基就是十二间。那房子慢慢垒上去，人们才看出来，老天哪！那不是十二间，也不是一般的瓦房，那是二十四间，是一座现代化的洋楼！眼花的老辈人甚至觉得那不是房子，那是用人民币堆起来的钱垛，是一座金屋！

扁担杨是个有三千多口人的大村，这些年盖房的户不算少，可谁也没见过这么好的房子。整座楼都是按最新样式设计的，门里套门，窗上叠窗，四外朝阳，八面来风，到了也没人能算出这楼房到底有多少门、多少窗。一楼的廊柱和地面是用水磨石砌成的，远远望去像镜面一样光滑。二楼有宽大的曲形外走廊，走廊边上是白色的雕花栏杆，看上去曲曲幽幽，时隐时现，叫人闹不清这楼是怎么上的，又是怎么下的。至于墙壁，则全是用一块一块的金黄色釉面砖贴成的，灿灿地放光。楼房的各处还都装上了最新式的壁灯，那壁灯是粉红色的，隐隐地散在楼道里，又像是女人在招手。当然，这楼房还有许许多多叫人闹不明白的蹊跷处……

主房建成之后，院墙也跟着拉起来了。大门是用铝合金特别焊制的，下边还有带滑轮的轨道。进门处立着一道半月形屏风花墙，墙上又请匠人画了山水。这足足有七尺高的院墙一围，楼下便什么也看不见了，也就更叫人觉得神秘。多势海呀！待一切竣工，洋床、沙发、电视机、录音机也一样一样地运回来了……

这仿佛是一个梦，金色的梦，突然就矗立在人们眼前，连想都来不及。

狗儿杨如意是疯了吗？独独爷儿俩，纵是再娶上一房媳妇，也不过三口之家。为什么要盖这么多的房子？为什么要盖这么好的房子？没人知道，也没人问。

村子哑了。

这座楼一下子摄去了所有人的魂魄，整个村子都失去了笑声。人们默默地走路，默默地干活，默默地吃饭。似乎人人都从这楼房上看到了什么，又仿佛什么也没有看到，只是心里闷。它像怪物一样竖在人们眼前，躲是躲不过的，只要有阳光的地方就能看到它，它简直把一个村子的光线都收去了。扁担杨的人是能忍的，纵是如此，也没人多说什么，只是人们再也不到杨如意家去了。邻居们宁肯多绕些路，也不从他家门前过。这分明是怕着什么，怕什么呢？那又是说不清的。上地干活的时候，人们竭力把胸脯挺得更高些，昂昂地走，脸上带出一股肃穆的凛然之气。那脊梁上也仿佛很沉重地背着什么，只是硬挺着走。村里那位辈分最长的瘸爷，过去每日里拄着拐杖到村街里去晒暖儿，自此，就再也不出门了。

扁担杨沉默了……

一

晨儿，天苍苍的时候，四周还在一片灰暗之中，那楼房便在灰蒙蒙的夜气中凸出来了。这时的楼房是暗绿色的，被一层薄薄的雾气环着，在一片幽静之中它仿佛微微地在摇动，在凉凉的晨风中摇动，而后慢慢地升上去，垂直地升上去，微微地泛一点银绿色的光。在雾气快要消散的那一刻，楼房仿佛又沉沉地压下来了，重重地矗在扁担杨的土地上，矗立在一片灰暗的瓦屋之间。紧接着大地仿佛抖了一下，那金色的亮光便一点一点地泛出来了……

这时候，假如早起的村人抬起头来，会惊异地发现那楼房高高地矗立着，从左边数是十三个门，从右边数却是十一个门……

楼下呢，楼下被围墙遮住了，自然不晓得到底有多少门。

二

　　杨如意在光芒四射的楼顶上站着，两腿叉开，居高临下，一副大人物的气魄。九月的阳光在他周围环绕游走，在一片霞光中，他的心在升腾，身在升腾，五脏六腑都在升腾。他展着腰深深地舒了一口气，这口气在他的九曲回肠里压了二十七年，到现在才顺顺溜溜地吐出来，吐得畅快，吐得惬意。

　　远处是无边的黄土地，经过了两季收成的黄土地默默地平躺着，舒伸着漫向久远的平展。颍河静静地流着，像带子一样蜿蜒而去。漫漫的土路上有人在走，是女人，晃着粉粉的红色，一扭一扭地过了小桥。近处是高高低低的村舍，斑驳的土墙和灰色的瓦房的兽头在他眼前一掠而过。猪儿、狗儿、鸡儿全在渺小地动，猪粪鸡屎的气味在九月的阳光下显得格外浓重。一声灰驴的长鸣要把日子拽住似的嘹亮，却又打着响喷儿"咳咳"地住了……

　　这一切都是他熟悉的。那过去了的岁月在他心里深深地划了一道痕，他记住了，永不会忘。心理上的高度兴奋使他的眼睛燃烧着绿色的火苗，那火苗灼烧着眼前的一切，点燃了遍地绿火。他的心在无边的燃烧中踏遍了扁担杨的每一寸土地，尽情地享受着燃烧的快感。心潮的一次次激动使他有点头晕，晕得几乎栽下楼去，可他站住了，定定地站住了。他敞开那宽大的恶狠狠的胸怀，挺身而立，面对土地、河流、村庄，喉管里一口浓浓的恶唾沫冲天而起，呼啸着在空气中炸成千万颗五彩缤纷的碎钉！那碎钉一样的唾沫星子在喷射中挟裹着一句冲劲十足野气十足的骂人话："操你妈!"

在骂声中娘扯着一个三岁的光屁股小儿从漫漫土路上走过来，那小儿亮着狗样的肋巴，小脚丫晃晃地在土路上拧着麻花。饥饿使他一遍又一遍地吞噬阳光，而后在瘪瘪的小肚皮里进行空洞的消化，他是作为娘的附件——"带肚儿"，随娘一起嫁到扁担杨来的。娘用身体给他换了一个吃饭的地方，这地方却使他永远地打上了耻辱的印记："带肚儿"。当他从漫漫土路上走来的时候，人们的眼里就这样写着，刀砍斧剁般地写着。没有人能帮他去掉这个印记，即使娘死后也是如此。

"带肚儿!"

后爹罗锅来顺牵着他一家一家地去给人磕头。为了让他得到村人们的认可，不至于受人欺负，后爹佝偻着腰赔了更多的笑脸："自己娃子，自己娃子哩。"他就跟着跪下，叫叔、叫伯、叫大爷、叫婶子、叫大娘……小骨头很嫩，跪着跪着就跪出血来了。那时候他的血是红的，黄土是他的止血剂。

可还是有人欺负他。从小开始，一点点的娃儿就结伙揍他。他心里的恶意就是那时候被人揍出来的。割草的时候，蛋子大的娃们就结成一伙捆他"老婆看瓜"。第一次他哭了，娃们让他跪下喊爹，他跪了，也喊了"爹"。那声音怯怯的，带着满脸的泪花。可娃们还是不放过他，一个个叉着腰在他面前站着，让他再喊一声，再喊一声，再喊一声……娃子们的恶意几乎是天生的，小小年纪便有一种血缘关系的敏感。当娃子们从长舌女人那儿得知他是"带肚儿"的时候，就更甚。他童年的鼻子是娃子们发泄的目标，一次又一次地经受了血的锻炼。只是他不再哭了。当他被揍得满脸开花的时候，娃子们希望能看到他的哭相，希望他再喊一声爹，可那斜着的小狗眼里没有一滴泪，目光很残，于是又揍。渐渐地，他开始还手了。人多的时候，他一声不吭地蹲下来让人死揍；人少的时候，他就像狼羔子一样拼命扑上去，又踢又咬……

大一点的时候，饥饿成了他生存的第二威胁。别看那时他狗瘦狗瘦的，却长了一副极好的消化器官。后爹把饭都省给他吃了，可他还是饿。于是偷红薯、掰玉米，在地里见什么吃什么，小碎牙"嚓嚓嚓"吃得极快。这又常常被看青的大人捉住，捆到队里挨大人的揍。一次又一次，都是后爹罗锅来顺给人下跪求饶，才放人的……

现在，这挨揍的小狗儿正挺身站在全村最高的地方，穿着笔挺的西装，脸色红润而有生气。那经过千锤百炼的鼻子丰满多肉，挺挺地呼出一股股灼热的气流。那身量也因了居高临下的位置而显得高大魁梧，气度不凡。在他的上衣兜里揣着一沓烫金的名片，名片上用中英文赫然地印着"中华人民共和国××部涂料厂厂长杨如意"的字样。这是他出外六年的结果。

这"名片"的作用只有他自己心里清楚。所谓的"××部"仅是设在邻县县城的一个小仓库。"××部涂料厂"是他在仓库主任的认可下鼓捣出来的。然而，挂出"××部涂料厂"的招牌并不那么容易。这个仓库属于省里的一个物资站，物资站又属于一个公司，公司上边才是××部。这个渠道有数十个关节，每个关节都是用钱买出来的。他自幼就给人磕头，知道怎样送礼。那是一门很高深的学问，六年来他进步很快。当然，这一切都是在私下进行的，从县城到北京，有上百名有权力的人在他的小本本上留下了名字，那是一次次交换的记录。人的本能的大解放使这些有权力、有信仰的人也觉得应该活得更好一些，于是就更增添了打通关节的难度。整个过程是靠一本书才能叙述完的，不管怎么说他成功了。话说回来，这里边也有合法的地方，合法之处就是他每年给仓库、物资站、公司、××部提交一些利润。这涂料厂其实还是杨如意一个人的。挂上"××部"的招牌使他获得了资金、原料和销售上的便利。在这个有晴有阴的国度里，要想干点什么必须有把大伞撑着才不致挨淋。杨如意要的就是这把大红伞。岁月磨出这样一个人来，必然教会他如何生存。

一个徒手走出扁担杨的汉子，靠在邻近县城的仓库里打小工起家，独独地闯出一个天下来，必然是个能折腾的人物。杨如意也想让人们知道他是个人物。如今他回来了，盖了这么一座楼，就是想让人们看看……

站在楼顶上的杨如意傲然地远视前方，目光很残。那具有燃烧力的绿光是从心底里射出来的，甚至当他看到恩养他长大的后爹的时候，目光也没有变得温和些。他的恶的锻造是在童年里一次性完成的，任何后天的教化对他来说都是无用的。

罗锅来顺蹲在楼院里，屁股下硬硬地垫着一块半截砖，仿佛在梦中一样。他弄不明白，这高楼怎么会是自己的房子，怎么会是他住的地方。他活了一辈子，做梦也没想到他会住这样的地方。他的老眼眨了有一百次了，眨眨，再眨眨，眼都眨酸了，还是看不明白：这就是他罗锅来顺要住的地方吗？

罗锅来顺在草屋里滚了几十年，那日月虽苦，但草屋、土墙摸上去软和和的，贴人的心，夜里也睡得香甜。他不待见这样的房子，这房子太大、太空、太压头，摸上去冷冰冰的，让人恍惚。蹲在这楼院里，他总觉得迷迷糊糊的，像在雾里一般。

他几次问儿子，为啥要盖这样的房子，儿子笑笑，不说。问急了，只说："让你老享享福。"可儿子眼里说的不是这些，不是，他看出来了。唉，儿子大了，儿大不由爷。他能说什么呢？他一辈子战战兢兢地过日子，为这个"带肚儿"给人赔了多少笑脸啊，儿子孝顺，不也是他的福气嘛！

不过，他还是不待见这样的房子，住这样的房子夜里睡不安稳。搬进楼房的第一夜他就魇住了，一直挣扎到天亮……

罗锅来顺长长地叹了口气。仰脸望着站在楼顶的儿子，说："房既盖下了，紧着把媳妇娶过来吧，你也老大不小了。"

　　杨如意笑了笑，突然大声说："爹，我下午就走了，那边事忙。要是村里有人想来这楼院里看看，你就叫他看，谁来都行，别拦。"

　　罗锅来顺苦着老脸说："谁还来呢？盖这么高，压一圈，怕是人都得罪完了。"

　　杨如意哈哈大笑，笑了，又吩咐说："要是谁家来了客，房子不够住，赌叫来住了，随便住，楼上楼下都行。"

　　"会有人来吗？"

　　杨如意不答，就那么挺挺地站着，立出一个"大"字，扁担杨就在他的脚下……

三

　　午时，楼房在阳光下固定下来了，它直直地耸立在一片灰蓝色的瓦屋中间，每一面墙壁似乎都长出了尖硬、耀眼的芒刺，那芒刺被一串串金色的光环罩着，在扁担杨的上空播洒着七彩神光……

　　这时候在楼房那耀眼的光环里吐出一串串葡萄般的气浪，那气浪仿佛有着巨大的吸力，村人们只要看上一眼，便会产生飘飘欲飞的幻觉。似乎魂灵飞进那光环里去了，站在地上的人仅剩下了一个空空的壳……

四

村长杨书印家又来客了。

先来的一拨是"烟站"的，站长领着，四个人，四辆新"飞鸽"车，个个都很神气。颍河地区是"烟叶王国"，烟叶收购站的人自然是"烟叶王国"的王爷。庄稼人一年到头全靠种烟换钱花呢，县长都不怕，就怕这些爷。每到收烟的季节，他们张张嘴就是"等级"，"等级"就是钱哪！给多给少全在爷们儿那嘴片子上。有多少人想巴结都巴结不上。站长亲自领着来了，那关系、面子还用说嘛！

杨书印自然知道这里边的路数。他把他们让到屋里，泡上茶，吸着烟，然后漫不经意地问："喝两杯?"

他知道这些人轻易不下来，下来就是喝酒，喝醉。要说喝酒，他们有的是地方，一年三百六十天排得满满的，去谁那儿不去谁那儿都是有讲究的。烟分等级，人也分等级，不是地方他们还不去呢。

站长扬扬手里掂的提兜，提兜里的麻将牌哗啦啦响："不喝。老杨，自己人不说外气话，借你一方宝地，摸两圈，玩玩。"

杨书印知道他们的赌瘾上来了，哈哈一笑说："好，玩吧。"聪明人不用细问，这一段公安局查得紧，他们打麻将也是"游击战"，今天这儿，明天那儿，怕公安局的人发现。

杨书印即刻起身把他们领到后院去了。后院西屋是他家老二媳妇的新房，儿子在外干公事，媳妇回娘家去了，这里干净、清静，神不知鬼不觉的，是玩牌的好地方。

杨书印刚把这拨人安顿好，狗又咬了。

这次进门的是乡供销社的老黄，老黄是乡供销社的主任，主管全乡的物资分配，化肥啦，柴油啦，农药啦，都是要他批条子才能买的。看块头儿也不是一般的人物。一进院他就大大咧咧地喊道："鳖儿在家吗？"

杨书印笑着迎出来，骂一声："鳖儿，上屋吧。"

进得屋来，老黄从兜里掏出一沓子油票扔在桌上，斜斜眼，问："咋，够不够？"

杨书印脸上并无喜色，他递过一支烟来，连看也不看，说："化肥呢？"

老黄挤挤眼："爷们儿，给你留着呢。"

"尿素？"

"尿素。我敢糊弄你吗？乡长才给了五吨。"

"我要的可是十吨。"杨书印翻了翻眼皮，说。

"屁放肚里吧，知道。"

杨书印慢慢地吸着烟，眼眯着，好一会儿才说："那事，我再给运生说说，让他抓紧给你办了。"

老黄一抱拳说："老哥，有你这句话就行了……"

杨书印没吭声，只拉了拉披在身上的中山服，然后抬起头来，问："喝两杯？酒菜现成……"

老黄摸摸被酒气熏红了的鼻子，推让说："不喝吧？"

"鳖儿！"杨书印骂一声，站起来进了厨房，对女人吩咐说："弄几个菜。"

女人自然是见得多了，连问也不问，就在厨房里忙活起来。不到一袋烟的工夫，四荤四素，热热凉凉的便端上来了。

老黄一拍腿："哎呀，服了服了！嫂子手好利索，不愧老杨哥的女人哪，手眼都会说话。"

女人白白胖胖的，也就四十来岁，显得还很年轻，只微微地笑了笑，身影儿一晃，又拐进厨房去了。

酒菜摆上，这边屁股还没坐热呢，工商所、税务所的人又来了。来的自然也是本乡有头有脸的人物，是多少人想请都请不到的。他们进门就像进家一样，来了就嚷嚷着要酒喝。

杨书印笑着忙里忙外地招待，把他们一一安顿下来。来人先说一声："老哥，事办了。"杨书印点点头，也不多问，只道："喝酒，喝酒。"一时猜拳行令，十分热闹。杨书印在一旁陪着，都知道他不喝酒，也不勉强他。

一个人能活到这份儿上也够了。在扁担杨村，只有顶尖的人物才会有这样的场面。杨书印今年五十二岁了，在这张阔大的紫糖脸上并没有过多地刻下岁月的印痕。应该说他活得很好，也很会活。活着是一门艺术，他深深地掌握了这门艺术。在这片国土上，任何人要想活得好一些就得靠关系，关系是靠交换得来的。但这不单单是一种物资的交换，而更多的是人情的交换，智慧的征服。多年来杨书印一直播撒着人情的种子，他甚至不希图短期的收获。他把人情种下去，一年一年的播撒，让种子慢慢地在人心里发芽，而后……

现在，年已五十二岁的杨书印可以说已经走到了人生的顶峰，似乎没有人能再超过他了。房盖了。三个儿子都安排了。县上、乡里都有朋友，有什么事说句话就办了。还有什么人能比他的日子更红火呢？他不仅仅是一村之长，三十八年来他始终是扁担杨的第一人。他先后熬去了六任支书，却依旧岿然不动，这就是极好的说明。

看看家里来的客人吧，这些主儿都是握有实权的人物，往往比乡长、县长更管用。杨书印只要说句什么，他们没有不办的。话说回来，在杨书印眼里，他们都是已经喂熟的"狗"了。那么，几瓶酒对杨书印来说又算什么呢。

半晌的时候，又有一拨客人来了。三个人，骑着一辆摩托，是县公安局的，腰里都硬硬地掖着枪。听见狗叫，杨书印出来一看，便笑了："巧！老马，哪阵风把你们三位吹来了？"

"赌风。"治安股长老马说，"这一带赌风太盛，局里派我们下来看看，抓几个镇一镇。老杨，你这村里有没有？"

后院现成就有一拨赌徒，前院又来了抓赌的，真是太巧了。杨书印听了却哈哈大笑："上屋吧，歇歇再说。这阵子社会秩序也太乱了，你们得好好抓一抓。"

于是，让进屋来，又添酒加筷，一阵忙碌。把人安置下来，杨书印不慌不忙地到后院去了。拐进后院，进了西屋，见西屋里的人正打到兴处，一个个眼发绿地盯着牌，叫道："八万！""一条！"……

杨书印背着手看了一会儿，漫不经心地说："今个儿巧了，县公安局的人也来了。"

"扑通"一声，四个人全站起来了，一个个吓得脸色苍白，手抖抖的，慌乱中把椅子碰倒一个，又赶紧收拾桌上的麻将……

杨书印的脸慢慢地沉了下来，眉头一皱，说："慌啥？坐下，都坐下。"

四个人怔怔地望着他，像傻了似的愣着，心怦怦直跳。他们知道让公安局抓去可不是好玩的，这些人六亲不认。押进拘留所不说，闹不好，连"烟站"这金不换的饭碗也丢了。站长站都站不稳了，嘴哆哆嗦嗦地叫道："老哥……"

杨书印的脸色缓下来，他笑眯眯地拍了拍站长的肩膀，说："玩吧。我是过来给你们说一声，前院有客，我就不过来招呼你们了。"

一听说公安局的人也在这里喝酒，四个人仍然心有余悸，你看我，我看你，又一齐望着杨书印，"走"字在舌头下压着，想吐又吐不出……

杨书印摆摆手："哪里话。玩吧，好好玩。要是在我这里出了什么事，我这脸还是脸吗?"

四个人这才放下心来,立时觉得杨书印这人气派大,敢在前院招待抓赌的,后院安置赌博的,神色竟一丝不乱,这些人平日里被人敬惯了,巴结他们的人太多,自然看谁都矮三分。今日才识得杨书印是个人物,那胸怀是他们四个人加在一起也抵不上的。于是感激之情溢于言表,似乎想说点什么,杨书印又摆摆手:"玩吧。"说罢,推门走出去了。

于是一切照旧,前院吆五喝六,后院噼里啪啦。酒兴正浓,赌兴正酣。在这一片热闹声中,杨书印从容不迫地前后照应,两面周旋,阔大的紫糖脸上始终带着微微的笑意。客人们自然说了许多巴结的话,但他听了也就听了,并不在意,仿佛这个世界上再没有让他烦心的事了……

然而,在九月的阳光里,当一村之长杨书印出门送客的时候,站在村口的大路边,却感到背上被什么东西狠狠地刺了一下。这短短的一段送客路使他的身心备受熬煎,他几次想回头看看,却还是忍住了。他的眉头皱了皱,神情坦然地笑着把客人一一送走。立在大路边,他眼前极快地闪现出数十年前的一幕:罗锅来顺拉着七岁的"带肚儿"跪在他面前,一遍又一遍地说:"俺这脸真不是脸了。狗儿又偷扒红薯了。娃子小,让俺一马,再让俺一马吧。"罗锅来顺的头咚咚地磕在地上,像木板似的响着,很空……

杨书印慢慢地走回家去,他觉得头"轰"了一下,也仅是"轰"了一下,可女人看见他便跑过来了,神色慌乱地扶住他问:"咋啦?咋啦?"

"没啥。"他说,"没啥。"

"你是看见啥了?脸色这么难看……"

"没啥。"他重复说,"头有点晕……"

五

黄昏，村庄渐渐暗下来了，唯那高高的楼房还亮着，夕阳的霞血泼在楼房上，燃烧着一片金红。在晚霞烧不到的地方，却又是沉沉的酱紫色，一块一块的，像干了的血痂，这时候，你会在楼房的后窗上看到一幅奇异的幻象。每个窗口的玻璃后面都映着一个纤巧的女人，女人穿着金红色的纱衣，一扭一扭地动着……

当晚霞一点一点缩回去的时候，那女人的影儿也越来越小，越来越小，顷刻，便看不到了……

这时候，假如你数一数后窗，就会发现：从左边开始数是十九个，从右边开始数却是二十一个……

六

春堂子在看《笑傲江湖》。厚厚的四本，是他费了好大劲儿从邻庄的同学那里借来的。为借这套书，他搭上了两盒高价"彩蝶"烟，还跟着给人家打了三天土坯，累死累活的，缠到第三天晚上才把书弄到手。就这样，还是看同学的面子，让他先看的。要不，等十天半月也轮不上。

谁也想不到，在二十世纪八十年代，给国人源源不断地提供"精神食粮"的竟是那位远在香港，穿西服戴礼帽，名叫金庸的作者。在一片血淋淋的厮杀中，他写的书成了当代中国青年农民的一大享受。真该谢谢他，若是世上没有了这位金庸先生，那漫漫的长夜又该怎样去打发呢？何况地分了，活儿少，那一个又一个的晴朗白日也是要有些滋味的。在没有什么娱乐活动的乡下，娶了媳妇的还可以干干那种事，没娶媳妇的呢？

春堂子二十四岁了，上了十二年学，识了很多字，快要娶媳妇了，却还没有娶上媳妇。他喜欢金庸的书。在国内外一切武打传奇中，除了金庸的书他一律不看。他人长得黑黑瘦瘦的，天生不爱说话，跟爹娘都没话说，一天到晚闷声闷气的，唯有从金庸的书里才能获得一人独步天下的快感，一睹天下美女的姿容……

在九月的这一天里，春堂子正如痴如醉地沉浸在《笑傲江湖》里，与一帮恶人厮杀搏斗，忽听见娘叫他了。娘一声便把他唤了回来："堂子，堂子，他三姑来了，他三姑送'好儿'来了。"

春堂子怔怔地坐着，好半天没愣过神儿来。这会儿娘又叫他了，娘欢喜地说："堂子，他三姑来了。"

春堂子机械地站了起来，绿色的阳光在他眼前晃着，晃得他头晕。他慢慢地朝东屋走，他不得不去。三姑是他的媒人，给他说下了东庄的闺女，去年就订下了，两年来没少送礼。

进了东屋，娘说："堂子，三姑来了你也不言一声。"

"三姑来了。"他机械地应了一声，就那么木木地站着。

媒人盘膝坐在椅子上，拍拍腿说："堂子，娘那脚！跑了一年多，鞋底都跑烂了，这回可该吃上你的大鲤鱼了。妥了，那边说妥了，腊月二十八的'好儿'，你看中不中？"

爹的嘴咧得很宽，连声说："中，中。"

娘也说："中，老中。看人家吧，人家哩闺女……"

媒人的手一指一指的，说："老姐姐，你可是娶了个好媳妇呀！别的不说，保险不会跟婆子生气。"

娘眼角处的鱼尾纹爹开了，叹口气说："那老好。"

媒人又说："人家那闺女规矩，人也勤快。相中咱堂子有文化，人老实……"

春堂子满脑子江湖上的事情，急不可耐地想回去接着看《笑傲江湖》，却不得不坐着，心里很烦。

娘给他递了个眼色，想让他说句感谢的话，看他不觉，忙说："堂子拗哇! 看看，上了几年学，连句话也不会说。"

春堂子心里的无名火蹿出来了，谁说我不会说话? 我不想说，也没啥说，说了恁也不懂……可他没吭。

媒人谝着嘴说："人家还会做鞋，那鞋底子纳得瓷丁丁的……"

娘见堂子不说话，赶忙接上："哟，针线活也好?"

"好，针线活老好老好。"媒人夸道，"该堂子有福!……"

"他三姑，咱堂子这事多亏你呀……"

"我说媒是看家儿的。老姐姐，要不是你托我，我会颠着腿一趟一趟地跑吗?……"

爹佝偻着腰蹲在门前一口一口地吸烟，一副很乏的样子，面上却是喜的。房好歹盖下了，媳妇立马就娶过来，他怎能不喜呢? 娘摸摸索索地进里屋去了，自然又要给媒人封礼。媒人很贪，每次来都要坐很长时间，给了礼钱才走。春堂子慢慢地转过脸去，脸上羞羞地红了一片，心里也像是有一万只小虫在咬，却猛然听见娘叫他："堂子，去打瓶酱油。"

春堂子知道娘要给钱了。娘每次封礼，总不让他看见。他毕竟是高中生，娘怕羞了他，也怕他站不到人前。他看了看娘，没说什么，拿着瓶子走出去了。

爹忽地站了起来，一蹿一蹿地跑到猪圈前，高声嚷道："上啊，上啊，杀你哩！"

圈里喂着一头"八克夏"种郎猪，才一年多的光景，天天跟外村赶来的母猪交配，配一次收两块钱。猪已经累垮了，很瘦，身上的毛稀稀的，只"哼哼"着打圈转，就是不上。爹拿棍子赶它，赶也不上。爹跳到圈里去了……

春堂子娶媳妇的彩礼钱有一半是这头"八克夏"郎猪挣来的。这事叫人屈辱。他五尺男儿在猪面前一点一点地往下缩。他不敢看了，闷着头一晃一晃地往外走。

天高高，云淡淡，春堂子在阳光下闷闷地走着。狗懒懒地在村街当中卧着，西头黑子家的带子锯"刺啦啦"地响着，锯人的心。他"腾腾"地往前走，走得极快，像有人在后边撵他似的。他知道远远的村街最高处立着什么，可他竭力不去看它。他对自己说：你有骨气就别看。那算什么，不就是一所房子吗？别看。可他突然地斜到村街当中去，照狗身上踢了一脚，狗夹着尾巴"汪汪"地叫着跑开了。狗挺委屈也挺可怜，不晓得这主儿犯了什么神经。可他就踢了这么一脚，踢得很解气。狗远远地看着他，他也看着狗，心里似乎很不好受……

走着，走着，春堂子突然觉得他的眼睛出毛病了。只觉得眼前出现了一群绿色的小人儿，那绿色小人儿在他眼前活蹦乱跳，跳得他眼花缭乱。他抬起头，只见天是绿的，地是绿的，墙、树、人也都成了绿色的。这时候他才知道他的眼睛出毛病了。与此同时，他竟然闻到了一股焦煳的气味，渐渐的，他心里有一股绿色的火苗燃起了。这火苗越烧越旺，毕毕剥剥，顷刻间整个胸腔里烧起了绿色的大火。在燃烧中，他觉得自己在一点点地缩，一点点地缩，身上的骨架在绿色火苗的吞噬中软坍下来，骨油在燃烧中发出"刺刺啦啦"的响声。他看见自己被绿火炼成了一个小小的绿色的粒子，无声地掉在地上……

杨春堂怎么也想不到自己会变成这个样子，太小了，小到了极处，叫他还怎么做人呢？他成了一个谁也看不见的人。他屈辱极了，也羞愧极了。他是扁担杨的高中生啊！上过十二年学，懂得一元一次方程、一元二次方程、对数、函数……因为没考上大学，这一切暂时还没有用处。没有用处倒还罢了，也不能这么小哇？……

"堂子!"

是来来叫他，他听见是来来叫他。这时候他发现他在麦玲子家的代销点门前站着，也不知站了有多久。他仍然十分疑惑，不晓得自己是真的变小了，还是小了又大回来了。可他心里还是感到很屈辱，很小，终究是在人前抬不起头来。他瞠目四望，发现钢笔还在兜里插着呢，是绿杆的，一支没有啥用的钢笔。他记得钢笔不是绿杆的，是眼睛出毛病了，一定是眼睛出毛病了。

进了麦玲子家的代销点，他谁也不看，只闷闷地说："打瓶酱油。"

麦玲子抬头看看他，不吭。来来也站在一边望着他，很奇怪。他又说："打瓶酱油。"

"瓶呢?"麦玲子"吞儿"笑了。

春堂子愣了。没带瓶，他怎么会没带瓶呢？娘亲手递给他的。他没说什么，扭头就走，走得极快，脸上湿湿地沁着一层汗珠。

没带瓶。

七

月亮升上来了，星星出齐了，扁担杨村在秋风的吹拂下渐渐睡去，偶尔还能从瓦屋的窗口透出一丝暖人的亮光，伴着老牛缓慢的咀嚼。这时候，那高高矗立着的楼房像死了一般寂静，一个个窗口都是黑洞洞的，透着一股彻骨的寒气。楼房在月光下长出了一层白茸茸的灰毛，那一层薄薄的灰毛被一团一团黑气裹着，不时有"沙沙、沙沙"的声音从楼院里传出来，很瘆人。

当月亮隐到云层后面的时候，楼房里便有大团大团的黑气涌出。随着黑气的涌出，你会看到一道黑色的楼梯慢慢从楼上垂下来（白天是看不见楼梯的，谁也看不见），一个台阶一个台阶，像雾一样的黑色楼梯……

八

来来想讨麦玲子一句话，这句话在他心里压了许多年了，一直想说却又说不出。可他一下子就忍不住了，再也忍不住了，他想说出来，他必须说出来。

来来觉得他是配得上麦玲子的。麦玲子长得高高挑挑、细细气气的；他也是高高大大、端端正正的。麦玲子脸儿长得圆圆甜甜的，眉儿眼儿鼻儿都滋滋润润有色有水的，看了就叫人想。可来来白呀，天生的自来白。夏天，不管多毒的日头晒，也只能晒上一层红釉，白还是白；要是穿上好衣裳，跟城里人一样的。再说，前后院住着，两人从小就一块儿玩，好了也不是一天半天了。大了的时候，麦玲子没少帮他补洗衣服，来来也没少帮麦玲子家干活。有一次麦玲子在河边洗衣服，来来去了，麦玲子说："大远就闻见一股子汗气，臭！脱下来我给你洗洗。"来来就脱下来了，光着白白的脊梁。麦玲子也没说什么，低头去洗，脸上竟羞羞的。洗了，麦玲子甩甩手，说："来来，给我端回去！"来来就听话地把洗衣盆给她端回去了，麦玲子大甩手在后边跟着，这不就跟两口子一样吗？

再早的时候，麦玲子还跟他搭伙浇过地。那是夜里，大月明地儿，星星出齐了，麦玲子说："来来，我睡了。"就躺在地边睡了。来来就一个人浇两家的地。他偷偷看过麦玲子的睡相，那睡相很诱人。来来没敢动她。那时候要动了就好了，来来想。

来来觉得麦玲子喜欢他。来来的长相是扁担杨数头份的，来来愁什么？

可来来心里突然就产生了不安的念头。为什么呢，却又说不清。是"带肚儿"杨如意回来时去代销点了一趟，跟麦玲子说了点什么？好像又不是。鳖儿一会儿就出来了，也就是看了看，没多说什么。那么，是麦玲子眼里有什么异样的东西叫他害怕了？好像也不是。麦玲子确实不大爱说笑了，常常一个人愣神，那眼光久久地凝视着什么，而后又极远地撒出去，终又归到来来身上，看着看着便笑了。来来看不出什么，也不知道她笑什么，只是心里毛。

他等不及了。他心里憋得慌。他要麦玲子一句话。

来来在麦玲子的代销点门前转三圈了，总也捞不着机会说。这个走了，那个又来了。买针买线的，买酒买烟的，总有人。每次进代销点，麦玲子就问他："来来，干啥哩？"他便说："不干啥，转转。"说完，便讪讪地退出去了，扭捏一身汗。

来来随后又在村街里漫无目的地转，老像有什么东西逼他似的。很怪，只要在村街里走上一道，那心里头七上八下的，说不出是啥滋味。转着转着，就又转回来了。

又进代销点，麦玲子看看他，又看看他，问："来来，你有啥事？"

说吧，趁这会儿没人，说吧。可来来张了张嘴，脸先红了："没、没啥事。"

麦玲子又勾下头去算账，算盘珠子噼里啪啦响着，一颗颗都砸在来来的心上。来来又张张嘴，汗先下来了。这当儿麦玲子瞥了他一眼，又问："你想借钱用？"

"不、不借。"

"要用钱，一百二百的，我就当家了，多了不……"

"不借钱。"来来勾着头说。

"那你……"

"我、我买包烟。"来来的手伸进兜里，慢慢地掏出一块钱来。

"来来，烟还是少吸。花钱不说，报上说对身体不好。"

"那……我就不吸吧。"来来伸出的手又慢慢缩了回去。

麦玲子"吞儿"笑了："一个大男人，吸盒烟也没啥。只是少吸些，要吸也吸好的。"

"那，我、我、我买一包。"来来赶忙又把钱递上来。

"平日里你也没少帮俺，横竖一包烟，吸就吸了，掏啥钱呢！"麦玲子说着，抓起一包带嘴儿的"大前门"，忽一下从柜台里甩了过来，"吸吧。"

来来接住烟，然后把钱放在柜台上，揭开锡纸抽出一支，声音哆哆嗦嗦地问："有火吗？"

麦玲子随手又扔过来一盒火柴，来来接过来点上烟，说："钱，那钱……"

麦玲子掠他一眼，嗔道："拿着。"

来来又没主意了，手伸伸又缩缩，不知拿好还是不拿好。只是很激动，脸上又沁出了一层汗珠。

麦玲子没再看他，漫不经心地问："去东边了？"

"谁家？"来来一怔。

"还有谁家？高处那一家呗。"

　　来来心里"咯噔"一下，身上的汗就全涌出来了。他知道他为什么这么急了，他知道了。三天来，他心神不定的原因就在那里。那是个惑人的地方，叫人受不住，真受不住……

　　来来赶忙说："没去，我没去。我才不去呢……"

　　麦玲子突然"咯咯"地笑起来，笑得很响，很脆。那笑声像炸窝的雀儿一般飞出了屋子，荡漾在晴朗的九月的天空里。接着，她说："给我一支烟。"

　　来来像傻了似的望着她："你敢吸烟?"

　　麦玲子横横地说：　"城里就有女子吸烟。我咋不敢? 我咋就不敢了? ……"

　　来来把烟递上去，看麦玲子抽出一支，又看她点上火，把烟叼在嘴上，那神情很怪，目光辣辣的，说不清是为了什么。来来呆呆地望着她，眼都看直了。

　　"来来，我敢吸不?"麦玲子问。

　　"……敢。"

　　"我什么都敢，你信不信?"

　　"……信。"来来喘了口气，说。

　　麦玲子歪着身，拧腰做出一种姿态来，这姿态是画上才有的，很好看也很撩人。仅是片刻工夫，麦玲子"啪"一下把烟甩到门外去了。她勾下头，眼里没有了那种怪邪的神采，只是重复说："我什么都敢。"

　　不知怎的，来来突然鼓足勇气说："听说春堂子快办事了。"

　　麦玲子静静地立着，像是在想什么。过了好一会儿，她才回过神来，问："是东庄的闺女?"

　　"东庄的闺女。"

　　"长相好吗?"

"胖，嘴唇厚。"

麦玲子不问了，又勾下头一笔一笔地算账……

来来的心又怦怦地跳起来，结结巴巴地说："听、听说，是、是腊月里的'好儿'。"

"噢。"麦玲子应了一声。

来来说话的声音都变了："玲子，咱们的事……"

"你说啥？"麦玲子抬起头来，一边拨拉算盘珠子，一边问。

这当儿，门口一黑，有人进来了。来来赶忙又把那句话咽进肚里，肚子憋得一鼓一鼓的。

只听春堂子闷闷地说："打瓶酱油。"

九

午夜，大地黑默默的，村庄黑默默的。唯那座楼房披着一层银白色的光，孤独地矗立着。在白光的映衬下，每个窗口都闪着暗绿色的火苗，像狼的眼……

这时候，空寂的楼房里有些动静了。像风的絮语，又像是久远的呼唤，一声一声，低沉喑哑……

＋

　　林娃河娃两兄弟又打架了。

　　爹死得早，兄弟俩跟瞎娘长大的，没天没地的日月，长了一身的野气，打起来不要命。再说林娃二十九了，河娃二十七了，都还没娶下媳妇，身上的阳气壮，迸上火星就着。每次打架吃亏的总是河娃。林娃长得粗实，壮；河娃灵性，却瘦。

　　开初还好好的。林娃烧了一锅水，宰鸡用的。鸡是从老远的外乡收来的，宰了拿城里去卖。林娃宰鸡，河娃就蹲在林娃屁股后头，手里拿着一个长长的针管，针管里灌的是水，待林娃宰好一只，河娃就接过来往鸡身上打水。你宰，我打，程序并不复杂。

　　这年头物价涨得快，生鸡子已卖到一斤两块一，打一两水就是两毛一，他不多打，常常只打二两，二两就是四毛二，净赚。原也是不晓得这些的。弟兄俩没啥靠头，也没啥本钱，干不了别的营生，看人家贩鸡了，也跟着贩，先头，弟兄俩收了鸡子，宰好了上城里去卖，跑几十里路却老卖不上好价钱，有时卖不了还得亏本。生鸡子收价一块七，宰宰杀杀的才卖两块一，除了毛，实在挣不了多少。又看人家卖的鸡一只只肥嘟嘟的，像吹了仙气一般。可他兄弟俩宰的鸡一个个软不拉塌的，贼瘦，咋看咋不入眼。城里人挑，眼看人家的鸡早就卖完了，他们还没发市呢。日怪！鸡都是收上来的，咋就跟人家的不一样呢？日子长了，也就看出了点门道。日娘，打水！往鸡身上打水。龟儿们真精啊，骗得城里人一愣一愣的。知道城里人吃假，于是也跟着作假。打水也是要技术的，水不能打在一处，又要叫人摸不出来，这也是绝活。自开放以来绝活很多，听说东乡的假蜂蜜把日本人都坑了，这也算是外交上的胜利。谁他妈敢说乡下人笨？乡下人不但把城里人治了，连外国人也治了！

弟兄俩干的营生，这"绝活"却只有河娃一人会，扎针、打水、深浅、方位，弄起来比静脉注射还讲究呢。于是粗活林娃干，净活河娃干。收鸡是林娃，卖鸡是河娃。钱挣多挣少就凭河娃一句话了。

林娃本就憋着一肚子邪火，刚好河娃卖鸡的钱没交。两人都大了，都没娶媳妇，挣的钱自然是俩人的，每次回来都交娘放着，可这趟的钱河娃没交。林娃对河娃不放心了，话在心里憋着，憋了一会儿憋不住了，便粗声粗气地问："河娃，这一趟赚多少钱？"

"八块。"河娃说。

"才八块？"林娃的手停住了。

"没人要，我压价了。"河娃斜斜眼，顺口说。其实不是八块，是赚了十八块，他吃了顿饭，喝了点酒，就剩八块了。

"不对吧？"林娃疑疑惑惑地说，"几十只鸡子才挣八块钱？"

河娃岔开话说："这活儿不能干。天天贼似的蹲在集上，蹲半天还没人问呢。"

林娃心眼少，转不过圈来，也跟着瓮声瓮气地说："跑几十里路，一家一家地串也不好受！"

往下，兄弟俩都不吭了，蹲在地上各干各的。宰一只，打一只，谁也不理谁。

过了一会儿，林娃心里终还是磨不开。日他娘，骑个破车到处串，好不容易收些活鸡，宰宰杀杀的，整治好多天，才挣八块钱？不对！

他转过身来，又问："河娃，到底挣多少钱？"

"八块。"

"就八块钱?"

"你说多少?"河娃不耐烦了。

林娃眼黑了,直盯盯地看着河娃:"你说实话,挣多少钱?!"

河娃把针管往地上一撂,小公鸡似的瞪着眼说:"一万块!你要不要?"

"啪!"一个响巴掌打在河娃的脸上,打了他一脸湿鸡毛。"你……藏私!"

河娃一头扑过来,拦腰抱住了林娃,两人一同滚倒在水盆里,带翻了水盆,泥猪似的在地上翻来滚去地打起来……打了一个时辰,两人脸上都淌出血来了,只是谁也不吭,怕瞎娘听见。当林娃又野蛮蛮地扑过来的时候,河娃顺手从地上操起一把宰鸡用的刀,刀上的鸡血往下淌着,河娃脸上的血也往下淌着,两眼荧荧地泛着绿光……林娃的一只眼在水盆沿上撞了一下,撞得黑紫,他呼呼地喘着粗气,回手操起一根扁担,恶狠狠地盯着河娃……

瞎眼的娘听见动静了,咳了一声,问:"林娃,啥倒了?乱咕叮当的……"

亲兄弟俩仇人似的互相看着。林娃黑着脸没吭。河娃擦了擦嘴角上的血,说:"案板。"

"水也洒了?"

"鸡没杀死,扑棱了几下……"

娘不再问了。两兄弟棍似的立着,脖子一犟一犟的,像二牛抵架,牙都快咬碎了。

铜绿色的阳光点亮了整个院子,那光线照到人的眼,眼立时就花了。从屋里往外望,一片绿色的燃烧……两个小儿骑在一个小儿身上,在土窝窝里滚,把那狗瘦的小儿压在土里,一个骑着脖子,一个骑着屁股,齐声高唱:

带肚儿，带肚儿，掉屁股！

带肚儿，带肚儿，扒红薯！

"啪"一声，河娃把刀扔在地上，一跺脚，恨恨地骂道："日他娘！"

林娃也骂："日他娘！"

邪火发出来了，两兄弟都闷下来，你不吭，我也不吭。地上水汪汪的，扔着一片死鸡，有打了水的，也有没打水的，全部泥叽叽地泛着鸡屎和血腥的气味。

过了很长时间，河娃说："哥……"

林娃铁黑着脸不吭。

"日他娘，人家干啥啥成，咱干啥啥不成！干脆各干各的，那八百块钱分了算啦。"河娃气呼呼地说。

钱，钱，这年头种地是弄不来钱的。那八百块钱是弟兄俩贩鸡挣的，风风雨雨的，两年多才落了八百，还不够娶一房媳妇呢。分了？分了顶啥用。林娃斜了他一眼，没搭腔。

"反正我不干了！"河娃说。

"干啥？"

"要干就干大的。"河娃咬着牙说。

"本钱呢？这八百不能动！"林娃一口咬死。

"咋不能动？八百算个球？连点眼都不够。借，借钱干大的……"河娃气昂昂他说。

"哼?!"林娃又斜了一眼。

"干啥都比干这强，打二两水，偷了人家似的。我问了，这年头纸最缺。咱弄个纸厂，准赚大钱！……"

林娃往地上一蹲，又不吭了。

河娃逼上一步，说："哥，你干不干？你不干我干。这年头也顾不了那么多了，亲兄弟也得有个说清的时候，给我四百！"

"日……"林娃猛地站起来，一把揪住了河娃的衣领子，大巴掌抡得圆圆的……

河娃看着林娃，喘口气说："哥，干吧。"

林娃闷了一会儿，说："干。"

楼房盖起的那天，建筑队的"头儿"来了。这是个满脸大胡子的年轻人，听说过去住过监狱，但谁也不知道他的真实面目，只叫他"头儿"。他对杨如意说："这是我承建的第一百零一座楼。我告诉你，你虽然花了不少钱，可我没有赚你的钱。这是我唯一没有赚钱的楼房。这楼房是我设计的，是艺术，它跟世界上任何一座楼房都不一样。不久你就会看出来，这楼房从任何角度、任何方向看去都有些新东西，你会不断地发现新东西……"

杨如意问："这楼能用多少年？"

那人笑了："多少年？只要土质可以，谁也活不过它，一个村子里的人都活不过它。你记住我的话，只要土质可以，它是不会倒的，永远不会……"

十二

在楼房对面的土墙豁口处，露着一颗小小的脑袋，那是独根。

独根四岁了，满地跑了，却被拴在榆树上，腰里拖一根长长的绳子。

独根的一条小命儿是两条小命儿换来的，也是杨氏一门动用了集体的智慧和所有的社会力量争取来的，生命来之不易，也就分外金贵。

四年前的一个夏天，独根那六岁的姐和五岁的哥跟一群光屁股娃儿去地里捡豆芽。乡下孩子晓事早，很小就知道顾家了。地分了，没菜吃。年轻的媳妇们下地回来总要捎上一把菜，那菜是从别人家的地里薅来的，即使自家地里有，也要从别人家地里薅，看见了也就骂一架，练练舌头。这精明很快就传染给了孩子。于是孩子们也知道从别人家地里薅一点什么是占便宜的事，也就跟着薅，好让娘夸夸。

这一日，大人们都下地干活去了。娃子们就结伙儿去地里捡豆芽。那是刚点种过的豆地，天热，没两天就出芽儿了。地嘛，自然认准了是别人家的。于是一个个亮着红红的肉儿，光脚丫子，撅小屁股，去薅人家豆地里的豆芽。手小，又都是光肚肚儿，也薅不多少，每人一小把把儿。豆地里长的芽儿，带土的，很脏。薅了，又一个个擎着去坑塘边洗。那坑塘离场很近，是常有女人洗衣裳的，可偏偏这会儿没有。娃们挤挤搡搡地蹲在坑塘边洗豆芽儿，你洗你的，我洗我的，很认真。洗着洗着，那五岁的小哥儿脚一滑便出溜下去了……

冥冥之中，血脉的感应起了关键作用。一群小儿，独有那六岁的小姐姐慌忙去拉，人小，力薄，一拉没拉住，也跟着滑下去了。小人儿在水里缓缓地下滑，渐渐还能看见飘着的头发，小辫儿上的红绳，渐渐地就什么也看不见了。水纹一圈一圈地荡开去，在六月的灿烂的阳光下，两个孪生的小生命无声地消失了……

小娃儿一个个都呆住了，静静地望着水里的波纹，停了好大一会儿，没有谁动一动，只望着那很好看的波纹一圈一圈地碎，一圈一圈地碎，直到圆环似的波纹消失。这时候，要是赶紧呼救，不远的麦场里就有人，汉子们都在打麦呢，那么，两个小生命也许还有救。可娃们愣过神儿之后，各自都慌忙去捡撒在坑塘边的豆芽，一根一根地捡，脏了的又再洗洗……时光在这一小把一小把的豆芽里飞快地流逝，生命顷刻间从无限走向有限。待豆芽捡完了，洗过了，这才有娃儿想起该去叫他妈。于是又一伙伙儿去叫他妈。他妈在地里割麦呢，路很远很远。一个个又光着小屁股，擎着那一小把豆芽，慢慢往地里走。路上，有个娃儿的豆芽撒了，就又蹲下来捡，捡得很慢。这中间，娃们在路上也曾碰上过拉麦车的大人，只是记着要去叫他妈，也就很认真地保持沉默。等走到了地方，小人儿已经漂起来了……

一母同胞，两个小姐弟，白胀胀地在水面上漂着，姐的小手勾着弟的小手，勾得死死的……

这打击太大了！扁担杨这位名叫环的年轻媳妇像疯了一样从地里跑回来，趴在坑塘边哭得死去活来。她的头一次又一次地撞在地上，撞得头破血流。扁担杨历来有女人骂街的习惯。环在哭天抢地地呼唤小儿的同时，又一遍一遍地诅咒上苍……

老天爷，你有眼吗？你眼瞎了吗？你不晓得生儿的艰难吗？你为啥要毁这一家人？为什么?!两个娃儿，两个呀！咋偏偏摊到这一家人头上？哪怕毁一个呢，哪怕把妞领去呢，你也不能这么狠哪？娃儿呀，我苦命的娃儿啊！……

接着她又咒起"计划生育小分队"来。生第二胎的时候，他们罚了她一千八百块钱，还强行给她实行了结扎手术。那小哥儿是"超生儿"，没有指标，没有户口，也没有地……

太惨了！她那凄厉的呼号闹得人心里酸酸的。女人们都跟着掉泪了，坑塘边上一片哭声。

瘸爷站出来了。扁担杨村的老族长瘸爷为了这繁衍的大事，为了杨家这一门不断香火，亲自一家一家地上门动员，恳求族人有钱出钱，有人出人，有力出力，一定要想法把这门人的香火续上。

村长杨书印也主动地去乡里、县上反映情况，动用了全部人事关系，经过三番五次地奔波，终于追回了一千块罚款，又把生孩子的指标送到了这媳妇的手里。

灾难使人心齐。全村人化悲痛为力量，帮助这家人收麦种秋，好让这家人腾出工夫去省城把女人扎住了的那玩意儿接上。这很花了些钱，费了些事，女人重新经历了一番非凡的痛苦，终还是接上了，为了香火大事，这女人每晚眼含热泪让男人骑在她身上……

于是便有了独根。

独根生下来才四斤三两重，小猫一样的。那自然是分外的小心照应，生怕再有什么差池。可这孩子白日里好好的，却夜夜啼哭。初时去了许多医院去看，总不见好，好在白天如常，后来也就罢了。独根两岁多的时候，刚会牙牙学语，半夜里又会突然坐起来，两眼直直地瞪着，咿咿呀呀地说些莫名其妙的话。家里人心惊肉跳地抱住叫他，却不说了。到了白日，却又是一切如常，就这么整日让人提心吊胆的。后来渐渐也听清楚一些了，说的竟是几辈子的老话，听了叫人不禁毛骨悚然……

三岁的时候，有一天夜里，独根又"腾"一下坐起来了，坐起说出一句话来，这话更是没天没地没根没梢儿。他说："杨万仓回来了。"

　　家里人全都愣住了，一个个头发梢儿发紧，身上不由得打寒战……

　　他又清清楚楚地说："杨万仓回来了。"

　　家里大人面面相觑，你看我，我看你，谁也不知道杨万仓是谁。于是连夜把瘌爷请来，问了，瘌爷竟然也是摇摇头，不知道谁是杨万仓……

　　第二天，瘌爷翻出家谱来看，奇了！居然在远祖的"脉线卷"上查到了杨万仓的名字。那分明早已是作古的人了……这下子连瘌爷也坐不住了。他都不知道的事情，这三岁多的小儿怎么会知道呢？于是又细细地查看家谱，发现在远祖的"脉线卷"上，杨万仓的名下，还画有一个符号：⊙。

　　这是什么呢？瘌爷看不懂，别的人就更看不懂了。既然小独根喊出了祖人的名讳，也就赶忙摆上香案，多多地烧些纸钱，一家人都跪下来愿吁祈告，求远祖保佑杨家这一支后人平安无事，香火不断。可是，到了晚上，小独根睡着睡着又忽地坐起来了，还是那句话："杨万仓回来了。"

　　看小人儿白日里好好的，摸摸头又不发烧。可这么神神鬼鬼的，终让人放不下心来。无奈，又托瘌爷去外村请阴阳先生来看。阴阳先生让独根掌起面来，细细地端详了一阵，说这娃子得的是邪症，四岁头上有百日之灾，怕是不会善了。这下子一家人都慌了，忙给阴阳先生跪下来，千求万告，多多地封礼，也就说了"破法"。阴阳先生让家人在独根四岁生日这一天把小儿拴在榆树上，拴一百天。百日后四更出门，抱一红公鸡，走百步开外，千万别回头！待鸡叫后，见红日头再回来……

　　于是，独根就拴在榆树上了。独根很听话，开初他不让拴，见娘哭了，也就让拴了。也只是个"破法"，拴得不紧，绳儿长长的，一头系在腰里，一头绑在树上，还能在院里玩。绳儿是解不开的，系的是死疙瘩。再说，他小。

　　小独根每日里拖着一根长绳趴在院墙的豁口处往外看。村街对面就是那座神秘的高楼，高楼在九月的阳光下闪着一圈圈金色的光环，环里似有人给他招手，看上去漂亮极了。他很想钻到那金色的光环里去，那一定很好玩……

可他拴着呢。

十三

在黎明之前，天光最暗的时候，那高高矗立在暗夜中的楼房是紫黑色的，而那一个个窗口却又是银灰色的。浓重的夜气一点一点地淡散了，楼房静静地伫立在暗夜之中，像一只巨大的亮着一个个小屉的黑盒子……

这时候，便有一只黑色的小精灵从银灰的小屉里飞出来，谁也看不清那是什么东西。只有一声响动，微微的响动，就化进夜空里去了……

十四

瘸爷不出门了。

过去，他常拄着拐杖到村街上去晒暖儿，现在他哪儿也不去了，每日坐在家里，怔怔地想着什么。瘸爷不出门的时候，老狗黑子也不出门，就整日在他身边卧着，眯着狗眼也像是有了什么心事。瘸爷是扁担杨辈分最长的老人，为族人做了一辈子的好事，他那条瘸腿就是为族人献出来的。现在人老了，求他的人也少了，只有老狗黑子偎着他。黑子也算是扁担杨村辈分最长的狗了。扁担杨村的狗儿几乎都是它养出来的，如今也算是狗儿狗孙的一大群了，瘸爷老了，黑子也老了，就互相伴着熬日头。

世事变了，人心一下子隔得远了，连天也仿佛往南边走了，热的时间很长。村子呢，也渐渐地有了一点什么，地也越来越少了。这些都使瘸爷心里难受。但最让他忧心的还是小独根夜惊时喊出的那句话，他觉得这不是好兆头。不好，很不好……

一个三四岁的孩子，怎么会突然喊出"杨万仓"的名字呢？这位远祖是干什么的？人死了怕有几百年了，怎么就回来了呢？瘸爷苦苦地想着。想一阵，便又去翻那发黄了的家谱，一卷一卷地翻，盼着能翻出点什么。可翻着翻着他的手不由得就抖起来了，抖得很厉害。"功名卷"上没有，"人丁卷"上没有，连"墓茔卷"上也没有，只有那本最老的"脉线卷"上有这么一个名字，名下有这么一个符号：⊙。

这究竟是什么意思呢？是凶死？是暴病？是外出？是犯了什么王法？是不是人一生下来就死了，没成？要是这样，那"卷"上也要注明啊。解不透，瘸爷怎么也解不透……

祖上的事情，瘸爷小时候曾听老辈人说过一些。据传杨家是从山西洪洞县大槐树那边过来的，原是"一脉两支"。老祖一条扁担挑着两个箩筐，两个箩筐里坐了两个儿子……后来就在这里落户了。其后的事，瘸爷也断断续续地听了一点，也都是说不清的事。他记得最详细的是传说中祖上发生过的一件大事。据说那时候杨家有一支后人曾有在京城做大官的，官至"刑部尚书"，家里极富。后来那官人回乡省亲，念及老娘含辛茹苦地供养他长大，死时未能厚殓，便要重选茔地，迁坟祭母。迁坟时声势大极了，前前后后有百余人张罗。谁知，起坟时扒开墓穴一看，他娘的棺材已被桑树根一圈一圈地盘严了，灵柩抬不出来。于是又令人拿斧子去砍，整整砍了一天。砍时，天昏地暗，黄尘遮天，那砍断了的桑树根竟淌出了红红的血水……起坟后没几年，杨家这一支就败了。后来据阴阳先生说，桑树根盘棺叫"九龙盘"，是一等一的风水宝地，那必是要出大官的！再后，坟又迁了回来，可惜"风水"已破，杨家就再也没有出过头……

瘸爷愁哇。他一遍又一遍地回忆幼年时老辈人说过的话，回忆老辈人叙说往事的只言片语，想寻出一点缘由来。可他脑子里始终是模模糊糊的。记不起了，怎么也记不起了，老辈人说没说过"杨万仓"这位远祖呢？……

瘸爷恨自己。他七十六了，是经过几个朝代的人了，剪过辫子，被抓过壮丁，又经历了分地、入社、再分地……生生死死、盛盛衰衰也都见识过了，怎么就解不透呢？

"这终不是好兆头哇！"瘸爷自言自语地说。

老狗黑子在瘸爷身边静静地卧着，仿佛也沉浸在往事之中，它太老了，身上的骨架子七零八落的，皮毛一块块地脱落，灰不灰黑不黑的很难看。两只狗眼时常是耷拉着，每睁一次都很费力。它年轻的时候曾是一条漂亮的母狗，常在夜里被一群公狗围着，在野地里窜来窜去……可它现在仿佛连站起来的力气都没有了，腿软软地缩在地上，像条死狗似的。然而，一听到什么动静，它的耳朵马上就会竖起来，狗眼里闪出一点火焰般的亮光。

黑子似乎懂得老人的心。它听见瘸爷在自言自语地说着什么，便缓缓地睁开眼来，看着老人的脸。立时，它看见老人眼里印着一个大大的"⊙"……

黑子不知道这是什么。可它看出老人很害怕，脸上的老皱纹一条一条地抽搐着，布满了可怕的阴云。黑子抖了抖身上的毛，激灵一下，眼里竟也印上了这么一个"⊙"……

瘸爷不再看家谱了，天天眯着眼打盹。眯着眯着，猛一下就睁开了，四下寻寻，却又慢慢地眯上了。他脑子里这扇磨怎么也转不开，转着转着就又转到绝处了。瘸爷觉得这事非同小可，是关系着一族人命运的大事，只有他才能担起这副重担。可这担子太沉重了。

　　瘸爷被恐惧罩住了。黑子也被恐惧罩住了。只有寻出缘由来才能解开心里的恐惧，可瘸爷记不起来了。

　　"这不是个好兆头哇！"瘸爷又自言自语地说。

十五

　　外村人见了扁担杨的人老远就喊："哎，你们村那楼盖得可真势海呀！"

　　扁担杨的人说："那不是俺村的，那是狗儿杨如意家的。"

　　外村人又说："你们村那楼是金子堆起来的吗？一里外就能瞅见……"

　　扁担杨的人说："那不是俺村的……"

　　外村人不明白，只顾说："你们村那楼……"

　　扁担杨的人掉头就走。

十六

　　女人们开始骂男人了。

　　在九月的绿色的阳光下，极富创造力的扁担杨的女人们，纷纷骂起男人来。她们一个个思路大开，才华四溢，花样翻新地把骂人的艺术提高到了一个新的水平……

　　骂得最精彩的还数大碗婶，她站在院里，两手拍着屁股，一蹲一蹲地蹦起来，唾沫星子溅出一丈多远，引了许多人来看。

"你个驴养的马操的碓碓戳的，你个挨千刀挨万刀堵炮眼点天灯的货，日你千娘日你万娘日你坟里那白鸡娃儿小老鼠！你吃了你喝了你日了，你吃了喝了日了连一点球路也没有。你要有一点球路，俺这辈子当牛当马给你骑，下辈子还当牛当马给你骑，一日三供当神敬你！祖爷爷祖奶奶祖姥姥，你咋不说呀?！……"

男人鳖样地蹲着，男人不吭。男人的娘在屋里坐着，坐着也不敢吭。男人的娘也是女人，女人生下了没能耐的儿，女人也就没能耐了。

为什么呢？不就打了一个碗吗？仅是打了一个碗吗？那深藏在内心里的又是什么呢？……

家家都觉得日子过得不如意了。人人心里都烧着一蓬绿火。女人心窄些，更是火烧火燎的，难受。

男人们活得憋屈呀！一个个溜出家门的时候，头恨不得缩回肚里去，却还是硬着腰走路，胸脯挺挺的，咬着牙骂出一句来："日他妈的!"

九月，该诅咒的九月，叫男人们怎么活呢？

十七

阴天里，铅灰色的云层低低地压着楼房，四周都暗下来了，唯这楼房还亮着。那亮光在村子上空洒出一道道惑人的射线，碎钉般地扎眼。

这时候，黑云慢慢地移过来了，罩在了高高的楼房上，楼房似乎要被黑云裹住了，却还是亮着。那翻滚的云团仿佛被坚硬、高大的楼房撞碎了，一丝丝一缕缕地烟散。天光呢，也就慢慢亮了些……

十八

儿子走了，房子空了，整座楼就剩下罗锅来顺一个人了。虽然住上了全村头一份儿的好房子，可他心里总像偷了人家似的，老也定不住魂儿。

罗锅来顺一生都没过过好日子，他不知道好日子是怎么过的。他打了四十多年光棍儿才娶上媳妇，女人还是改嫁过来的，过来没几年就又去了，病死在他那像狗窝一样的草屋里。女人临死时反复嘱托他，要他把孩子养大，他答应女人了。这孩子不是他的，可他答应女人了。以后的年月里，他为女人撇下的"带肚儿"吃尽了苦头。他的人生的路是磕头磕出来的。"带肚儿"受了欺负他去给人磕头；"带肚儿"偷了红薯他也去给人磕头；就连儿子上学的学费也是他在学校里跪了一上午才免掉的……

罗锅来顺在给人下跪的日子里一天天熬着，终于熬出了这么一个有本事挣大钱的儿。儿子邪呢，儿子从小眼里就藏着一种仇恨，这仇恨渐渐地化成了一种力量，儿子成了，儿子终于在外边混出名堂来了。儿子给他盖了这么一栋楼，儿子说要他享享福。他老了，也该享享福了，可他脸上依旧苦苦地愁着，仿佛总想给人下跪却找不到跪的地方。一个常受人糟践的人，这会儿没人糟践了，没人糟践也很难受。一个庄里住着，谁也不睬你，那是什么滋味呢！

房子很大很空，他心里也很空，仿佛有什么被人掏去了，他孤哇！每日里就那么巴巴地在门口坐着，总希望有人来，却没有人来。偶尔看见有人路过，他便驼着腰慌慌地迎上去，笑着搭讪："他叔，上家吧，上家坐坐。"

那过路的村人连眼皮也不抬，只淡淡地说："福浅，怕是架不住哇。"

罗锅来顺听了，惶惶地勾下头，脸像干茄子似的搐着，不晓得怎样才好，就看着那人堂堂地走过去了。再有人过，他还是慌慌地迎上去，小心地赔着笑让道："歇会儿吧，喝碗茶……"

那过路人匆匆走着，站也不站，只说："不了，忙呢。"

罗锅来顺又快快地坐下来，四下瞅着，看见人，又赶忙站起，老远地就跟人打招呼："爷儿们，坐坐，上家坐坐吧。"

人家却只装没听见，脸儿一扭，拐到别处去了，连个面也不照……

秋风凉了，秋叶籁籁，小风一阵一阵地在村街里掠过，刮得罗锅来顺身上发寒。他无趣地走回楼院，楼院里空空静静的，他这里坐坐，那里站站，看日影儿一点点移，一点点移。而后又慢慢地走出来了，在门前坐下，又是东边瞅瞅，西边瞅瞅，盼着会有人来……

没有人来。

小独根从对面院墙的豁口处探出一颗小小的脑袋，睁着一双溜溜的小眼正往这边瞅呢。往高处瞅，他看楼呢。那楼房像是把他的魂儿勾去了，总也看不够。

罗锅来顺瞅见小独根了，不禁心里一热，问："娃儿，你看啥呢？"

"楼，"小独根说，"爷，我看那高楼呢。"

"想来？"

"想。爷，你让吗？"

"来吧。"罗锅来顺招招手说，"爷让，你来吧。"

小独根又探探头，迟疑疑地说："娘不让，娘说，人家有是人家的……"

罗锅来顺叹口气，浑浊的老眼里"吧嗒、吧嗒"落下泪来。作孽呀！连娃子也不敢来了。盖了一栋楼，怎么就招惹了这么多人呢？

"爷，你哭了？"小独根好奇地问。

罗锅来顺擦了擦眼里的泪，什么也没说。

小独根赶忙安慰老人说："爷，别哭，我拴着呢。娘说，等满了百天，我就能出去玩了。"

"孩子，那就等满了百天吧。"

"爷，你等着我。"

"爷等着你。"

"娘说，这是'破法'。"小独根用大人的口气说。

罗锅来顺看着孩子的小脸，眼又湿了，说："孩子，下去吧，别摔着了。"

独根的小脑袋一点一点地缩回去了。片刻，他又慢慢地探出头来，偷偷地往这边瞅……

罗锅来顺不敢再喊小独根了。这孩子是两条小命换来的，万一有个闪失，那可是吃罪不起的。于是每日里就这么独独地坐着，直到太阳落，天光暗下来的时候，才慢慢地走回院去。

白天还好受些，夜里就更孤寂了。他盼着儿子回来，可儿子回来了，却没工夫跟他说话。儿子每星期回来一次，每次都带着一个女人。儿子把女人领到楼上就再也不下来了。开初他是高兴的，不管怎么说，儿子讨下媳妇了。渐渐地他就有点怕了，他怕儿子犯事。儿子领回来的不是一个女人，他常换。儿子有钱了，就有女人跟他来。他很想劝劝儿子，别坏女人，有钱也别坏女人，女人是坏不得的。可儿子换了一个又一个，一上楼就不下来了。儿子一回来就把楼上的灯全拉开，太招人眼了！楼上音乐响着，女人浪浪地笑着，就这么半夜半夜地折腾……有一次他忍不住上楼去想劝劝儿子，可上楼来却又悄悄地下去了。当爹的，怎么说呢？他从门缝里看见儿子和那女人光条条地在地上站着，身上的衣服全脱了。那女人扭着白亮亮的屁股，竟然是一丝不挂呀！……他又怕儿子回来了。儿子一回来他就心惊肉跳的，半夜半夜地在院里蹲着，好为作孽的儿子看住点动静，要是有人来了也好叫一声……他怕呀！可儿子根本不把他放在眼里，天不亮就骑着摩托带女人走了。

儿子在的时候，他害怕。儿子不在的时候，整座楼空空的，他就更怕了。夜里，躺在床上，周围总像有什么动静似的。拉开灯看看，什么也没有，一关了灯就又觉得有动静了。许是老鼠吧？他安慰自己，就又躺下睡了。可睡到半夜里，却听见有人在轻轻地叫他："来顺，来顺……"

他睁开眼，四下看看，没有人，四周空寂寂的，就大着胆披衣坐起来，到院里去寻。院子里阴沉沉的，月光像水一样地泻下来，黑一团，白一团，寂无人声……六十多岁的人了，难道还会发癔症吗？

于是重新躺下，翻来覆去地睡不着，总觉得有点什么动静。折腾到半夜，刚蒙蒙眬眬地迷糊了一阵，似睡非睡的，就又听见人叫了："来顺，来顺……"

罗锅来顺心里一激灵，就再也不敢睡了，缩着身子蹲在床上，浑身像筛糠似的抖着。忍不住又四下去寻，还是什么也没有……

天爷，是人还是鬼呢？

十九

雨天里，绵绵的秋雨在楼房前织起一道道扑朔迷离的雨帘，凉风斜吹在雨帘上，那楼房也像烟化了一般，缥缈着雾一般的青光。而当村街里一片泥泞，扁担杨到处发霉的时候，那楼房却让雨水洗得亮堂堂的，光洁得像少女的胴体。

在烟雨中，各处都亮起来了，二楼那曲曲的回廊，白色的栏杆，还有那隐隐约约的楼梯，全都泛着碎银一般的亮光。这当儿，回廊处摇摇地出现了四个粉红色的幻影，梦一般地舞着……

<h1 style="text-align:center">二十</h1>

扁担杨村有三大怪："来顺的头，支书的尿，小孩的鸡巴朝天翘。"支书尿尿，在别处也许是很正常的事情，可在扁担杨村，就成了一怪。

当干部没有不喝酒的。在扁担杨村，有了点权力总有人去巴结，请喝酒是很平常的事情。说来也怪，数十年来，扁担杨村先后有六任支书垮在酒桌上，醉得一塌糊涂。有的是喝醉了钻到酒桌下面学狗叫，学得极像；有的是喝醉了抱住主儿家的女人亲嘴，流油的大嘴巴热辣辣的；有的是喝醉了躺在地上打滚，学驴叫；还有的喝醉了学唱梆子戏，字正腔圆，有板有眼……而最终都要撒下一泡热尿，尿到主儿家的灶火里，惹得请客的主儿家连骂三天！任何当支书的汉子都逃脱不了这一泡热尿，那注定了要尿在人家的灶火里，而不是别的地方。这是垮台的先兆，舒舒服服地撒了这泡热尿，也就干不长了。

村人供酒给支书喝，支书喝多了尿在村人的灶火里，支书垮了又有村人当支书，当了支书又有村人供酒喝……来去往返，谁也不晓得这循环为着什么。据说那尿像白线一样地射出去，溅在地上的尿珠沉甸甸的，带有浓重的酒腥气，三日不退。有人问过下台的支书，问他为啥要尿到人家灶火里，他说不知道，当时什么也不知道……

杨书印从来没有当过支书，也从来没有垮过台。杨书印是可以当支书的，可他不当。三十八年来，他从当民办教师起家，牢牢地掌握着扁担杨的权力，却没有当过一天支书。过去，时兴"全民武装"的时候，他是民兵营长；时兴"革命委员会"的时候，他是革委会主任；时兴"抓革命促生产"的时候，他是大队长；如今，时兴区划行政村了，他又是村长。他没在最高处站过，也没在最低处站过，总是立在最平静的地方用智慧去赢人。杨书印的赢人之处不是权力，而是智慧。权力是可以更替的，智慧却是一个人独有的。正是佛化了的智慧之光点亮了这张紫糖脸，使他那可以跑得马的宽阔、平坦的额头始终红亮亮的。

几乎每一任支书都是杨书印推上去的，又眼看着他们一个个垮台。他们醉了，这不怨他。不过，他知道，人是极容易醉的。

在漫长的五十二年的生涯中，杨书印也曾有过失去控制的时候，那是仅有的一次。他喝醉了。那时他三十八岁，正是年富力强性欲旺盛的时候。酒是在支书家喝的，支书一杯一杯地敬他，他就一杯一杯地喝……当那位年轻漂亮穿红毛衣的女知青来找支书盖章的时候，他一瞅见那飘飘而来的红影便扑了过去。那女知青吓坏了，哇哇大叫，就在他接近那扭动的红影的一刹那间，他的神志清醒了。当着众人，他慢慢地扑倒在地上，红影在他脑海里极快地抹去了……在倒地之前，他的手摆动着，嘴里喃喃道："醉了醉了醉了……"在这令人尴尬的时刻，没有人比他更会掩饰了。当天下午，他又挺着身量到村口去给那女知青送行，脸上带着矜持的微笑，仿佛什么事也不曾发生过。他还特意地让会计支五十块钱给这姑娘做路费，嘱托她回城后好好干……送走女知青，他平静地看了支书一眼，什么话也没有说。可他就此再也不喝酒了，即使村里来了极尊贵的客人，他也是仅喝三杯，意思意思，再没有喝醉过。当然，后来那位支书出了点事情……

然而，在晴朗的九月里，当杨书印出门送客的时候，却又一次失去控制了。那刺人的光亮使杨书印的头都快要炸了，说不清是为什么，一口毫无来由的闷气憋在肚里，憋得他喘不过气来。当他慢慢走回去的时候，只觉得右边的脑袋木木的，此后便痛起来，痛得他夜夜失眠。

杨书印爱才是全乡有名的。扁担杨那些优秀的年轻人，全是他一手培养出来，又一手送出去的。只要是"苗子"，他会拍着胸脯说："娃子，扁担杨的世面太小，出去闯闯吧。老叔没啥本事，情愿为你们铺一条路。"在省城当处长的杨明山，最初上大学的路费是他送的。在县工商局当副局长的杨小元，当初也是他拉关系走门子送走的。这会儿在省报当记者的杨文广，上高中时家里穷得连裤子都穿不上，家里供不起了，不让他上了。杨书印听到信儿当晚就去了，进门先扔下五十块钱，说："上！叫娃子上。娃子精灵嘛，娃子的学费我掏！"特别是现在在县公安局当副局长的杨旭升，当初仅是个回乡的复员军人，连媳妇都娶不下。可这小伙子嘴利，能干会说，心眼活泛，是块当干部的好料。杨书印一下子就看中了。为了把他送出去，杨书印先后七次上公社活动，酒瓶子都摔烂了，才给他争来了一个公安系统的招人指标。那时候是四个公社（乡）才招一个呀！临定人的头天夜里，杨书印听说这事吹了，杨旭升去不成了，于是又连夜骑车往县里赶。临走时他对杨旭升说："孩子，上头人事关系太重，叫老叔再去试试吧。"说完，骑上车去了。第二天天明，杨书印拿着招人指标回来了，披一身露水。接过招人的"表"，杨旭升当时就跪下了，小伙子含着泪说："老叔，天在上，地在下，杨旭升啥时候也不能忘了老叔。"杨书印拍拍他的头，把他扶起来，低声说："去吧，娃子，好好干。"杨书印没看错，这些年轻人都是不甘于人后的，杨旭升出外三年就当上副局长了……

这是杨书印一生中最自豪的事情。他跟这些年轻人并不是近亲，他看中的是人，人哪！这些人会忘了他吗？不会，当然不会。

此后，杨书印曾私下里多次夸口说，扁担杨没有能人了。扁担杨的能人都是经他一手送出去的，再没有能干的了。偌大的扁担杨，在杨书印眼里不过是一群白吃黑睡打坷垃的货……应该说还有一个人，那就是他杨书印。

可是，他看错了。至少说是看错了一个人——杨如意。

一个狗瘦的娃儿，拖着长长的鼻涕，长着一双饿狼般的涎眼，啃起红薯来像老鼠似的，一阵碎响。他甚至没正眼看过他。罗锅来顺的娃儿还值得拿眼去瞅吗？可他一天天大了，竟然溜过了他这双识才的慧眼，也成了人物。

他受不了。这是叫他无论如何不能接受的。他一向认为扁担杨的能人都是他送出去的，都是他培养出来的。可这娃子偏偏不是！他太爱才了，只要是人才，他会不惜血本地供养、提携。人人都知道他有一双慧眼，他至今还没看错过一个人。可他眼看着这娃子一天天长大成人，却没有看出来他是块"料"。假如早已看出来，也就罢了。可他偏偏没有看出来。

也许再没有比这娃子更精灵的人了。他出外六年，空着一双手走的，一下子就成了拥有几百万产值厂子的厂长了！而且盖房时还送来了县长亲笔写的条子。县长的条子是好弄的吗？杨书印不在乎他干了什么，而在乎他有能力干。大混混呀！赤条条走出去，一个人独闯天下，回来就呼风唤雨了……

眼瞎了吗？杨书印顶不愿承认的就是这一点。他没有看错过人呢，怎么瞎到这种地步?！明明是块大材料，他怎么就看不出来呢?！杨书印突然觉得自己老了。他才五十二岁，应该是不算老的，可他觉得他老了……

那天中午，他连一口饭也没有吃，他吃不下去。回来就在床上躺着，一直躺到日落的时候。靠床立着的是一个镶玻璃框的小橱。小橱里放的全是他喜欢的古玩儿，有洛阳的唐三彩马，有神垕的钧瓷瓶，还有北京的景泰蓝酒壶、茶具……这些都是出外干事的年轻人送给他的。他喜欢这些东西，时常拿出来放手里摸一摸，然后再轻轻地放回去。这些古玩儿都是他的"慧眼"赢来的，代表着一种身份。可是，当他斜靠在床上，瞅见这些古玩儿的时候，却很想把小橱里的瓷器全都瓶了！

那娃子邪呀！悄没声地走，悄没声地回，回来就竖起那样的一座楼，那是叫人看呢。多狠的娃，他把一村人的脊梁骨都折断了，齐茬断了，连他杨书印都不放在眼里。这娃子骑人一头，他报复呢。他叫人人都觉得自己不如人，人人都在他面前短一截。他用这法儿煎人的心，烤人的心呢……

可惜这块材料了，可惜了，杨书印喜欢有才能的年轻人，喜欢他骨子里的这股狠劲，不管是正是邪他都喜欢。可这块材料不是他"琢"出来的，不属于他。

毁了他？

只要重搞一次"村政规划"就可以毁了他，叫娃子三年之内在村里抬不起头来。杨书印是完全可以不出面的，开两次会就行了。一开，停不了三天，叫娃子眼睁睁地看他精心盖的楼房变成一片碎砖烂瓦……这念头极快地在杨书印的脑海里闪了一下，他甚至听到了房屋倒塌时的轰隆声，看到了罗锅来顺重又当街给人下跪的情景，同时也看到了村人幸灾乐祸的场面……他是有这种能力的，他相信他有。

杨书印半躺半坐地倚在床上，眉头微微地皱了一下，那保养得很好的紫糖脸上露出了一丝游移的神情。他又点上一支烟，慢慢地吸着。天已晚了，可他连一点睡意也没有，右边的脑袋仍是木木地发痛……

不能这么做。这么做就太露了。也显得气量太狭。况且这娃子工于心计，是不会轻易罢休的。那样就结下世仇了。下辈娃子不顶用，总有遭难的一天。

那么，放他一马？放他一马吧。年轻人，日子还长哪，说不定哪一天还有用着他的地方。再说，一块好材料，废了岂不可惜？要是好好笼一笼，会成大气候的。好好笼一笼吧，娃子多有心计呀！

杨书印微微地直起身子，伸手拉开小橱的玻璃门，从里边拿出一匹玲珑剔透的小瓷马来。小马放手里凉凉的，手感很好。他轻轻地摸着这匹小马，放在眼前观赏了一阵，手突然停住了……

慢着，能笼得住吗？万一他不听吆喝呢？万一笼不住等他成了气候可就晚了。这娃子不一般，那双贼眼太阴太阴，他是什么事都干得出来的。

那就先扒他一截院墙，杀杀他的威风。这也是可以办到的。

杨书印的眉头又皱住了。片刻，他脸上渐渐地有了笑意，那笑意是从眼底里泻出来的，闪耀着智慧的火光。那匹小瓷马在他那厚厚的手掌里放着，他握住了小马，握得很紧……

一栋房子算什么，不就是二十四间嘛，不就是几十万块钱嘛，小菜一碟。娃子，你毁了，就凭你盖这所房子，你就把自己毁了。你太张狂，你还不晓得人间这世事有盛有衰，有乐有悲。这房子一盖你就再也不会有清醒的时候了。可日子还得一天天过呢，不冷不静总有翻船的时候。到那时候你连一条退路也没有了。娃子，人不能没有退路，可你自己把你自己的退路断了……

杨书印还是喜欢这年轻人的，他太喜欢了。不过，他要和这年轻娃子斗一斗心力了，他要好好地和他较较心劲。他觉得他已摸住这娃子的"脉"了，摸住"脉"就好办了。他心里说，娃子，你还嫩呢。你既然知道这是个炼人的年头，那就试试吧。社会炼人，人也炼人。好哇，很好。

半夜的时候，杨书印一骨碌从床上爬起来，破例地拿出酒来，一连喝了三杯！可是，当他下意识倒上第四杯的时候，却一下子愣住了：

怎么了？我这是怎么了？年已半百的人了，怎么这么沉不住气呢？

"啪！"他把酒杯摔了。

二十一

在洋溢着和暖秋日的白天，天是远的，云是淡的，楼房矗立在一片宁静之中。这时候，楼房散发着一种带光的气味。这气味远远地隔开了那一排排带兽头的灰色瓦屋，隔开了泛着鸡屎牛粪气味的村街，隔开了女人们那声嘶力竭的叫骂，也隔断了留有一瓣一瓣的牛蹄印痕的带有无限村趣的黄土路……仿佛在天地间只有这一座楼房立着，孤零零地立着……

二十二

半晌的时候，静静的村子里骤然传出了尖厉的哭声！那哭声像疾风一样掠过人们的心头，冲荡在九月的天空里。继而，那哭声越来越大了，男人女人，顿脚擂胸地齐声号啕大哭。在哭声中，伴随着慌乱的喊叫和揪心的呼唤，一辆架子车飞快地从小院里推了出来，车上躺着一个人……

村里人全部跑出来了。还没顾上问话，只见那架子车慌慌地出了村子，一溜小跑地朝村东的大路去了。不到一袋烟的工夫，那辆架子车又慢慢地、慢慢地推了回来。在秋日的宁静的阳光下，车上的人硬硬地躺着，一条红缎子被子盖着他的脸……

春堂子死了。年纪轻轻的春堂子突然死了。

现在，他静静地躺在他住的小屋里，穿着那身新买的西装。这套西装是为结婚预备的，他就要结婚了，腊月二十八的"好儿"，那日子已不太遥远，可他这会儿竟穿上了结婚的礼服，从容地到另一个世界里去了。他死时定然是很镇静的。小屋收拾得很干净，桌上的书放得整整齐齐的，墙上还贴着一张书有"腾飞"二字的条幅。他浑身上下都穿戴得整整齐齐的，许是特意换下了带有虱子的旧衣裳，里外都是新的，全新的。床边上还放着一双没有上脚的新皮鞋。他要干干净净地走，也就干干净净地走了。

小屋里弥漫着一股浓重的"1059"农药的气味，他是喝药死的，那印有"剧毒"字样的农药瓶就在床头的桌上放着。他的脸很可怕，两眼直直地瞪着，惊悸而又木然地瞪着，那目光仿佛要射穿屋顶，把颓然的失望射向天际。这张歪歪斜斜的脸是在最后的时光里被扭曲的，充满了痛苦烦躁的印痕。那无边的痛苦拌在死亡的恐怖里蔓延到了整个屋子，每一个走进来的人都不由得颤抖，心像被什么东西揪住了似的，不敢再看这张脸。

他才二十四岁，就轻易地撒手去了。若不是剧毒农药折磨了他一阵，他会死得更安详些。他上过十二年学，平常总是文文静静的，不爱多说话。直到死时，人们才从这张扭曲的脸上看出，他的内心是多么暴烈……

屋里站满了匆匆赶来的乡亲，人们默默地站着，不晓得该说些什么才好。几个女人抱着哭晕过去的春堂子娘，慌乱地用指甲掐她的人中，又有人端过一碗凉水来，往她的嘴里灌……好一会儿，那呜呜咽咽的哭声才断断续续地从她嘴里传出来。春堂爹蒙了，抱住头蹲在门后，枯树一般的老脸上无声地流下了一行行热泪……

春堂子是暴死的。想劝慰的人不知从何开口，只默默地跟着掉泪。

那么，为什么呢？

房盖了，三间新瓦房。媳妇也早已定下了，河东张庄的闺女，那闺女也来过几趟了。都知道是腊月里的"好儿"。媒人前些天还来，连结婚用的"囍"车都提前定下了。乡下娃子该有的他都有了。不缺吃不缺喝的，还能有啥呢？

春堂子娘瘫坐在地上，拍着床板哭喊着："儿呀，我苦命的儿呀！……"

一些近亲想起春堂子是高中生，觉得他也许会留下"字儿"来，那"字儿"上兴许会说些什么。于是枕头下边、抽屉里全都翻了一遍，却什么也没有翻出来。

这是怎么回事呢？上午还好好的。早上起来，人们还见他出去拉粪，一车一车地拉，粪车装得很满，一个人拽到地里，吭哧吭哧地卸，然后回来又拉。平日他是不爱说话的，这天早上却见谁都说话了，笑模笑样的，带着一脸汗。半晌午的时候，又有人见他担了水桶出来，一晃一晃地去井上挑水，又是一趟一趟地挑，直到水缸挑满。也就是一顿饭的工夫，怎么就死了呢？

春堂子娘还是一个劲儿地哭："儿呀，儿呀，我苦命的儿呀！……"

人们私下里悄悄地议论着，那一定是有什么缘由的。不然，好好的一个人，怎么突然就死了呢？可是，没听见这家人吵架呀？爹娘都是好脾气，见人总是笑着，从来也没见这家人吵过架。

春堂子静静地躺在床上，现在他什么也不需要什么也不知道了。没人敢再去看这张脸，这张脸太令人恐怖了。屋里的农药味越来越浓了，呛得人受不住。终于有人说话了："人过去了，哭也没用，还是安排后事吧。"

人们也都跟着劝。女人们上前把春堂子娘架起来，可她又挣扎着扑到儿子跟前，又是拍着床板大哭："儿呀，我的苦命的儿呀！……"

院子里，阳光很好。鸡们在悠闲地散步。狗儿呢，懒懒地在地上卧着，眯着眼儿打盹儿。天很蓝，那无边的蓝天上飘着羊群似的白云。小风溜溜地吹来，树叶落了，一片一片地打着旋儿。时光像被钉住了似的，移得很慢很慢……

一个年轻轻的人，就这么不明不白地死了。

死了儿是很痛心的事，也该有些什么缘由才是。人们都想问一问，可又觉得无法开口。人死了，别人不知道为什么，爹娘总该是知道的。

爹娘也不知道。

头一天，春堂子娘看儿子脸色不好，便关切地问："堂子，不舒服了？"他摇摇头，一声不吭。娘以为他是没钱花了。一个大小伙子，兜里怎么能不装钱呢。娘看了看他，悄没声地到里屋去了，摸摸索索地给他拿出两块钱来，赔着笑说："堂子，去买盒烟吧，别闷坏了。"春堂子的眼瞅着娘手里的钱，娘的手黑黑的，娘手里的钱也是脏兮兮的，上边有很多油污污的渍印。他突然就转过脸去了，转过脸说了两个字："……郎猪？"娘忙又把手里的钱缩回来，她知道儿子恶心这钱，这钱是郎猪挣的，他恶心，就像看到了那白花花的"精液"似的。娘又蹑手蹑脚地到里屋去了，在里屋翻了一阵，又拿出一张五块的来，那钱干净些。娘又看了看儿子的脸，说："不是，这不是。"春堂子知道那钱是的。可他还是接过来了。接过来后他说："娘，把猪卖了吧。"娘看着他，看了很久，"堂子……"娘自然是不舍得卖，家里全靠这头"八克夏"种猪配种挣钱呢。再说，堂子快娶媳妇了，那也是要花很多钱的。春堂子不吭了。他平时就很少说话，就说了这么一句，就再也不吭了。后来堂子就走出去了，他在猪圈前站着，默默地望着那头"八克夏"郎猪。猪爬不起来了，很乏地在圈里躺着，一声一声地呻吟。猪圈里弥漫着一股腥叽叽的臭味。娘慌慌地跟了出来，在他身后站着，娘说："堂子，要卖……就卖吧。给你爹说一声，卖吧。"春堂子回过头来，看了看娘，说："算了。"

下午，春堂子的同学二笨来了。二笨是春堂子上中学时的同学，家住在河东。两人过去是很要好的。可二笨考上警察学校了。大盖帽往头上一戴，县城里的小妞儿就偎上了。二笨是带着县城里的女朋友来看春堂子的。那妞白白嫩嫩，腰一扭一扭地跟着二笨，看上去神气极了。二笨没进院子就大声喊："春堂，春堂！"春堂子早就看见二笨了，看见二笨他就躲起来了。他给娘说："……你就说我不在家。"娘迎出去了，娘知道儿不愿见二笨，就说："二笨来了。堂子不在家呀……"后来二笨走了，院子里碎响着二笨女朋友那"嗒嗒、嗒嗒"的皮鞋声。送走二笨，娘回来看见春堂子在门口站着，娘说："堂子……"春堂子很轻松地笑了笑："没啥，我没啥。我不想见他……"再后，春堂子爹回来了，肩上扛着犁。春堂子赶忙上去把犁接下来，问爹："地犁了？"爹说："犁了。"春堂子说："明天我去拉粪。"

在日落之前，春堂子娘没有发现不对头的地方。儿子就是这性子，话少，不愿见人。可她万万没想到儿子突然就会死去……

春堂子爹像傻了一样在门后蹲着，脸上的老泪不断线地流下来。他也不知道儿子为什么会死。儿子心性高他知道，可他想不到儿子会死。他眼前老是出现儿子在学校里背书的情景。那时儿子在县城里上高中，他每星期去给儿子送一次馍。有一次他去送馍没找到儿子，就在学校院里等。这时候他看见远远的操场上站着一个乡下娃子，那乡下娃子长伸着脖子，摇头晃脑地高声背诵："大江东去浪淘尽千古风流人物故垒西边人道是三国周郎赤壁乱石穿空惊涛拍岸卷起千堆雪江山如画一时多少豪杰……"这娃子一腔顶上去，接着干呕了一阵，一头栽倒在地上，栽了满脸血，爬起来又背……这时候他才看清了，那就是儿子。后来春堂子没考上大学，就回来了。回来半年不说一句话，那时老两口怕儿子憋屈，就赶紧张罗着给儿子说媳妇，好拴一拴他的心。开初儿子不愿，后来也就愿了，只是不让多花钱。两年多了，儿子该干啥干啥，一直是很正常的……

可是，这天晚上春堂子不在家。他出去了。出门的时候娘听到了一点动静，娘在屋里问："谁呀？"春堂子闷闷地说："我。"娘便知道是堂子了，说："还不歇呢？堂子。"他说："就歇。"往下好一会儿院里没有动静了，也不知春堂子在院里站了多久，此后他就出去了……

他到哪儿去了呢？

二十三

除了杨如意家里的人之外，没有人走进过这所楼房，也没有人知道这座楼房里究竟是什么样子。但是，有一天，在地里干活的人发现这楼房的二楼左边的第一间里有个光身女人。那是太阳不反光的时候，从窗玻璃里边透出来的。那是一个像精灵一样的小女人，身子像玉一样的白，穿着裸露胸脯的白裙儿，白裙微微地摆动着，却没有胳膊……

那仅是一刹那的时间，此后就看不到了，再也看不到了……

二十四

那天夜里，最先看到春堂子的是林娃河娃两兄弟。他们是在回来的路上看到他的。当时并不知道那是春堂子，只是到了第二天，听说春堂子死了，他们才想起来，那在暗处站着的，一个黑黑的影儿，就是春堂子……

他们是星星出齐的时候才从外边回来的。跑了整整一天，姑家姨家舅家都去了，才借了二百块钱。两人都很丧气。他们原打算各家跑跑，一家借个三百五百的。这十几家亲戚就能借个五六千块了，然后再凑凑，干点大事体。谁知这年头一说到钱上，亲戚也不是亲戚了，闹了一天，一家一家地去求，讨饭似的，才借了这么一点点，打人脸似的，要早知家家都这么薄情，他们就不要了。

在老舅家，一提借钱的事，老舅便不吭了，只一口一口地吸烟，脸上像下霜似的难看。妗子却一个劲地哭穷，好说歹说一个子儿也没有借出来。临出门的时候，河娃暗暗地掉了两滴眼泪。这时老舅悄悄地跟了出来，背着妗子偷偷地塞给他们五十块钱，像打发要饭花子似的叹口气说："去吧，去吧。"要不是看在亲戚的分儿上，河娃真想把钱摔到老舅脸上。在姨家更让人难堪，姨说："给他们几个吧，娃们跑一趟不容易，也轻易不张这个口，就给他们几个吧。"可姨父却一口咬定没钱。两人就那么傻傻地站着，一再说是借的，将来还呢，说得唾沫都干了，才借了一百块钱，那还是姨掉了泪才给的。到了大姑家，大姑一会儿说要盖房，一会儿又说要给二表兄接亲，一会儿又是贷款还没还齐呢。明看他家开着"轮窑"呢，有的是钱，可好话说了千千万，就是借不出来。其他的亲戚就更不用说了，脸冷得像冰窖……

坐在河堤上歇的时候，两兄弟你看我，我看你，一个个心里都凉冰冰的。穷的时候，亲戚们还常互相帮补，可这会儿日子好过了，人情怎么就这么薄呢？

林娃哭丧着脸说："算了，河娃。"

河娃没有吭声，眼直直地望着远处。钱，钱，上哪儿去弄钱呢？渐渐地，他眼里泛出了恶狠狠的凶光。他恨人。恨整个世界。恨爹娘把他生错了地方。又恨自己没有能耐。一时间，恨不得把天戳个窟窿！

过了一会儿，他站起来说："哥，你是人吗？"

林娃心里正窝着火呢，忽一下也站起来了，两只拳头攥得紧紧的，粗声粗气地问："你说啥？你敢再说?！……"

河娃说："你要是人，就豁出来干！"

"屌！"林娃火暴暴地说，"没本钱咋干？"

"豁出来就有本钱！"河娃说。

"哪来的本钱？"

"卖房子！能卖的都卖，车子，手表，床……统统卖了！"

林娃一下子愣住了："你，你疯了？！"

"没疯。"河娃淡淡地说。

"卖了房娘住哪儿？"

"那两间草屋给娘住。瓦屋卖了，三年就翻过来了。"

河娃是疯了，想钱想疯了。林娃也想钱，可他没有兄弟这么邪乎。他抱住头蹲下来，好半天没说一句话。

天黑透了。颍河静静地流着，依旧不急不躁地蜿蜒东去。河堤上的柿树黑红黑红的，柿叶像黑蝴蝶似的一片片落下，打着旋儿飘进河里。这时候一个黑黑的人影在远处的田野里出现了，他像孤魂似的四处游荡着，一会儿近了，一会儿又远了……

河娃盯着远处的黑影看了一会儿，他不知道那是谁，也没想知道。回过头来问："哥，你说话……"

"河娃，要栽了呢？"林娃抬起头问，他也看到了一个黑影……

"栽就栽，我是豁出来了！要不分家，我自己干。"河娃说。

林娃一跺脚！"球哩！分家就分家。"

河娃看着林娃，林娃看着河娃，两人眼里都泛着腾腾的绿火。夜色更浓了，远远近近有流萤在闪。那黑影渐渐远去了……

过了很久，林娃才慢吞吞地说："也……卖不了多少钱哪。"

河娃说："我算了，能卖五千。"

林娃又不吭了。河娃急了："哥，干不干你说句话。"

"那瓦房盖哩老不容易呀！……"

"啥球房子？将来咱盖好的。"河娃不耐烦地说罢，心里像是被刺了一下，愤愤地抬起头来，朝远处望去。这时，他看见那黑影正朝那地方走去。他看得清清楚楚的，黑影是朝那地方去了……

河娃赌气推着车子"叮叮咣咣"地下河堤了。林娃待了一会儿，也跟着往回走。两人一前一后地低头走路，谁也不理谁。

回到家，驴扔似的倒在床上，两人都呼呼地直喘气。瞎娘摸着走出屋来，喊他们吃饭，连喊几声都没人应，气得瞎娘掉了两滴眼泪……

第二天上午，村街里贴出了一张拍卖告示，告示上歪歪斜斜地用毛笔字写着：

因急需用钱，现将瓦房一所（三间）、自行车两辆（七成新）、手表两块（戴了八个月）、木床一张（老床）、大立柜一个（白茬好木料），降价处理。如有人要，请速与杨林娃、杨河娃联系。三天为期，过时不候。

价格：……

只有瞎娘还蒙在鼓里，一早便拄着棍出来，听见人声便说："他婶，只当是积德哩，给娃们说门亲事吧。好好歹歹的，也有所瓦房……"

"告示"贴出来之后，人来人往的，也都停下来看看，看了也就看了，没人张口说要。只有大碗婶拍着屁股嚷嚷："这日子没法过了！这日子没法过了！"

于是人们也觉得这日子似乎是没法过了，怕是要出一点什么事情来。娃子们一个个都邪了，这阵子连房子、家什都要卖，说不定哪一日还要卖娘的老肉呢！

半晌的时候，村子里果然有哭声传出来了。春堂子死了。当河娃知道是春堂子死了，就忽然想起昨晚上那黑影是春堂子，一定是春堂子。往下他没有多想，就一蹦子蹿出去了。他跑到村街上，匆匆地在告示上添了一笔，添的是"黑漆桐木棺材一口"。他把瞎娘的棺材也卖了！棺材还是爹活着的时候置下的，一共置了两口，爹死时用了一口，就剩下娘这一口了。这时候他什么也没想，想的只有钱，他需要钱……

过后，回想那天夜里的情景，他也觉得春堂子死得蹊跷。他想起那黑影飘忽不定的路线，终于想明白春堂子是围着村子转了一圈。然后呢，然后他是照直走的……蓦地，一个念头出现在他的脑海里：

春堂子是不是到那所楼房里去了？

二十五

大风天里，整个村庄都被黄尘遮住了。到处都是被风扬起的尘土，人只要在村街上走一遭，脸上身上便会蒙上厚厚的一层，连眉毛也成了黄的。但那楼房还是清清亮亮地矗着，一尘不染，仿佛刚在水里洗过一样。这时的楼房竟然是铜绿色的，在风沙中荧荧地泛着绿光……

待风快要住了的时候，二楼处有一扇窗玻璃碎了。那碎了的玻璃像弹丸似的飞向四处，同样是泛着荧荧的绿光。从那碎了玻璃的窗口望进去，人们发现这不是一间房子，而是上楼梯的走道，那走道里阴森森的。从走道里望过去，那像天井一样的院子也是阴森森的，什么也看不见……

二十六

在春堂子死去的头天夜里，来来也撞见春堂子了。他不敢跟人说他为什么会撞见春堂子，可他确确实实是撞见春堂子了。

来来是很胆小的人，可他那天夜里却像游魂似的在村里荡来荡去，像一条被人撵着的狗。几天来，他心里像有一蓬火烧着，烧得他坐立不安。他不知道这是为什么，只是心急火燎地在村子里窜来窜去……

夜静静的。月光像水一样泻在大地上。树影黑黑白白地晃着，碎着一地小钱儿。狗咬了两声，谁家的老牛在倒沫……来来就是这时候撞见春堂子的。他看见春堂子一个人在黑影儿里站着，离他不远处就是那高高矗立着的楼房，春堂子静静地望着楼房……

后来，来来就转到他不愿说的地方了。他本来想熬住的，可熬着熬着就熬不住了。他根本没想春堂子为什么会站在那里。他来不及想，就转到麦玲子家后院去了。这天夜里，假如在路上碰见女的，他会扑上去的，不管是谁他都会扑上去。他熬不住了。他自己也管不住自己了。

他在麦玲子家后院里站了一会儿，便悄悄地贴到后窗上去了。在后窗前，就着那一条细细的小缝儿，来来看见麦玲子在屋里洗身子呢。麦玲子赤条条地站在水盆里，手一把一把地往身上撩水，"哗啦、哗啦"的水声像撩在来来的心上。来来浑身抖了一下，就开始"摸"麦玲子了，他是用眼"摸"的。他知道偷读的是"禁书"，可他的眼还是死死地贴到窗缝上去了，那贴上去的独眼燃烧着火焰般的亮光……

……他先摸了麦玲子的脸，那脸儿圆圆润润的，红扑扑的泛光，很嫩，嫩得能掐出水儿来。然后他摸了麦玲子那白白的细脖儿，那脖儿像瓷瓶似的很光滑。他立马就抱住了"瓷瓶儿"，竟美美地在麦玲子的小嘴儿上亲了一口！那嘴唇红红软软，肉儿很香甜。接着他把麦玲子的眼儿眉儿鼻儿全摸了！他先是急急地瞥了那沾了水珠的亮肉，随后像小孩吃糖似的，一点一点地品，品得很细。麦玲子的乳房被他那双脏手彻底地糟践了，两座耸起的乳峰间有一道浅浅的肉沟儿，他的脸贴在上边亲了一下，凉凉的，他觉得凉凉的。下边不远处是麦玲子的肚脐儿，肚脐儿很圆，是双的，像扣子一样，浅浅地透着一点亮黑。他摸了摸，温温的，有一点腥。他觉得有点腥。麦玲子腰上的肉是浅红色的，像葫芦似的曲着，慢慢地弧上去，又慢慢地曲下来，那曲着的亮身子很好看。他在麦玲子的腰上捏了一把，肉儿很紧，亮缎子似的紧。他还数了数麦玲子身上的肋骨，只是数不清有几根，也就不数了。再往下来来的呼吸粗了，他怕麦玲子听见动静，便死憋着，憋得脖颈都要炸了。他很想摸一摸，可麦玲子总是动，老让他摸不着。那地方太馋人了！来来长这么大从来没有见过女人的这地方，他极奇怪也极感惊讶，女人像玉儿一样净的身上怎么会长出那样的东西呢？他不由得摸了摸自己的下处，他醒了，自己这地方也是有的。男人有，女人也有，看来男人和女人是一样的。他觉得女人不该长这种东西，那么白那么细那么软的女人身上不该长那种东西。往下他摸了麦玲子的大腿，麦玲子的大腿浑圆细白，摸上去光光的，他忍不住想亲。极快，他便在那细白的肉肉儿上留下了两排牙印，他觉得他留下"记号"了。趁麦玲子转身的时候，他又捏了捏麦玲子的屁股，麦玲子的白屁股上有一个小小的黑痣，小白屁股一扭一扭的，那黑痣也一亮一亮的，显得很好看。他拍了拍，又拍了拍，当然是轻轻拍的，那小白屁股凉粉似的动着……

麦玲子羞呢，麦玲子自己也不好意思看自己的光身子，只是扭来扭去地往身上撩水。那脸儿、腰儿、腿儿在扭动中白亮亮地闪着，闪得来来浑身像筛糠似的抖，心里烧起一蓬一蓬的野火……

来来疯了，是眼疯了。他把麦玲子浑身上下都"摸"了一遍。摸着摸着，来来觉得腿下湿湿的一片。那不是尿，来来知道那不是尿……

来来心里是很怕的。他知道偷看女人是罪孽，说不定会毁了他。他心里说，别看了，来来，别看了。让麦玲子爹知道会宰了你的！麦玲子也不会饶你。走吧，快走吧。趁没人知道，赶紧走吧。你干吗要到这里来呢？

你是疯了……可他心里有一蓬野火烧着，每当看到那座楼房的时候，他心里就火烧火燎的，所有的野气都释放出来了。他本不该跑到人家后院里偷看女人的，可他来了，像是有什么东西逼着他来的。他已不是那个胆小的来来了，浑身上下都充满了野蛮蛮的力，这股本不属于他的蛮力推着他往前走，不管是坑是井他都会跳的，他已控制不住自己了。其实，他还是很胆小的……

第二天，当他碰见麦玲子的时候，就再也不敢看她了。他一听见麦玲子说话的声音，浑身就抖，筛糠似的抖；他的头老是勾着，脸乌青乌青的；不知怎的，两条腿间就有一股湿湿的东西流出来了。

麦玲子的脸色也很不好看，两只大眼忽闪忽闪的，亮着一股很邪的光。她说："春堂子死了。"

来来想抬头，终还是没敢抬头，只是紧紧地夹着两条腿。

麦玲子没看他，麦玲子重复说："春堂子死了。"

来来暗暗地喘了口粗气，说："我见他了，昨黑儿上我见他了。"

麦玲子眼神幽幽的，问："你见他了？"

来来语塞了，好一会儿，他才吞吞吐吐地说："我……从林娃家出来碰见他了。"

"在哪儿？"

来来低声说："在楼屋那边。"

"真的？"

"真的。"

"他在那儿干啥？"麦玲子又问。

"傻站。像个木头似的，在黑影里站着。"

"他看见你了？"

"没……没看见。"

"一直在那儿站着？"

"一直站着。"

"后来呢？"

"后来，后来，后来我回去睡了……"来来头上冒汗了，他不敢说他后来干了什么。他想赶快离开麦玲子，可他还是一动不动地站着，他的腿湿了。

麦玲子笑了笑，笑得很怪。她说："春堂子死了。死了好……"

来来愣了，来来还是不敢看她。

麦玲子咬了咬嘴唇，说："我也想死。"

"你……"来来慌了，他想不到麦玲子会说出这样的话来。他想抬头看看麦玲子，却只看了麦玲子的花格子衫一眼，就再也不敢往上瞅了。

麦玲子说："我受不了了！我受不了了!! 我受不了了!!!"她说完，就一阵风似的走了，走得极快。

来来站着，他两条腿间湿了一片，很凉。他也受不了了。

二十七

楼房的正面是对着村街的。周围是七尺高的围墙，正中是铝合金的大门，大门里隐隐约约露出一截绘了山水的花墙，花墙遮住了院中的一切。人从这里路过不由得会产生一种感觉，感觉那楼房是"凹"形的……

可这所楼房的二楼却不是这样的，那是可以看得见的。二楼像一个一个扇面的组合，一边是阳面，另一边是阴面。阳面很亮很亮，阴面却是看不清的。栏杆是曲曲弯弯的，一间一间的房子也好像是七拐八拐的迷宫一样，叫人始终弄不清楚……

二十八

　　春堂子静静地躺在灵床上，一盏长明灯伴着他，娘那无休无止的哭声伴着他。虽然不时地还有人来探望，可他什么也听不到，什么也看不到了。

　　然而，他那大睁着的让人恐怖的眼里却分明是映着什么。他看见了，他看见一只小绿虫一拱一拱地从他的肚脐眼儿里爬了出来。小绿虫爬过村庄，爬过田野，爬过河流，爬过大王庄、傅夏齐，经张庄，过胡寨，一爬一爬地爬进了县城里的课堂上。在课堂上小绿虫从"记分册"上爬过去，又一拱一拱地上了黑板。在黑板上小绿虫得意扬扬地撒了一泡绿尿，绿绿的尿汁从黑板上淌下来，淌出了一个长长的弯弯曲曲的"分子式"。而后小绿虫爬到第六排第二张课桌上，极快地吞噬着课本，一片"沙沙"声响过，课本消失了。吃了课本，小绿虫又在课桌上拉了一摊臭烘烘的绿屎。接着，吃饱了的小绿虫又蠕动着爬到了史爱玲的头上。史爱玲就坐在他前边的位置上，上课时老爱扭头看他。史爱玲的烫发头上抹了许多头油，滑腻腻的，还带有一股甜甜的香水味。小绿虫高高地立在史爱玲的烫发头上，朗声背诵："杨柳青青江水平，闻郎江上踏歌声，东边日出西边雨，道是无情却有情……"可是，史爱玲老是爱用手去抿头发，一拨拉便把小绿虫拨拉下来了，摔得好疼好疼。然而小绿虫仍又一拱一拱地爬到了板凳上，越过"汉界"，从板凳上爬到了史爱玲那绷得紧紧的屁股上。史爱玲身上热烘烘的，散发着一股热包子的气味，很熏人。小绿虫在这股熏人的气味里攀上了史爱玲的乔其纱泡泡衫，经那圆圆的白脖子，再次爬到了史爱玲的烫发头上。

小绿虫刚要朗声背诵，史爱玲一拨拉便又把它拨拉下来了。再爬……小绿虫坚韧不拔地立在史爱玲的头上，悲壮地高唱："风萧萧兮，易水寒，壮士一去兮不复还……"可这会儿小绿虫听见史爱玲用羞红的声音喃喃地说："只要考上，我就是你的人了。只要考上……"于是小绿虫一爬一爬地爬到考场上去了。考场像个巨大的高速旋转的绿盘，小绿虫在绿盘上头晕目眩，几次都差一点被甩下去，可它还是坚毅地在绿盘上爬了一圈，爬出了他人生的最后一行分子式。这行分子式是红薯干面捏成的窝窝头加上咸菜疙瘩辣椒水腌出来的，带着一股子臭青泥的气味，显然热量是不够的。头晕目眩的小绿虫在这行很糟的分子式上立不住脚，终还是被甩下来了。小绿虫被甩下绿盘之后，就再也没见到过史爱玲。史爱玲太高大了，小绿虫太渺小了，它再也见不到史爱玲了。史爱玲仍旧在课堂上背分子式，小绿虫却被人一脚踢回到乡下去了。从此小绿虫便拱进了土里，在腥叽叽的泥土里一沟一沟地拱一沟一沟地拱，小绿虫只有无休无止地拱下去……

春堂子娘那嘶哑的哭声又响起来了。那是又有人来了，有人来的时候，春堂子娘总忍不住要哭。

"儿呀，老亏老亏呀！儿死得老亏老亏，儿一天福都没享过呀！……"

这时，村长杨书印走进来了。他挺着大身量步子缓慢地走进屋来，神色肃然地望了望躺在灵床上的死人，默默地叹了口气。良久，他问："啥时辰？"

春堂子娘擦了擦眼里的泪，可擦着擦着泪又涌出来了，她呜咽着说："前晌。他叔，娃死得老亏。为啥呢，你说为啥呢？"

杨书印往前跨了一步，更清楚地看到了年轻人那令人恐怖的死相。他立时就觉得头蒙蒙的，那难闻的农药味呛得他恶心。他身不由己地往后退了退，摇摇头，很惋惜地说："头些天我还见他，好好的。"

春堂子娘也跟着叹了口气，幽幽地说："唉，命啊，这都是命。"

"没吵他吧?"

"没有哇,一直好好的。今早上拉粪,拉一车又一车,咋说他也不歇……"

杨书印默默地站着,眼里的泪掉下来了。他刚听说信儿。前晌,他骑车到县城去了,去看了看在县公安局、工商局工作的两个年轻人。这两个年轻人是他送出去的,他想去看看他们。两个年轻人都当了副局长,可见了他还是很热情。两个年轻人一见他就说:"叔,大老远跑来,有啥事?"他笑着说:"没事,来看看你们,看你们缺啥不缺。"

这两个年轻人自然都是很精明的,说:"老叔,要是有啥不顺心的事你就言一声,咱整治他!你说是谁吧!"杨书印笑了笑:"老叔不整治人。老叔提携人还提携不及呢,老叔从来不整治人。老叔就是想来看看你们。"两个年轻人互相看了看,又问:"老叔真没啥事?"杨书印哈哈笑起来:"没事,真没事。有事我就找你们了。"两位年轻的副局长自然是好好地款待了这位提携过他们的长者。下午,杨书印就骑车回来了,回来时他又到乡政府去了一趟,很随意地跟乡长谈了谈"村政规划"的事。乡长是个才毕业不久的大学生,很有些关于乡村未来的狂想。两人就热热闹闹地谈了一阵。乡长有些想法跟杨书印是不谋而合的。乡长认为这些年房子一座一座地盖,土地侵占得太多了,这样下去是很危险的。杨书印也认为土地侵占得太多了,必须按村政规划办事,不然就会越来越乱。两人谈得十分投机,直到日夕的时候,杨书印才高高兴兴地骑着车回来了。他不动声色地拉起了一张网,一张看不见的网,网绳在他手里抓着呢……

他一回来就听到了春堂子的死讯,听到死讯他就匆匆赶来了。他看不中这娃子,这娃子把书读死了。书读死了一点用也没有。可他不能不来,他是村长,众人都看着他呢。

这会儿,杨书印站在死人面前,流着泪喃喃地说:"晚了,晚了。老叔来晚了一步……"

春堂子娘慢慢地抬起头，泪流满面地望着村长，一句话也说不出来了。

"唉……"杨书印叹口气说，"我知道娃子心强，老想给娃子找点事干，苦遇不着机会。娃子是高中生啊！不说了，不说了……"

"他叔……"

"还有啥说？我去城里跑了一天，就是想给娃子找点体面事干。唉，这事刚刚有了点眉目，娃子……"杨书印擦了擦眼上的泪，又说不下去了。

"他叔，他叔……"虽然儿子已经死了，可春堂子娘还是感激得不知说什么才好。

"晚了，晚了，这时候说什么都晚了……"杨书印说着，忽然身子晃了一下，像是晕过去了。

众人赶忙跑上前扶住他，只见他慢慢地睁眼看了看众人，摆摆手，什么话也没有说，就默默地走出去了。

突然，屋里人呼啦一下子全跑出来了，一个个脸吓得灰灰的，连声叫："诈尸了！诈尸了！"

果然，在弥漫着浓重的农药味的小屋里，春堂子突然在灵床上坐了起来，点着的长明灯也忽悠忽悠地暗了……

春堂子娘惊恐地望着坐起来的儿子，好半天说不出话来。突然，她就大哭起来了："儿呀，儿呀，有啥憋屈的你就说吧，你说出来娘给你置……"

屋外的人也都神色恐怖地从门口处往里望，只见那死人硬硬地在灵床上坐着，就像活着的时候一样……

这时候，已经走到门外的杨书印转过脸来，望着吓坏了的众人，以惊人的胆识又返回屋去。他来来回回地在弥漫着死寂与恐怖的小屋里走了两趟，而后抬起头来，定定地望着突然诈起的死尸，沉默了足足有一刻钟的时间，竟然出人意料地拍了拍死尸，说："娃子，你放心，会好好打发你的。好生上路吧。"说完，他又转过脸，目光从战战兢兢的众人脸上掠过，从容镇静地说出了他一生中最精明最富有智慧的一句话："给他扎个房子，扎个大一点的房子！"

话刚落音，那死人就慢慢地躺下去了。屋里院里一下子就静下来了，人们都怔怔地望着他。谁也不知道他这句话是什么意思，谁也弄不清他怎么会说出这句话来……

当杨书印走出院子的时候，大碗婶悄悄地跟了出来。她贴着杨书印的耳朵悄悄地说了几句话，杨书印的脸色立时就变了。他的头"嗡"地响了一下，忽然就有了天旋地转的感觉。他晕了，真晕了。不是因为那股呛人的农药味……

这天夜里，一个让人惊讶的消息渐渐地传出去了：春堂子临死的头天夜里，到那座楼房里去过。

这是大碗婶亲眼看见的。那天夜里大碗婶又闹肚子了。她经常闹肚子，夜里就一次一次地往外跑。她说她是解手时看见的。其实大碗婶那晚没有闹肚子，她去地里了，她在菜地里偷了两棵白菜。她是抱着白菜摸黑往家走的时候看见的。

这消息很快地就传遍了全村。于是，那楼房在人们眼里就越加显得神秘恐怖了。可是，他为什么要到那楼房里去呢？没人知道。他在楼房里看到了什么呢？也没人知道。即使去了那楼房里，怎么就会死人呢？还是没人知道。

是呀，死是不容易的。过去那种饥一顿饱一顿吃不上穿不上的日子，人们也都一天一天地熬过去了，没有人去死。可现今日子好过了，春堂子年轻轻的，该有的也都有了，怎么就会死呢？这又叫人分明不信。越是不信就越是疑惑，越疑惑那楼房就越显得神秘。一个个心里痒痒的，怕看见那楼房，又忍不住想看个究竟。那不就是一座楼嘛，里边能有什么呢？

这是个谜，是个永远不为人知的谜。春堂子娘那凄楚的哭声在村子上空飘荡，一点一点地充填着这个谜……

二十九

下霜的早晨，整个楼房都被霜气裹住了，呈现出一层银青色的光泽。当深秋的太阳升起来的时候，楼房上的光泽便成了一窝一窝的，每一窝里仿佛都穴着千万颗芒刺一般的小针儿，小针儿闪闪烁烁地亮着，看上去似真非真，似假非假，极刺眼。

在雾气消散之前，整座楼看上去像梦一般缥缈。明明看它是摇摇地上升，却又觉得它是在下沉，缓缓地下沉。扁担杨的土地在它的重压下呻吟着……

三十

瘸爷走出来了。

谁也说不清他有多少天没有出门了。他一直在屋里坐着，像枯树根一样地呆坐着，愁纹一道一道地网在这张苍老的脸上，只有眨眼的时候才能看出他是个活人。都知道他在想祖先的事情，想那个无法解开的"⊙"。他被这个"⊙"死死地缠住了，他在推一扇永远推不到尽头的磨……

可他终还是走出来了。当他出现在村街里的时候，身上带着一股很浓很浓的霉味，那张老脸土黄苍白，一条条皱纹干干地绷在脸上，简直像一堆燃烧过的碎片。他的身子看上去也十分虚弱，摇摇晃晃地走着，很像是裹着破棉絮的快要散了的木架子。依旧是塌蒙着眼皮走路，依旧是老狗黑子跟在他的身后，只是那拐杖"嗒嗒"地叩在地上，每一下都很重。过路人跟他搭话的时候，他什么也不说，只默默地往前走，嘴里反反复复地念叨着什么。

人们看见瘸爷到死去的春堂子家去了。看他默默地走进院子，走进了躺着死人的小屋……

春堂子娘站起来跟瘸爷搭话，可他仍是不吭。就默默地走到了躺着死人的灵床前，掀开死人的"盖头布"看了看，重又给死人盖上，还是一句话不说。他默然地在死人跟前站着，站了很久，就一声不响地走出去了。临出门的时候，他缓缓地转过身来，看着春堂子娘说："给娃子扎个房子，好好烧烧！"

人们一下子怔住了。村长杨书印临走时说过这话。可瘸爷，多日不出门的瘸爷，竟也说出了这话……

瘸爷出来之后没有回家，他拄着拐杖朝村外走去了。人们看见这位多日不出门的老人慢慢地走上了出村的官道，慢慢地跨上了小桥，然后便在田野的尽头消失了。没人知道瘸爷干什么去了。他走时什么也没有说。人一老就怪了。

午后，瘸爷又在村街里出现了。除了老狗黑子，他身后还跟着一个年轻人。那是个穿西装的年轻人，浑身上下并没什么出奇的地方，只是那眼神斜斜的，透出一种很怪的亮光。他看人的时候也很怪，不是从上往下看的，而是从下往上看的，斜着看的。他很有气魄地跟在瘸爷后边，二三十岁的小伙，却有着八十岁老人的神情。

这个年轻人，就是瘸爷要去请的阴阳先生的孙子小阴阳先生。

瘸爷本是去邻村请老阴阳先生的，可老阴阳先生已经不干了。他说他老了，孙子已经超过了爷爷，他不再干了。谁也料不到这年轻的娃子竟是阴阳先生，而且比他爷爷还要厉害。据老阴阳先生说，这娃子初中毕业，有文化。可他也没想到这孙娃子竟也干上了这门行当。他是"文化大革命"的时候开始走"邪"路的。那时候他才是十几岁的娃子，趁抄家的时候不知从哪里弄了几部"邪书"，就关着门在屋里看起来。他整整研究了十年，把什么都看懂了，吃透了，这才出来跟爷爷对话，一对便把老阴阳先生对住了。老阴阳先生问："何为天干？"孙子说："甲、乙、丙、丁、戊、己、庚、辛、壬、癸，谓之天干。"老阴阳先生问："何为地支？"孙子答："子、丑、寅、卯、辰、巳、午、未、申、酉、戌、亥，谓之地支。"老阴阳先生拈拈胡须，问："何为上，何为下？"孙子答："天变见于上；地变见于下。"老阴阳先生又问："何为八卦？"孙子答："乾（☰）、坤（☷）、震（☳）、巽（☴）、坎（☵）、离（☲）、艮（☶）、兑（☱）谓之八卦。""何谓六十四卦？"两卦相重即为六十四卦。"继而孙子不等爷爷再问，竟如流地背出了前后八百年的历头；背出了阴阳五行，金木水火土的相生相克之理；背出了"列星随旋，日月递炤，四时代御，阴阳大化"的枝枝节节；背出了《麻衣相法》《奇门遁甲》《六壬》《文王课》……的解法，对了整整一天，末了，老阴阳先生摆摆手说："罢了，罢了。"从此，他就再也不出门了。

八十年代，无奇不有。堂堂的中学生一下子就取代了爷爷，吃上"邪"饭了。小阴阳先生出手不凡，他看得准说得邪乎，名气越来越大，连县上的干部都坐轿车来专门请他去"看看前程"……

对小阴阳先生瘸爷本是不信的，他一定要老阴阳先生走一趟。老阴阳先生笑了，他指了指西边的瓦屋，说："你看，早就没人请我了。"瘸爷抬头一看，见那瓦屋的门前果然蹲着许多人。不但有乡下人，还有不少城里人，那些人穿得都很体面，有些很像是县上的干部。这下子，瘸爷也不敢小看这位小阴阳先生了。

这位小阴阳先生太阳老高的时候才从屋里出来，出来便被人围住了。小阴阳先生伸伸懒腰说："不管是相面、算卦，我一天只接待三个人，其余的对不住了，改天再来……"

这当儿，老阴阳先生把孙儿叫了过去，特意嘱咐让他跟瘸爷去一趟。说他跟瘸爷已是几十年的老朋友了，这一趟是非去不可的。

小阴阳先生斜眯着眼看了看瘸爷，说："老先生，你知道我出门一趟是多少钱？"

瘸爷怔住了。过去老阴阳先生出门是从不讲钱的，看了之后，也是给多少要多少。可这小阴阳先生出口就是钱，也太……

"我出一趟门就是三十，不管远近。"小阴阳先生说。

瘸爷见老阴阳先生闭上眼，一句话也不说，也就明白这小阴阳先生是不管爷爷那一套的。于是，咬咬牙说："三十就三十吧。"

小阴阳先生这才说："好，看爷爷的面子，我去。"

就这样，凭了老阴阳先生的面子，瘸爷才把小阴阳先生请来了。

一进村子，小阴阳先生走着走着突然就站住了，那眼眯斜着，四处望了望，说："这村里邪气很重啊！"

瘸爷回过头来，默默地望着小阴阳先生，问："哪儿有邪气？"

"邪气来自上方。"小阴阳先生说。

瘸爷不吭了，又领着他往前走。可这小阴阳先生走着走着，就又站住了。

"怎么了？"瘸爷回过头来问。

小阴阳先生脸色变了，眼斜斜地打量着老人，缓缓地说："老先生，我告辞了。"

瘌爷说："钱不少你的……"

小阴阳先生说："钱我不要了，这趟算我白来，我走了。"

瘌爷一顿拐杖，说："没有金刚钻，就别揽这瓷器活！你早说呀，早说我请你爷爷来。七十多的人了，你当我走一趟容易……"

小阴阳先生口气很大："我爷更不行了。"

"没有本事，就别吃这碗饭。"瘌爷愤愤地说，"你充什么……"

小阴阳先生眼里斜斜地射出一点亮光，说："好，我就给你看看。"说完，也不看瘌爷，腾腾地往前走，当他走到离楼房有十丈远的地方，一下子又站住了。他回过头来，斜眯着眼望着瘌爷，一句话也没说。

瘌爷的脸色变了。

小阴阳先生说："其实，我看过了，邪处就在这所楼房上……"

瘌爷缓缓地说："看吧，看准了我给你扬扬名……"

小阴阳先生围着楼房走了一圈，摇摇头。接着又围着楼房走了一圈，又摇了摇头。转了三圈之后，小阴阳先生说："我说一句话，如果说错了，我扭头就走，再不看了。"

"你说你说。"

小阴阳先生眼塌蒙着，想了很久很久，突然抬起头来，说："这地方是八百年前的一块墓地，'尚书墓'。对不对？"

瘌爷身子颤了一下，暗暗地吸了一口冷气。祖上是有个"尚书墓"，不过那已是老早老早几百年前的事了，是那破了的"风水"，瘌爷不知道地方，别人就更不知道了。瘌爷望着小阴阳先生，默默地点了点头。

小阴阳先生眼里射出了寒星一般的亮光，吐一口气，慢慢地说："实话告诉你，老先生，我不是不看。这是阳宅压到阴宅上了。方位邪，地势邪，是要出人命的……"

瘌爷服了。瘌爷走上前去，颤颤地说： "娃子，一族人就指望你了……"

小阴阳先生又说："'生地'就不用说了。假如是'死地'，可以找到'活'的破法；假如是'绝地'，总还可以找到'生眼'，可这是一块非生非死七克八冲之地，是一块'邪风水'。有缘人得利，没缘人遭灾。是要出人命的，还不是一条人命……所以，我不看了。"

瘸爷十分恳切地说："娃子，你就再给看看吧……"

小阴阳先生看着瘸爷，突然走近来，说："老先生，十日之内，村里就有一灾。"

瘸爷眼巴巴地望着他："有破法吗？"

小阴阳先生摇摇头。

"是什么灾？"

小阴阳先生看了看老人，不说。过了片刻，他又说："灾不算大。这灾该止就止了，止在你身上。不过，以后就难说了……"

"到我这里止？"

小阴阳先生点点头。

瘸爷看周围无人，突然就给小阴阳先生跪下了："娃子，不瞒你说，村里已死了人了。既然这楼房邪气大，求你千万给一个破法，不然……"

小阴阳先生把老人扶起来，又眯着眼想了很长时间，说："老先生，看你心诚，我就给你画三道符吧。你记住，第一道符，你把它埋在离楼房百步开外的西南向，不能错了。若是再出事端，第二道符你埋在百步开外的东南向。要是还不行，你就把第三道符埋在村口处。假如三道符都镇不住，那我就没办法了……"

瘸爷立时从腰里摸出一个纸包来，抖抖索索地把三十块钱递过去，喃喃地说："我记下了，我记下了。"

小阴阳先生看了看，说："我说过我不看，这钱我本不该接的。既然你执意要给，我就要二十吧，不过，明天去拿符的时候，要再拿二十，那是符钱。"

"四十呀？"瘸爷看看他。

"四十。"小阴阳先生口气很硬，一点也不讲客气。他接过钱来，不再多说，扭头就走。

这是新一代的"阴阳先生"，穿西装的"阴阳先生"，跟老一代的"阴阳先生"大不一样了。瘸爷怔怔地站在那儿，脸色十分沉重。他叹了口气，觉得不能再惜乎钱了，为了一族人，四十就四十吧。

这时候，独根娘愁着脸走过来了。她走近瘸爷，悄悄地说："瘸爷，小独根夜里又说胡话了。"

"啥话？"瘸爷仍是怔怔地站着。

"还是那句话。他说'杨万仓回来了'。"

瘸爷的眉头皱起来了，嘴里喃喃地说："杨万仓回来了，杨万仓回来了，杨万仓回来了……"

三十一

每逢十五月圆的时候，整座楼房就像水粉画一样高挂在扁担杨的夜空。那"画"上像走马灯一样，映出各种叫人猜不透的影儿，一会儿是黑的，一会儿是白的，一会儿是粉红的，一会儿又是暗灰的。人走到跟前去看，便又什么也看不到了……

三十二

日夕的时候，杨如意骑着摩托车回来了。车上仍是带着一个女人，那女人手里还牵着一条狼狗。

已是阴历十月了，那女人还穿着薄薄的连衣裙，小屁股一扭一扭的，婷婷地跟在杨如意的后边，也不嫌冷。这女子叫惠惠，杨如意叫她惠惠。她是县卫校的学生，正上学的时候便跟杨如意跑出来了。杨如意送了她一块女式小坤表，县里还没有这种款式的小坤表。她很喜欢这块表的款式，也喜欢坐在摩托上兜风。其实她也是个农村姑娘，可谁也看不出她是农村姑娘了。进城之后，变化最快的就是农村姑娘。她手里牵的狼狗有一米多高，直直地竖着两只耳朵，看上去很凶。那是杨如意花了三百块钱从狗市上买来的。

一进门，杨如意先跟爹打了声招呼，把狗拴在院里，便领着惠惠上楼去了。

当着那姑娘的面，罗锅来顺什么也没说，只默默地望着儿子。儿子一天天陌生了。他几乎快认不出儿子了。儿子穿西装系领带，浑身上下崭呱呱的，已经没有一点农民味了，特别是儿子那双眼，贼亮贼亮的，看上去就跟那狼狗似的，有一种叫人说不出来的东西。他怕，怕儿子有一天会出事情。他很想给儿子说一点什么，可儿子一回来就上楼去了。

楼上叽叽嘎嘎地响着儿子和那女人的笑声。罗锅来顺却在院子里蹲着，孤寂地蹲着，像条狗似的……

待儿子又下楼来的时候，罗锅来顺慌忙叫住了儿子："狗……如、如意，你来，我有话说。"

"有事吗？爹。"杨如意问。

"你来。"罗锅来顺勾着头进屋去了。

"啥事？"儿子也跟着走进屋来。

罗锅来顺默默地望着儿子，一句话也不说，突然就给儿子跪下了，泪无声地从他的老脸上淌了下来。杨如意一惊，忙上前搀他："爹，谁欺负你了？"

罗锅来顺呜咽着说："如意，你叫我多活两天吧，爹求你了……"

"咋了？你说……"

"这房子我是一天也不能住了！一天也不能住了……"罗锅来顺摇着头说。

杨如意望着可怜巴巴的后爹，突然笑了："嗨，我当是啥事呢。爹，你呀，苦了一辈子，连福也不会享……"

罗锅来顺惊恐不安地说："咋招这罪孽哪？都说这房子邪，是凶宅。我黑晌儿睡不安稳……"

杨如意不以为然地说："谁说的？人家城里盖那么多楼，也不请人看宅子，说盖就盖，啥屁事没有，你别信那一套！就好好住吧。真是穷命！……"

"别比城里，城里人多，阳气重。这，这房子我是不想住了。"

杨如意安慰他说："信则有，不信则无。你别瞎想就啥都没有了。你看，怕你一个人孤，我给你买了条狗，你就好好喂吧。"

怎能不信呢？春堂子夜里来这楼房里看了看，第二天就死了，死得不明不白。再说，夜里他老听见有人叫他……他很想给儿子好好说说，可儿子不听他说，就又"噔噔"地上楼去了。他赶忙又叫住儿子："如意，你听我说。"

儿子在楼梯上站住了，不耐烦地问："又是啥事？"

"别坏女人。听我的话，别坏女人。坏女人要招罪孽的……"

杨如意冷冷地笑了两声，说："你放心吧。别管了，我心里清楚。"

儿子在楼梯口消失了。罗锅来顺重又蹲在院子里，孤零零地蹲在院子里。他心里惝惶，却又觉得该为儿子看住点什么……

杨如意回到楼上，关上门，看了看规规矩矩坐在沙发上的惠惠，说："惠惠，你知道我是什么人吗？"

惠惠撇撇嘴说："不就是个大厂长嘛。"

杨如意摇摇头，说："我不是问这些，你还不了解我。"

惠惠拧了拧腰，笑了："反正不是好人。"

"对，"杨如意也笑了，"不是好人。我承认我不是好人。"

惠惠睁着一双大眼，半羞半嗔地说："说这些干啥？"

"我只不过想告诉你，我的确不是好人。"如意很平静地看着惠惠。

惠惠脸一扭，说："我不管你是好人坏人……"说完，又偷偷地打量着杨如意。

杨如意说："可我知道你是个好姑娘。你能考上卫校是不容易的。你愿意跟我来，当然不仅仅是要我给你掏学费。我知道你家里不宽裕，你娘有病……可你不是城里那种见钱眼开的姑娘，你不是……"

"你……"惠惠咬住嘴唇，头慢慢地勾下去了。

杨如意款款地在沙发上坐下来，并没有靠近惠惠，仍然是很平静地说："我说这些，没有一点看不起你的意思。我也是从乡下走出来的，我们都不容易。你放心，学费我会给你的，这三年的学费我全给你。不过，我要让你知道，我不是个好人。"

惠惠看了杨如意一眼，又恨又怨的一眼，忽一下站起来了……

杨如意依旧坐着，说："你要想走，我不拦你。我不勉强你做什么。以后有难处你还可以找我……"

惠惠咬了咬嘴唇，突然说："那我走了。"

杨如意也站了起来，说："好，我送你……"

杨如意的目光像锥子一样盯着惠惠，像是把她的心"钉"住了。渐渐，渐渐，惠惠的头勾下去了……

杨如意走上前轻轻地抚摸着惠惠的头发，说："惠惠，我说的都是实话。我不能骗你。你也该有个思想准备。"

惠惠忽然一下子扑到了杨如意的身上，"别说了，别说了……"

杨如意抱住这个刚刚踏入社会的姑娘，轻声说："惠惠……"

惠惠的头贴在杨如意的胸脯上，喃喃地说："我知道你看不上我，你不会和我结婚的……"

杨如意的手更轻了，他轻轻地抚摸着惠惠的乳房，头贴在她的耳边说："不，惠惠。我知道自己，我是怕你跟我受连累。因为我不是好人……"

惠惠的脸更红了，她浑身颤抖着紧紧地贴在杨如意身上，说："抱紧我，我冷……"

杨如意把她轻轻地抱了起来，抱到床上去了。惠惠软软地瘫在他的怀抱里，两眼微微地闭着。假如这时候她看杨如意一眼，她一定会害怕的。这双眼睛像盯着猎物的猛兽一般，荧荧地闪着绿火一般的亮光。

杨如意刚刚在床上躺下来，忽然听见楼下有人喊："如意，如意。"

杨如意走出来顺着楼梯往下一看，是后爹叫他呢，便不耐烦地问："啥事？"

罗锅来顺说："如意，去你书印叔那儿坐坐吧，他捎信叫你去呢。"

杨如意沉吟了片刻，问："他叫我了？"

"是你大碗婶捎的信儿，说你回来了叫你去一趟。"

杨如意一听，转脸就走，说："我不去。"

罗锅来顺求道："去吧，娃子，你也该去他那儿坐坐了。他说也没啥事，你要不想去就别去了。"

杨如意猛地站住了，问："他就这么说？"

"就这么说。"

"没说别的？"

"没说别的。"

这算什么话？不想去就别去。既然知道我不会去，为啥还要说这话？是激我吗？杨如意眼珠子转了转，说："好，这我倒要去见见他了。会会这位村长！"

罗锅来顺还想给儿子说说村里的事，可没等他张嘴，楼上传来了女人那娇滴滴的叫声："如意，你来呀——"

三十三

夕照下，西天燃烧着一片红红的火烧云。那橘红色的霞辉仿佛把整座楼房都点燃了，一座固体的火焰高高地燃烧在扁担杨的上空。楼房的每一扇玻璃都映着一个橘红色的火球，那火球亮极了，像一颗颗初升的太阳……

当夕霞一点一点地短回去的时候，窗玻璃上的火球也一点点地小，一点点地小。倏尔，起风了，天光暗下来了。楼房突然蒙上了紫黑色的亮光，像是燃烧后的余烬……

三十四

"回来了？"

"回来了。"

"坐坐坐，坐！"当杨如意出现在村长家门前的时候，杨书印笑了。他很热情地给年轻人让座儿，脸上带着慈祥的微笑。心里却说：娃子，知道你不愿来。可就那么一句话，你就来了。娃子，你还嫩哪。

杨如意大大方方地在椅子上坐了下来。坐下后，他从兜里掏出一盒"555"牌香烟，撕开精美的包装纸，从里边弹出一支来，叼在嘴上，又摸出电子打火机点着，一口一口地吐着烟圈。这一切他做得从容不迫，旁若无人，很有点大家子气。

杨书印脸上透出了一丝愠怒的神情。在这个村子里，还从来没有一个人吸烟的时候不给他敬烟。可这娃子胆敢当着他的面抽烟，连让也不让。这是对他的蔑视！可他还是控制住了。他慢慢地给杨如意倒了一杯茶水，端到他跟前的桌上，笑着说："喝水吧。这是文广给我捎来的毛尖，你尝尝。"

"记者？"杨如意不经意地说。

"对对对，文广现在是省报记者。这娃子有出息。你有啥事可以找他，就说老叔说的，叫他帮帮你。"杨书印很有气魄地说。

杨如意微微地笑了笑，仍然是漫不经心地说："也许，我还能帮帮他呢。"

"噢？"杨书印故作惊讶地看了看这年轻娃子，"听说你在外边干得不错?"

杨如意悠悠地吸了口烟,撮着嘴吐出了一个烟圈,看那烟圈淡化了,才说:"也没啥,办个小小的涂料厂。"

"厂不小吧?不是挂着轻工部的牌子吗?"杨书印不动声色地问。

杨如意捏烟的手顿了一下,轻轻地弹了弹烟灰,又叼在嘴上吸起来。心里说:老家伙摸到我的底牌了。他竟然也知道我挂的是"轻工部"的钩,这是不错的。用的是"轻工部"的牌子,厂却是他一个人办的。他淡淡地说:"厂不算大,资金嘛,也有个一二百万……"

杨书印很关切地问:"听说,那边查你的账了?"

杨如意抬起头来,很平静地看了看杨书印,点点头说:"不错,查了。"

"没啥事吧?"杨书印依旧是很关切地问,"要有啥事给老叔说一声。老叔人老了,朋友还是有几个的……"

"没啥事。"杨如意一口回绝了。

"没事就好。"杨书印点点头,像是终于放心了。

杨如意眼里爆出一颗寒星来,他突然单刀直入,话头一转,说:"咋,老叔也想吃一嘴?"

杨书印一时语塞了,他怔怔地望着这个年轻娃子,继而哈哈大笑,说:"嗨呀,娃子,你看老叔有这个心吗?老叔是怕你出事。年轻人撑个局面不容易,我是为你担心哪……"

杨如意却咬住话头不放,赤裸裸地说:"老叔想要多少?说个数吧。"

这娃子嘴好利!是个对手。年轻人,出外跑了几年,跑出本事来了。好哇!可他杨书印这些年也不是平白走过来的,这种较量他经得多了。他不在乎年轻人的讽刺,还是微微地笑着:"娃子,你轻看你老叔了。"

就在这一刻,两人的目光相撞了。一个是年轻的狡黠的带着野性的目光,一个是沉稳老辣的精于算计的目光;一个海样的深邃,一个天空般的无常……

娃子，别糊弄我，我什么不知道？你娃子不会没事。像你这样的人办工厂是要铺路的，一处不铺就过不去。你不会不行贿。要细查起来，你娃子是住监狱的料！别蒙你老叔了，你老叔过的桥比你走的路都多……

老叔，别来这一套。不错，我用钱铺路，我行贿，这都干过。可我的路铺宽了，铺平了，一张一张的"大团结"铺到北京去了。我花的钱比你见过的钱都多，什么样的人没见过？一个小小的扁担杨村村长，还吓不住我……

杨书印的眼里带着和蔼的笑意，可那带笑的眼神又分明在说：娃子，你以为有钱啥事都能办到，你想错了……

杨如意的目光却十分犀利：老叔，你靠后站吧。我不光会用钱买路，我也会用人心、用智慧去买路。钱是可以还的，人情却不那么容易还。查账只不过是小菜一碟，我根本没放在心上……

那是你花了钱。你娃子干的事，哪一条都是犯政策的……

政策是人定的。只要场面上有人，就不怕政策……

你有两本账。一本是给人查的，一本是黑账。

不错。

你玩女人。

不错。

……娃子，要算起来，哪一条罪都不轻！老叔只要动动嘴，就够你受的。

老叔，这世事我比你看得透。你不就是死死地把持住扁担杨嘛。这村子是你说了算，可你的局面太小了。外边的世界大哪，有本事的人多哪。没有点本领，你想我能混得下去吗？在村里你们看不起我爹，看不起我。我就是要叫你们看看，人该怎样活。你想没想过，三年之内，盖一栋像我那样漂亮的楼房；五年之内，弄部小轿车坐坐?! 你没敢想过，你就没有这样的胆气! 你只有抓住芝麻大的扁担杨，在瓦屋里喝喝毛尖茶的胆气，小得可怜的胆气。不错，我玩过女人。那我是谈恋爱。你懂得什么叫谈恋爱吗? 我没有勉强过任何女人。实话告诉你，睡是睡了，可在法律上通奸是不犯法的。况且，我、是、谈、恋、爱。至于"黑账"，这你就不懂了。普天之下，没有一个单位没有"小账"的。省政府就有，何况别处? 没有"小账"请客的钱从哪里出? 不说别的，我敢说扁担杨就有"小账"。老叔，你扳不动我。你那一点点精明不算什么，我工商局、税务局、公安局、法院……到处都有朋友；县长、市长家也是常来常往的。再说，这些事只有天知地知，查账是查不出来的，永远查不出来。老叔，你也算是个精明人，可你老了。

　　杨书印静静地望着杨如意，那目光始终是和蔼亲切的，他叹口气说："娃子，我是老了，不中用了。扁担杨村将来就靠你们年轻人了。咱村还是穷啊，几千口人的村子，确实需要个顶梁柱啊! ……"

　　杨如意端起茶碗，吹了两下，慢慢地呷了一口，辣辣地说："回来让你好好培养培养我? 最好把资金、设备也都带回来，也让你老人家'培养培养'。当然是为了扁担杨的老少爷儿们，不是为你，你根本就不在乎这些，对不对?"

　　杨书印的脸紧了一下，那笑纹慢慢地又从眼角里泻出来了。他细细地打量着坐在眼前的这个年轻娃子，从头上看到脚下，又从脚下看到头上，他要看看这块"材料"是怎样长成的，又是怎样瞒过他的眼睛的。这娃子的根基并不厚，那样的家庭，怎么就长出了这样一个娃子呢? 爹是见人就下跪的主儿，可这娃子身上却分明有着一副傲骨。这玩意儿应该是天生的，不仅仅是穿上一套笔挺的西装才有的。他喜欢这副傲骨，可以说很喜欢。有了这副傲骨，走遍天下都不会怯场的。可是……

杨书印突然说："你这所楼房盖得不错，很不错……"

杨如意很自信地说："是不错。"

杨书印还是笑着，眼里的光一点一点地亮了，那刀锋般的亮光虽然深藏在眼底，但看上去还是很刺人的。他低头端起茶碗，慢慢地喝起来……

杨如意蓦地直起头来，把烟揿灭，盯着这位当村长的老叔……

你是说给我扒了？你一句话就能给我扒了！对不对？

你信不信？

我信。你以为我在乎这所房子？我根本不在乎。扒了我还可以再盖。一所房子不算什么。可你就完了。你这村长再也干不成了，你信不信？

娃子，那可不一定。

不信你就试试。假如在三年前，也许我没办法。那时我的确还嫩，吃过不少苦头，也花过不少冤枉钱。现在我已经熬出来了。天大的事都可以担得起，别说这所房子你扒不了。退一步说，就连我没闯出局面来的时候你也扒不了。我知道你乡里、县上有些人。但你还不知道我的场面有多大，我不想跟你说这些。扒吧，扒了我会天天告你，你一日当村长，我就告你一日，出不了一年，就叫你下台。老叔，你赔得起工夫，我赔得起钱，咱就试试吧。你身子干净吗？收集收集怕也能判个十年八年了。头几年分队时，你吞了多少公款？计划生育的罚款你又占了多少？队里的粮食、队里的树……你私用了多少？你这十几间瓦房是怎么盖的？你为啥比别的人家过得好？怕是喝了不少村人的血汗吧……老叔，要是这所楼能让你扒了，那我就不盖了。我就思谋着你扒不了才盖的。你损失太大，你犯不上……

杨书印脸上隐隐地透出了一道紫气，虽然依旧笑着，却笑得不那么自然了。他知道这娃子是什么事都可以干出来的……

娃子，我有正当理由，这理由就是政策。我只要把握住这政策，你娃子有天大的本事也没用……

老叔，不就是"村政规划"嘛。你"规划"过了，你越"规划"土地越少，这谁都能看得出来。这时候再"规划"就是有意整人。你这"政策"吓唬别人行，在我这里可过不去。不过，你还是扒吧，我真盼你扒。扒了房咱就有说一说的缘由了。承蒙你看得起，能和老叔比比心劲，我很高兴。

杨书印的头木木的，又开始痛了。横，他不怕；狂，他也不怕。他最感棘手的就是这步步都能看到的心计和狠劲。年轻轻的，不到三十岁就已辣到了这种地步，那么，以后呢？他的确有点轻看这娃子了。杨书印心里腾起一阵烈焰，面对这狡黠的娃子，他有点受不了了。但慢慢地、慢慢地，他胸中燃起来的心火又无声地熄灭了。知彼难，知己更难。知彼不知己，终有一天要毁……

老叔，你看我的日子不会长，是吧？我是故意气你呢。该谨慎的时候我会谨慎。当圆则圆，当方则方。人随"势"走，这你是知道的。要真是有一天大"势"败了，那我也不怕。活得痛快！也值了。可你估摸会有这一天吗？早呢！车开出去了，就很难再退回来；就是退回来，也不是一年半载的事。老叔，你活了一辈子，精明了一辈子，亏就亏在你"窝"在了扁担杨，死抱住扁担杨，你是坐井观天哪！你老了，你赶不上这大"势"了，你活得不值呀！

一个人的承受力是有极限的，而杨书印正坐在极限的边缘上。他什么都愿意承认，就是不愿意承认他老了。虽然嘴上他也说自己老了，可内心里他是不愿意承认的。他觉得他还不老，起码还能和这娃子较较眼力。在扁担杨村，他的眼力是公认的。可这娃子的眼像锥子一样扎人。那简直不是一双人眼，那是烧红了的烙铁！杨书印几乎要拍案而起了……

这时候，杨如意一口把茶碗里的水喝尽，笑模笑样地从烟盒里抽出一支烟来，递给杨书印，说："老叔，吸支烟，三五牌的，尝尝。"

杨书印看着杨如意那只拿烟的手，盯了片刻，却还是接过来了。他仍然是不动声色地望着这个年轻娃子，那张紫糖脸上依旧是带笑的。

杨如意吸着烟，很潇洒地说："老叔，我听说你正托人打听我的事呢。我想别人也说不详细，还是我给你说吧。现在我办的涂料厂有三百多人，产品是不愁销的。你也知道，我挂的是'轻工部'的牌子，全国二十二个省市都有我的信息员。我还有两个能干的女秘书，这你不知道吧？我的大部分时间都用在打场面上了。省公安厅副厅长的女儿出国的事是我给一手办成的；省报的副总编辑跟我是朋友，就是文广当记者的那个报社。我说能给文广帮忙是一点不吹的；偶尔的时候也和轻工厅的厅长们打打麻将，多多少少地输几个钱；当然，方便的时候，也到抓轻工的副省长那里去过；再往下说，每年要到北京去一趟，跟有关的一些上层人士打打交道……我说得还不够详细是不是？这里边当然还有许多'巧'处。话一说出来就不值钱了，不能多说……"

杨书印听着听着，突然大笑起来，笑得十分痛快，他脸上的每一条肌肉都牵动起来了，笑纹绽在那宽宽的大脸上，眼儿眯成了一道细细的缝儿。他说："娃子，老叔服你了。"

杨如意却冷冷地说："老叔，你没服过人。你不会服的。我等着你。等着再跟老叔较较心劲……"

这天夜里，当杨如意回去的时候，他把楼房里的壁灯全拉亮了，楼里楼外一片灯火辉煌。继而楼房里又传出了悠扬悦耳的旋律，那是录音机里放出来的，放到了最大音量，顷刻间，那乐声和刺人的光亮笼罩了整个村子……

这天夜里，村长杨书印一夜没睡好觉。村人们也都没睡好觉。

三十五

　　楼房里亮灯的夜晚，整座楼像仙阁一样地飘浮在扁担杨的上空。这时候，楼房的下半部是灰黑色的，朦朦胧胧地呈现出神秘恐怖的幻影。而楼房的上半部却像月宫一样地摇曳着一盏盏粉红色的壁灯，那壁灯擎在一个个贴墙而立的"女人"手里，那"女人"的手也是粉红色的，看上去像是在翩翩起舞。楼里是灯，楼外也是灯，迷人的粉红亮光把楼房上半部映成了缥缈的太虚幻境……

　　在这样的夜晚里，村人们一般是不出门的……

三十六

　　麦玲子这些天一直很反常。

　　在春堂子"七日祭"这天里，她突然关了代销点的门，跑到场里来了。场里垛着一家一家的麦秸垛，圆的方的都有。她坐在自家的麦秸垛上，悠悠地晃着两腿，朝远处的坟地里望。

　　场里静静的，雀儿打着旋儿在经了霜的麦秸垛上飞来飞去，忽东忽西，这里啄啄，那里啄啄，去寻那散在垛里的籽粒，啄也很无力，似觉得该去的总要去，该来的终会来，也就不慌……

　　麦玲子也不慌。她就这么一个人在高高的麦秸垛上坐着，看着晃晃的日影慢慢移，慢慢移……

　　这些天来，她该睡的时候睡不着，怎么也睡不着。不该睡的时候却又想睡，一天到晚癔癔症症的。一时想打扮了，便收拾得俏俏的。穿很瘦很窄的裤子，很花很艳的布衫，把胸脯兜得饱饱的，屁股绷得圆圆的，脸上还抹了很香很香的雪花膏，也不怕人看见。一时又一连好几天脸也不洗头也不梳，整日懒懒地发愣，像个女疯子。她跟村里的姐妹们说话也少了，见了面总觉得没话说。人家叽叽喳喳说笑的时候，她不笑，脸儿绷着，像是谁欠了她代销点里的钱。人家不笑的时候，她又莫名其妙地笑起来，独自一个人笑，痴痴地笑。姐妹们说：麦玲子八成是想男人了。就连说这话的时候，她也不打不闹，默默地发呆……

　　她看什么的时候盯得很死，像"钉"上去了似的。在她眼里，这落霜的秋日分外地长，太阳很迟很迟的时候才磨出来，而后又像钉住了似的老也不动。村街里，老牛拖着犁耙慢慢地从代销点门前走过，那一声"哞"的叫声仿佛有一世那么久。晌午了，有人跑来买盐打醋，慌慌地来了，又慌慌地去了，赶死一样的。代销点对面的大石碌上老蹲着一个人。大石碌死在那里了，人也像死在那里一般。一天一天的，看久了，看腻了，就叫人想发疯！

　　不知怎的，这阵子她的嗅觉也变得分外灵敏，凡是进代销点的人她都能闻见一股味，一股很难闻的气味，男人、女人、孩子身上都有。连跟她自小在一块儿玩的姐妹们身上也有。这股味是经众多的气味混杂而成的，仿佛在鸡屎猪粪马尿里泡过，在腥腥甜甜的泥土里腌过，又在汗味、馊味、烟味和女人身上那股说不出的东西里浸过。这股味笼罩了整个扁担杨村，在阳光下显得干燥而又强烈，在阴雨天里却显得腻湿浓重……她偷偷地闻过自己，她觉得自己身上也有这么一股味。于是，她夜里一个人躲在屋里洗身子，洗呀，洗呀，可老也洗不掉这股味。她把浑身上下都抹了雪花膏，抹了厚厚的一层，然后再用水洗掉，可她还是洗不去这股味。姐妹们到代销点来，都说她身上香，香极了。可她知道，她身上有股子臭味。这股味来自田野，来自土地，来自村街，来自每一个大大小小的院落，来自一个个粪坑，一个个不见天日的红薯窖……连那没有生命的大石磙上都有这么一股味，永远洗不掉的味。

唯独那所楼房上没有这股味。她知道那所楼房上没有，于是就更恨。恨，也叫人想发疯。

有时候，她心里会产生一些莫名其妙的想法，很怪的想法。她甚至很荒唐地想让来来强奸她。她眼前时常出现来来把她按倒在草垛旁、沟坎上或是河坡里的情景，一个强壮的剽悍的野蛮的勇敢的来来把她按倒了，她听到了来来的急促的呼吸声，看到了来来手脚齐动的粗犷，来来一下子就把她撂倒了，很轻松很利索很洒脱地把她撂倒了……可来来不敢，她知道来来不敢。来来没有这股勇气，也没有这份胆量，来来像狗一样地跟着她，却又不敢怎样她，来来缺的就是这些，来来的骨头太软，撑不起一个天。有时候她又觉得狗儿杨如意会把她拐走，偷偷地拐走，拐到很远很远的地方去，再也不回来了。她是恨杨如意的，每每想起杨如意的时候就恨得牙痒！可杨如意却时常出现在她的脑海里。穿西装的杨如意，骑摩托的杨如意，站在高楼上的杨如意……像画片一样地一一映现在她的眼前。女人都服有本事的男人，麦玲子也服。可杨如意算什么东西呢?!那一双狼眼贼亮贼亮的，看了就让人害怕。麦玲子才不喜欢这样的男人呢。况且，这狗日的还从城里领着浪女人回来显摆，不就是有几个臭钱嘛。哼，那女人不算白，只是穿着掉屁股裙儿，一扭一扭的，会骚人罢了。麦玲子觉得自己打扮出来一定不比那浪女人差！为什么要这样比呢，麦玲子说不清楚。可只要一想到这儿，麦玲子就恨从心头起，觉得她咬了杨如意一口，趴在杨如意的肩膀上死死地咬了一口，咬出血来了。往下她又问自己，为什么要咬他？他是你什么人？这时麦玲子又会暗暗地骂自己，骂杨如意……还有的时候，麦玲子想的却是另外的一个男人，一个无踪无影、说不出道不出的男人，一个从没见过的男人。这男人从天外飞来，亲她抱她搂她，她把自己的一切都交给这没有影儿的男人了。这男人把她烧了化了煮了吃了，她心甘情愿地躺在这男人的怀抱里死去……

二十岁的麦玲子在人生的关口处度日如年。小的时候，她常和姐妹们一起到田野里割草，掐灰灰菜。那时，她眼中的天地是很广阔的，田野、河流、村舍都给她以很亲切的感觉，一颗苦瓜蛋就能给她很甜美的享受。她常和姐妹们边走边唱那支很有趣的乡村歌谣："小老鼠，上灯台，偷油吃，下不来……"一直到今天，这首儿时的歌谣还在她耳畔回荡。虽然这首歌谣一直拽着她，不让她有非分之想，可村庄在她眼里却一日日变得无趣了，无趣得很。是因为她跟爹进城拉了两趟货的缘故吗？好像不是的。是小时候一块儿长大的来来让她讨厌了吗？来来总缠着她，来来那么个大汉子却软不拉唧的。她想摆脱来来却又不想摆脱来来，她有点喜欢来来却又不喜欢来来，她说不清楚的。人总有说不清楚的时候。她被一些说不出来的东西引诱着，渐渐就生出非分的念头了……

现在，麦玲子一个人坐在场边的麦秸垛上，默默地望着不远处的坟地。坟地里有一座新坟，新坟前有一座红绿烧纸扎成的"楼房"，那是春堂子娘在为死去的春堂子做"七日祭"。春堂子埋了七天了，他娘花钱请匠人给他扎了个高高的"楼房"。"楼房"已经用火点着了，火借着风势一下子卷去了"楼房"的半边，那半边也渐渐地化为飞灰升入空中，死灰在空中飘荡着，春堂子娘的话也在空中飘荡着……

"儿呀，娘给你送房子来了，你就宽宽展展地住吧。年里节里，缺啥少啥你言一声，给娘托个梦……"

麦玲子望着远处那渐渐飘散的飞灰，眼里掉下了两滴冰冷的泪水……

　　这时候，她忽然听见身后有动静，便转过脸去，看见是来来。来来在一排麦草垛前站着，看她转过脸儿，连头也不敢抬了，只呼呼地喘着粗气。

　　麦玲子一下子恼了，她大声说："来来，你过来！"

　　来来动了动身子，却没有走过去。来来的腿下又湿了。不知怎么搞的，自从那天夜里偷看了麦玲子的身子以后，他只要一看见麦玲子腿下就湿……他不敢过去，他怕麦玲子看见。

　　"死来来，你过来呀！"

　　来来慢慢地往前挪了两步，却又站住了。他是跑了半个村子才找到这里来的。可人来了，却又不敢过去。

　　麦玲子本来是想狠狠骂他一顿的，看他这副样子，却又心软了，笑着说："来来，你怕我？我是老虎吗？"

　　来来又夹着腿慢腾腾地往前挪了两步……

　　"你怎么了？"麦玲子很疑惑地望着来来。

　　来来脸红了。他死夹着腿，一声不吭。

　　麦玲子出溜一下，从高高的麦秸垛上滑了下来，她两手叉腰，恨恨地说："来来，你过来！"

　　来来身上出了很多汗，像水洗了似的，又开始往前挪了。

　　雀儿飞走了，一个个圆圆的麦秸垛都很沉静地立着，场上散发着一股湿热的霉味……

　　麦玲子慢慢地把眼闭上了，她脸色苍白，冷冷地说："抱住我！"

　　来来吃惊地张了张嘴，身上却一点力也没有了，整个人像虚脱了一样，很乏很乏。他终也没有敢扑上去……

　　麦玲子慢慢又睁开眼，朝一个一个的麦秸垛望去，那张脸冷白冷白的，像下了霜一样。她突然很残酷地说："来来，你敢点一个麦秸垛吗？"

　　来来擦了擦脸上的汗，鼓足勇气说："玲子……"

"我就敢点一个！我恼了就点一个给你们看看，让全村人都看看这烧起来的大火……"麦玲子说完，像风一样地走了，走得极快。

"玲子！……"来来喊了一声，想追上去，却还是站住了。他孤零零地在麦秸垛前立着，一直站到天黑。他的两腿间湿叽叽的一片……

三十七

秋深了，树叶一片片黄，一片片枯，一片片落。在肃杀的冷风里，整个扁担杨都被寒气裹住了，唯那楼房还散发着暖暖的光亮。那光亮从远处看是棕红色的，近看却又是金黄色的。有时候，人们觉得这不是一所楼房，而是神灵和空间的混合体，是活的……

三十八

林娃河娃两兄弟的"拍卖告示"贴出来很久了，却只卖出了一口棺材。

为卖这口棺材，两兄弟给娘跪下了。娘不让卖，娘不知怎的就听说信儿了，听说信儿就坐到那口棺材前看着，一动也不动地看着。娘老了，光景一日不如一日了，说不定哪一天就去了，卖了娘的"大皮袄"，娘走的时候用席裹吗？娘说着就掉泪了。

可两兄弟太急着用钱了，没有本钱干不成大事，借又借不来，有什么办法呢。河娃一急就给娘跪下了，他跪在娘跟前说："娘，赶明儿给你打副好棺材。你放心，挣了钱给你打副柏木的……"

"娘还能挨到那一天吗？……"

"娘……"

"娘……"林娃"扑通"一声也跪下了。

瞎娘眼眨眨地慢慢站起来了，她看不见儿子，可她知道儿子大了。林娃三十了，河娃二十八了，都过了娶媳妇的年龄了。她觉得这是她的罪过，没给儿子娶下媳妇，也没给儿子挣下一份好家业，她心里愧。她放下竹竿，伸手摸着放在屋里的棺材，从这头摸到那头，又从那头摸到这头，手抖抖的。这棺材是他爹活着的时候备下的，一共两口，他爹去的时候用了一口，就剩下这一口了。这口棺材用本漆漆了五遍，摸上去很光，一定是黑亮黑亮的。她叹口气，擦了擦挂着泪花的瞎眼，只摆了摆手，再没说什么……

河娃赶忙说："娘，赶明儿挣了钱一定不委屈您老人家……"

娘说："起来吧。'货'抬去，房就别卖了。别卖房。我就是将来用席裹，也不让恁卖房。盖所房子不容易，你爹是盖房时累死的呀！再说，卖了房你们咋娶媳妇……"

河娃又赶忙说："娘，听你的话，房不卖了。"

"多少钱呢？"娘问。

"春堂子家急等棺材用，多少钱都要。"

娘又叹了口气，说："既然急用钱，那就要他四百吧。这是好木料，漆漆油油的就不说了。春堂子年轻轻的死了，大家够伤心的，不能多要钱……"

林娃看看河娃，刚要张口，河娃忙给他挤挤眼，说："娘，不多要。"

"叫人来抬吧。"

两人给娘磕了个头，急忙走出去了。

现在，这口棺材已经让死去的春堂子睡了。可讲价的时候河娃张口就要一千，最后落到了九百上，河娃死不转口，春堂子家急等用，也就认了……

这一阵子，河娃的聪明才智发挥到了最大限度。为了弄够本钱，所有能想的门道他都想了，所有能卖的东西也都卖了。连常常抡拳头揍他的林娃也被他糊弄住了，一天到晚让他支使得团团转。人的欲望是跟人的想象同步的，河娃觉得他活到二十八岁这一年才活出点味道来。他觉得他非干成不行。杨如意算什么东西？他会超过他的，一定要超过他！总有一天他要把那狗儿一脚踏在地上，踏出屎来！……

可是，他还差两千块钱。

没有这两千块钱机器就弄不回来。上哪儿再去弄钱哪？款是贷不来的，贷款要靠关系，可他们的亲戚中三代都没有一个当官的。走门子吧，送一次礼据说都得花上千元，还不一定给贷呢。那钱太黑了，他们舍不得。眼下只有卖房这条路了。可房子没人要不说，娘还死活不让卖。他把娘的棺材都抬去了，还能说什么呢？

人到了这一步就再也停不下来了。就好像娃子们打的木陀螺，只有一鞭一鞭地抽下去，让它不停地转不停地转……停下来人会发疯的。河娃像狼一样地在屋里窜来窜去，眉头拧成一团死疙瘩，一支接一支地抽烟，急得直想撞墙。林娃又蹲在那儿不吭了，只是黑脸上的抬头纹很重很重，刚沾三十的边，便愁出老相来了。

河娃又狠狠地吸了两口烟，甩了烟蒂，从桌上拿起一把宰鸡用的刀，"噗"一下扎在手腕上，鲜红的血顺着刀刃一点一点地往下淌……

林娃抬起头，疑惑地望着河娃那淌血的手臂，问："你……你干啥？"

河娃咬着牙说："哥，咱只有这一条路了，你干不干？"

林娃愣愣地问："干啥？"

"去摸两圈。一晚上赢个千儿八百的，两晚上就够了。"河娃望着自己那冒着血花的胳膊，很沉稳地说。

林娃闷声闷气地说："屌！又想邪门。赢？你输个千儿八百差不多，别瞎张狂了……"

"哥，你看，刀扎在自己肉上，能不知道疼吗？我狠下心来，就为这一锤子，只能赢，不能输！"河娃说着，胳膊上的血越淌越多，顺着胳膊往下流……

林娃看不下去了，走过去把他手腕上的刀拔下来，说："去包包吧，净瞎球张狂！"

河娃没有动，他眼珠子转了转，说："哥，咱俩都去打，保证不输。"他过去是打过麻将的，偶尔也有些输赢，只是不常打，那是要花钱的。过去凭运气打牌，从没赢过。这次他想再碰碰运气，要打就必须赢。他是为干大事去挣钱的，不能输，一输就毁了。

"不中！"林娃跳起来了，"不输也不能干。这是血汗钱，一家人的血汗钱，不能叫你拿着随意糟践！"

"哥，我想出了个只赢不输的法儿。"河娃挤挤眼说。

"狗屁，啥法能光赢不输？"

"咱俩一块儿去打，就能光赢不输。"河娃眼亮了。

"俩人一块儿打？"

"俩人。"

"哼，俩人输得更多！"

"你听我说完，"河娃说，"你知道人家老打家是咋赢的？"

"咋赢的？"

"都有绝招！"河娃说。

"人家是傻子，还能看不出来？河娃，别瞎想了。咱还是贩鸡子吧，起早贪黑的，也许一两年就能挣够。"林娃还是不听他的。

河娃摇摇头说："哥呀，哥，你就会下死力。这一回准赢的。比方说，咱俩坐对脸儿，你赢'两万'，轻轻弹两下桌子就行了，只当是叫牌呢，没人能看出来。"

林娃抬起头来，没好气地说："我要赢'三朵'呢？"

河娃的目光像火蛇一样地舞动着，很兴奋地说："打牌哪有不吸烟的，你连吸三口烟我就知道了。"

林娃很惊讶地看了看河娃，竟有点信了："那……我要赢'四眼'呢？"

"嗨，两指头揉揉眼，谁还会注意这……"河娃说。

林娃的眼瞪大了："你说能赢？"

"能赢！"河娃说着，脑海里飘动着像雪片一样的"大团结"……

"要是赢'发财'呢？"

"挠挠头。"

"'红中'？"

"摸摸鼻子。"

"'白板'？"

"摸摸脸。"

"要、要、要是'东风'呢？"林娃眼里也放光了。

"看看坐在东边的那个人就行了。"

林娃咧开嘴笑了："河娃，这法儿你是咋想出来的？"

"天无绝人之路。"河娃说，"这也是没办法的办法。"

"就干两黑晌儿？"

"两晚上就够了。"

"再不干了？"

"再不干了。"

河娃用舌头舔了舔胳膊上的血，血咸咸的，很腥。不过，他到底把林娃说服了。干这事没有帮手是不行的。他狠下心往胳膊上扎一刀，就是想逼林娃跟他一块儿豁出去干。林娃太抠了，他不能不这样做。他得叫他信……

说完这一切，河娃累了。他把身子扔在床上，大脑却仍在极度兴奋之中，眼前仿佛舞动着一张一张的十元票，只要一伸手就能够着的十元票……是不是太容易了呢？

片刻，他忽地从床上坐起来，说："哥，头三盘，咱先不使这法儿，让他们先赢赢。然后，他们就不怀疑了。"

林娃咧咧嘴说："中。"

"也不能盘盘赢。要是盘盘都赢，也会叫人看出来。咱隔一两盘赢几盘，干得巧妙些……"

"中中。"

"也别老想着这法儿。打得自然些，别紧张，一紧张也会叫人看出'巧'来。"

林娃咧着大嘴笑起来："依你啦，兄弟，依你啦。"

河娃想了想又嘱咐说："牌打得大方些，别和人恼，人家出错一两张牌，想拿回去就叫他拿回去。球哩，赢他再多，他也没话说。"

林娃点点头，愣愣地想了一会儿，说："河娃……"

"嗯。"

"这……心太黑了吧？"

河娃不屑地看了林娃一眼，说："哥，你不想挣大钱娶媳妇了？"

"……想。"

"想，就别说这话。给鸡打水亏不亏心？不干亏心事挣不来钱……"

林娃嗫嚅地说："就这两晚上，亏心事不能多干，多干会出事的。听我的话吧，河娃。"

"行了，行了。"河娃不耐烦地说，"就这两晚上，本钱够了，咱就正儿八经去干大事！"

"去金寡妇那儿?"

"去金寡妇那儿。"

村里，金寡妇家是个玩赌的地方。金寡妇的男人死得早，她为人不正经，跟外边的二拐子有一手。二拐子爱赌，金寡妇这里就成了个赌场，每晚都有人来。二拐子号称"赌王"，他们要去"赌王"那里碰碰运气了。这是一场只能胜不能败的战斗……

天黑的时候，两兄弟就这么去了，怀里揣了一千块血汗钱。

三十九

月黑头天，那高高矗立着的楼房像一块巨大的黑磁铁，冰冷、坚硬、突兀。"磁铁"上仿佛吸着千万条银黑色的小蛇，小蛇舞动游走，闪着一弯弯刺人的黑色芒儿亮。当人稍稍离这楼房近一些的时候，便觉得有一股阴冷的风袭来，顿时也就有了百蛇缠身的恐怖……

四十

小独根坐在院子里垒"大高楼"呢。他腰里依旧拴着一根绳子，这根绳子不到一百天是不能解的。不过，他已经习惯了。

　　他坐在地上，把一个个晒干了的玉米棒子码起来，很细心地先垒了"院墙"，然后便开始垒"大高楼"了。他是照着村街对面的楼房垒的，一个个当墙用的玉米棒子都摆得很整齐，可玉米棒子太滑，摆着摆着就坍了，于是又重新开始……

　　在扁担杨村，只有独根喜欢那座楼房。这楼房在他眼里简直就像一座金色的宫殿，太漂亮了。他几乎天天望着这楼房发呆，这楼房里边是什么样呢？一定是有很多很多的门，门里都有什么呢？他想不明白了。于是就极想到这楼房里去看看。可娘总是不让。娘什么都依他，可这事娘不依。他哭了，也闹了，娘就是不解绳儿。他闹得太厉害的时候，娘就吓他，娘说这楼里有鬼，鬼要吃人的！

　　每逢家里没人的时候，小独根便趴在院墙的豁口处，偷偷地往这边瞅。只要一听见咳嗽声，他就喊："爷，爷。"

　　罗锅来顺太寂寞了，一听见孩子的喊声便弓着腰走出来。这些日子他老多了，脸黄黄的，还一个劲儿咳嗽。他很想让这孩子到他身边来，跟孩子说说话。可这孩子拴着呢，又不敢让他来。只好远远地望着孩子的小脸，说："独根，娘上地了？"

　　"上地了。"

　　"家没人了？"

　　"没人了。"

　　往下，罗锅来顺没话说了。他想说，孩子，你过来吧，我给你解了那绳儿，你过来吧。可那媳妇已经死了两个孩子了，这独根是她的命。他要是解了绳儿，那媳妇会骂的。再说，这孩子有灾，拴起来是个"破法"，他也不能解。只有叹口气，说："快了，孩子，快到百天了……"

　　"我娘也说快了。"

　　"满了百天你就能过来了。"

"爷，你等着我。"小独根说。

"我等着你。"

这几句话，老人和孩子一天要说好几遍，老重复说。仿佛那一点点希望、渴求、慰藉全在这话里了。说了，心里就好受些。有时候，小独根突然会问："爷，那楼里有鬼吗？"

罗锅来顺一下子就怔住了，那目光呆滞滞的，脸上露出了恐怖的神情。人家都说这房子邪。夜里，他也常听见很奇怪的声音，有人叫他……可他不知道怎么说才好，他怕吓着孩子。于是便说："没鬼。孩子，没鬼。"

"娘说，这房里有鬼，鬼能吃人！"小独根眼巴巴地望着老人。

"……"罗锅来顺又没话说了。

"爷，真没鬼吗？"

"爷老了，爷什么也看不见。"

"娘说，鬼是看不见的。看不见怎么吃人呢？"

罗锅来顺望着孩子那稚嫩的小脸儿说："孩子，你怕鬼吗？"

小独根绷着脸儿说："爷不怕，我也不怕！"

罗锅来顺笑了。

小独根也笑了。

娘在家的时候，独根就一个人坐在院里垒"大高楼"。楼房是金黄色的，玉米棒子也是金黄色的，独根也想盖一座金黄色的楼，用玉米棒子"盖"楼。他干得非常认真，总是弄一头汗。可是，他的楼怎么也"盖"不好，垒着垒着就"呼啦"倒了，再垒再垒再垒……

在小独根那幼小的心灵里只有这么一座楼。他一天到晚坐在院子里"盖"楼，从来也没玩腻的时候。扁担杨村的孩子到了独根这一代才有了楼的概念。这概念也许是模糊的，可那楼房已清晰地印在孩子的脑海里了。拴着的独根对土地、田野的印象是淡漠的，对楼房的印象却日益加深。楼房给他带来了无穷的幻想和神秘，他按自己的想象给那楼房加了一道一道的门，永远走不完的门，每一道门里都有他所不知道的东西……他，多想去看看呢！

可是，一到夜里，睡得好好的独根又会突然坐起来，说出那句让大人们害怕的话："杨万仓回来了。"

四十一

每当那临着村街的铝合金大门开了的时候，路过的人就会看到楼下那八根水磨石廊柱。那廊柱是乳黄色的，看上去圆润光洁，坚硬挺拔。然而，当人们再路过的时候，便又觉得那廊柱像变了样似的，上粗下细，带弧儿的，一根根似倒立着的酒瓶……

四十二

立冬的时候，场里着火了。这场大火断断续续地烧了好些天，把扁担杨的人心烧得更乱了。

这场火是在夜里烧起来的。立冬以来，天渐渐冷了，一擦黑儿人们就不出门了。这天夜里，开初人们只看到西天里有红红的一片，坐在屋里就看到了，可谁也不知道那是什么。当火轰轰烈烈地烧起来的时候，人们才知道是麦秸垛着火了。各家人都惦挂着自己的垛，匆忙忙担了水桶赶到场里，可那烧起来的麦秸垛已救不下了，麦秸着火是没救的。好在这天夜里没有风，只烧了一家的垛，人们也就暗暗地松了口气。

不料，烧着的偏偏是麦玲子家的垛。麦玲子爹是披着棉袄穿裤衩子跑出来的，他一看烧了他家的垛，别人家的都好好的，立时跳脚大骂："日他妈，得罪哪小舅了？把娃儿给恁扔井里了？把恁娘日死了?!……"

麦玲子在一旁站着，忙拉住爹不让他骂。可犟脾气的老杠一蹿一蹿地骂得声更高了，谁也劝不住他。这时，场里站的人也都议论纷纷：是呀，好好的，麦秸垛给人点了，八成是得罪谁了吧？

暗夜里，村人们你看我，我看你，眼都绿绿地发亮，仿佛各自都揣着一点不愿让人知道的小想头，那小想头只能躲进屋里，躺在床上的时候才能偷偷说……

火渐渐地熄了……

场里站的人也渐渐地散了。麦玲子强拉着爹往家走，可"老杠"走一路骂了一路，恨得直跺脚……

第二天早上，人们忽然又听见大碗婶在村街里拍着屁股高声大骂！原来，后半夜的时候，她家的麦秸垛也被人偷偷地点着了，早上去看的时候，已成了一摊黑灰……

往下，火越烧越大。连着几天夜里，场里的麦秸一垛接一垛地腾上了天空！熊熊的火光把半个天都映红了，火焰卷起来的浓烟滚滚地飘进了扁担杨，飘进了一家一家的小院。整个扁担杨像炸了的蜂窝一样，一会儿跑出来了，一会儿又跑回去了；一会儿是这家的麦秸垛着火了，一会儿又是那家的麦秸垛着火了。到处都是乱糟糟的，一片叫骂声。

扁担杨村人仿佛一夜之间都传染上了疑心病。在墙角处、背影里、门后头、床头上，到处都在嘀嘀咕咕地猜测议论。连走路都像贼似的，轻轻来，轻轻去。你偷偷地看看我家，我悄悄地瞅瞅你家，都仿佛看出了一点可疑之处。然而，谁也说不清火是怎样烧起来的。没有被烧的人家害怕自家的麦秸垛被烧，心里惶惶不安；被人烧了麦秸垛的人家更是恨得咬牙，指桑骂槐，逢人就骂。一个个眼都熬得红红的，那脑子不知转了多少圈了，各自都在绞尽脑汁想自己的仇人，想自己什么时候得罪谁了……

乡公安特派员来了。县公安局的马股长也带着人来了。可整整在村里、场上查了一天，也没查出个究竟来。不过，越查头绪越多，一下子就有了几百条线索！你说是我，我说是他，他说是……哎呀，几百年的陈谷子烂芝麻全都翻出来了：你头年药死了我一只鸡子；我在红薯地里扎了他的猪；他犁地时多犁了一沟儿，两家打起来了；谁谁跟谁谁又因为谁谁结下仇了……连马股长也给弄糊涂了，他不晓得乡下着火竟会牵连这么多人，这么多事。告发者竟是被告发者；被告发者又是告发者。更可怕的是几百户人家都成了怀疑对象，却查不出火到底是谁放的……

可是，一到夜里，不定啥时候，火又突地烧起来了。眼看着场里的麦秸垛越来越少，黑色的飞灰像蝴蝶似的飘得到处都是，一垛一垛的麦秸都化成了灰烬……

凶手到底是谁呢？

当大火连续烧起来时，麦玲子愣住了。

不错，第一场火是她点的。可她没想烧人家的垛，她烧的是自家的麦秸呀！她烧了自家的一个麦秸垛，竟然引出一连串的大火，十几垛麦秸都跟着化成了灰儿，这的确是她没想到的。

她心烦，心烦才干出这事来的。近些天来，她一直烦得想发疯，看什么都不顺。不知是否有人研究过年轻姑娘的心理，人到了一定的时候就睡不着觉了，总是胡想一气。麦玲子想得很多，也很怪。她想到过死，也想过一些别的乌七八糟的事情。夜里想，白天也想。她有时会想到变成一只小鸟飞出去，在无垠的天空中悠悠地飞，那有多痛快呀！有时她想马上就死，死了也就一了百了啦，啥也不想啥也不看了，像春堂子那样眼一闭啥都不说了。可想是想了，念头转到死角里的时候，她也没干出什么来，最终也不过烧了自家的麦秸垛。

其实，那天夜里她已经躺下了。可老鼠吱吱叫着窜来窜去，墙角里的蛐蛐也长一声短一声地焦人，床上的跳蚤更是一蹦一蹦地痒得钻心，她睡不着，就爬起来了。她爬起来听见爹在隔壁屋里打呼噜，呼噜声很响，带着一股很浓的酒臭气，自然还夹杂着"咯吱咯吱"的磨牙声。不知怎的，她的心火一下子就烧起来了，脑子里"嗡嗡"的，像有一万只蜜蜂在叫。她悄悄地下了床，走出了院门。当她出了门之后，她下意识地发现她手里握着一盒火柴。

她在场里站了很久，一个人默默地站在那儿，突然就想起了死了的亲娘。娘一辈子连家门都没出过，人就像木头一样总给爹去压……那时她还小，但夜里的恐怖给她留下了很深很深的印象。她一想到那些个臭烘烘的夜晚，总像看到了娘那苍白得没有一点血色的脸。爹一喝醉就去找娘的事，娘的叫声十分的尖厉，那叫声像是扎到她脑海里去了……

麦场里寂无人声，一个个麦秸垛兀自立着，月光像水一样凉，把那圆圆的影儿斜投在地上，一会儿明了，一会儿又暗了。夜气寒寒的，她哆嗦了一下，火柴"啪"一下掉在地上了，她弯腰去捡，捡起来紧紧地攥在手里。同时，她心里生出了一股强烈的渴望，她渴望自己干出一点什么事来。陡然一种无可名状的破坏欲攥住了她的心。她再也停不下来了，她像猫一样地朝自家的麦秸垛走去，她在麦秸垛前站下来，"嚓"地划着了一根火柴，一根，她只划了一根……

事后，她有点后悔了。平静下来她就后悔了。她本想跟爹说说这事，让爹骂一顿算了。家里没有喂牲口，点了麦秸垛也没啥大关系的。可她没想到爹会发那么大火，看爹正在气头上，她也就没敢说，再后，火越烧越大了，连公安局的人都惊动了，她就更不敢说了。

　　然而，麦玲子还是不明白。这事也太蹊跷了，点了自家的麦秸垛，怎么就惹得一村人的麦秸垛都跟着烧呢？这真是太邪了！是人干的，还是鬼干的？点一垛，点两垛，怎么会一垛接一垛地烧起冲天大火呢？后来的火究竟是谁点的？她想不明白，怎么也想不明白。一时，她很怕很怕，怕公安局的人会查到她的头上，那她是说不清楚的，她有一百张嘴也说不清楚。再说，出了这么大的事，村里乱糟糟的，谁会信她呢？一时，她又想立马站出来，对全村人说：火是我放的，第一场火是我放的。我点了自家的麦秸垛，这大火是我惹起来的，让公安局的人把我抓走吧！可思来想去，她还是没敢说。

　　那么，谁是凶手呢？

　　麦玲子觉得自己不是凶手，她点的是自家的麦秸垛，毁坏自家的东西不能算是犯罪，麦玲子没有犯罪。然而，失火的原因却是她一手造成的。她抛出的第一根火柴成了犯罪的根源，正是她造成了连续不断的大火，造成了整个村子的混乱，她不想承认，可也不得不承认。这样的念头在她脑海里反反复复地出现，就像一个扯不清理又乱的线团子，搅得她头皮都快要炸了。于是，一切又重新开始，她觉得她是有罪的，她就是凶手。

　　当"凶手"的念头在她脑海里逐渐加重的时候，她竟然有了一点点快乐，说不清楚的恶的快乐。虽然她有点怕，虽然对意外结局的恐惧紧紧地攥住了她的心，但她终于干出点事情来了。她既然能点自家的麦秸垛，就可以点别人家的。她是能干的，只要她想干，这很容易。那么，麦玲子在一夜之间成了有罪的女人。从一个纯洁的姑娘到一个有罪的女人，她在有意与无意之间完成了人生的巨大跨越，她犯了罪。那种朦朦胧胧的人生渴望在犯罪之后终于唤醒了，她有能力有勇气犯罪，就有能力有勇气干任何事情。于是她的心灵从旧有的束缚中挣脱出来第一次得到了解放，走完了这一步，她就无所顾忌了。

当麦玲子有了罪的意识之后，一个个夜晚都变得更加无法忍受。她眼睁睁地看着自己一步一步地走向场地，眼睁睁地看着自己划着了一根火柴……紧接着心里就燃起了通天大火，炽热的火灼烧炙烤着她身上的每一个细胞，每一根神经。就是在梦中，她也是在火焰的燃烧中度过的。从此，不管她走向何处，这场大火将永远伴随着她……

当火烧起来的时候，瘸爷落泪了。他站在门前，望着暗夜中那烧红的西天，暗自叹道："应验了，应验了。那娃子算的卦应验了！"

前些日子，他沐手焚香，刚刚埋下了第一道符，祸事就又出来了。"符"一共三道，是他花了四十块钱从小阴阳先生那里买来的。他本希望这道符能镇住村里的邪气，看来是镇不住了。不过，当初小阴阳先生倒也说了，这场灾是免不了的，当"止"在他身上。可怎么"止"呢？他却猜不透……

那晚，瘸爷仍在费心劳神地破译那个神秘的"⊙"，这个"⊙"已深深地刻在了他的脑海里，黑天白日都缠着他。不知有多少日子了，他像木乃伊似的呆坐着，以全身的精血去悟这个"⊙"，他觉得这个"⊙"牵制着全族人的身家性命，牵制着扁担杨的未来。这里边仿佛有无穷无尽的奥妙，有包罗万象的人生……他掉进去了，掉进去就再也游不上来了。有时候，他觉得他年迈的生命已燃烧净尽，灯油快要熬干了，随时都会死去。但他又觉得不能死，他得给扁担杨的后人有个交代。他要拯救这个被邪气笼罩了的村庄，把族人引上正道。正是这个崇高的信念支撑着他年迈的躯体，使他一日日在这个"⊙"里挣扎着……

这时候，卧在他身边的老狗黑子突然叫了起来，叫得很凶。立时，一村的狗都跟着叫起来了。

黑子的叫声把他从深不可测的"⊙"里唤了回来。他抬起头，一下子就看见了那烧红了半个天的火光。

"着火了！着火了！快救火呀……"

他慌忙走出来，站在院里大声呼叫。看看仍无动静，老人拄着拐杖走上村街，用拐杖敲一家一家的院门："着火了！着火了！快去救火……"

当村人们都担了水桶跑出来的时候，瘸爷才松了一口气。

可是，火又接连不断地烧起来了。一团一团的火球在麦场上滚动翻卷，而后化成一片黑灰，只见那飘舞的黑灰像蝴蝶一样飘上天空，带着一股浓重的焦煳味扑向扁担杨……

瘸爷神色肃穆地站在院子里，默默地望着夜空里的火光，连连顿着手里的拐杖，叹息不止："邪呀，太邪了！"他觉得这场可怕的火灾已经烧到村人们的心里去了，村子里再不会平静了。乱了，一切都乱了！他得想法"止"住这场火灾，不能再让它烧下去了。

可怎么才能"止"得住呢？连公安局的人都查不出结果来，他又能怎样呢。无奈，老人拄着拐杖去找杨书印了。他是村长，是扁担杨最精明的人，他也许有办法。再说，他该管的。

失火的时候，杨书印正在床上躺着，他的偏头痛病又犯了。

场里烧了一垛麦秸，他根本就没当回事。他最忧心的是那个狗儿杨如意。这娃子太棘手，当他觉得他的权力和威望受到威胁的时候，他不得不考虑得长远些。是的，这娃子让他睡不着觉。从那天晚上交手之后，杨书印就睡不着觉了。他一生当中处理过许多棘手的事情，从没有败过。可这娃子分明是个很强硬的对手，是他最喜欢也最恨的一个人。他喜欢这娃子的才干和胆略，恨这娃子的狡诈和残酷。每当他想到这娃子一点情面也不留的时候，他的头就木木地发痛。

可杨书印毕竟是杨书印，他也是治过人的。

早些年，他亲手把一个看中的年轻人毁了。那小伙子很聪明，是高中生，又是复员军人，在部队里曾当过团部的文书，一笔好字。他一下子就看中了，回来没几年就推这小伙当了支书。可这娃子渐渐就把他忘了。很长一段时间不到他家里来，做什么事也不和他商量。后来竟然屡次跑公社书记那里反映他的情况。这一切杨书印都看在眼里，可看见了却只装着没看见。干脆什么事也不管，什么事也不问，一切都让这娃子出头。因这娃子三番五次地去公社反映情况，公社书记为此专门找了杨书印一趟，很含蓄地问他："村里情况怎么样？班子是不是不团结呀？……"杨书印却笑着说："班子很团结。新支书是年轻人，干劲很大，很有魄力！对我也很尊重。工作做得不错……"往下，每当那年轻支书去反映他的问题时，杨书印却到处讲他的好话。渐渐地连公社书记也不相信那年轻人了。他觉得这娃子品质太坏，人家一手提拔了你，到处讲你的好话，你怎么老反映人家的问题呢？这样，说得多了，不但不去调查，连听也不愿听了。可这娃子还蒙在鼓里，仍然很积极地去公社反映杨书印的问题，干什么事都抢着出头。有了权力，村里人也开始捧他场，经常有人请他去喝酒。初时他还谨慎些，谁请也不去。还是杨书印专门请了他一次，他才去了。以后请的次数多了，他也不在意了。谁请都去，终于喝醉到了不分东西南北的程度，尿到主儿家的灶火里了……那天刚好全公社的干部在这里开现场会，人都来齐了，这娃子还不知道呢（他怎么会不知道呢？这是个永久的秘密）。当时，杨书印急得满头大汗，领着公社书记到处找他。等找到他的时候，他已经醉得连裤子都提不起来了……公社书记气坏了，一怒之下叫人把他抬到会场里亮了亮相，当众免了他的职！免职的时候，杨书印掉泪了，他恳求说："这娃子年轻，有才干，能不能再给他个补救的机会……"公社书记当场批评了他。事后，公社书记对他说："老杨，你这人心太善了。他不知告你多少次了，你还替他说话！"杨书印笑了笑，没再说什么。再后，这娃子在村子里混不下去了，杨书印又一次宽宏大量地安排他去煤矿上当工人。

走的时候，这娃子感动得哭了，说他对不起杨书印。杨书印听了，还是笑笑，什么也不说。这娃子走了不到一年就被砸死了。那是个集体办的小煤窑，设备很差，经常出事故，要的就是下死力的农民……如今，这娃子就埋在村西的墓地里，衰萎的荒草覆盖着坟头，他死时才二十七岁……

可是，这娃子不知道（也永远不会知道了），这一切都是杨书印事先安排好的。

没有比杨书印更周全的人了。他每到这娃子周年祭日的时候还去坟地看看他。当他那阔大的身量立在坟前的时候，村人们都看见他掉泪了……

这样的角色能败在杨如意手里吗？应该是不会的。可这娃子不是一般人物，他不能太大意了，他得好好想想。

然而，杨书印也没想到场上的火会越烧越大，连公安局的人都被惊动了。马股长一到家里来，他就觉得事情不那么简单了。假如这场大火连绵不断地烧下去，终有一天会烧到他的头上，若是他的麦秸垛也被人点了，那他就不是杨书印了。再说，案子不破，他的威望也跟着受影响。他不能不管了，他得截住这场火，不能再让它烧下去了。于是，他硬撑着从床上爬起来，开始盘算这场火的缘由了……

杨书印是了解扁担杨的。他知道扁担杨村没有一个人有胆量连续放火，干这么大的事。当县公安局的马股长让他提供怀疑对象的时候，他沉思了很久很久，而后抬起头来，凝神望着远处，淡淡地说："这种事很难说。不过，前些天，有人回来了一趟，又悄悄地走了。"

"谁？"马股长问。

杨书印轻轻地吐出了三个字："……杨如意。"

马股长像是明白了杨书印的意思，立刻说："先抓起来问问！"

杨书印笑笑说："问问也好，别冤枉了人家……"

然而，当马股长回城去签"拘留证"的时候，一切都变了，杨如意的怀疑对象被排除了。有人打了电话，失火的时候，他正在县长家里坐着……

杨书印听了，默默地吸着烟，心说：这娃子也够厉害了。好，很好。

后来，当瘸爷找上门来的时候，杨书印急忙上前扶住老人，说："哟，咋惊动您老人家了。快坐，快坐。"

瘸爷坐下来，忧心地说："书印，这事你得管呢。"

"管。二叔，你放心吧。我管。"杨书印一口应承下来，果决地说。

瘸爷叹口气："唉，人心都乱了……"

杨书印点点头说："二叔，公安局的人在这儿住着呢，我能不管吗？我正想去找您老人家商量呢。这案子牵连人太多，咱不能让马股长他们把人都抓走哇！"

瘸爷抬起头来，盯着杨书印："你知道？"

杨书印郑重地点点头，说："我猜，八九不离十了……二叔，为扁担杨那些不争气的族人、娃子，你得帮帮我呀。"

"你说吧，书印。"

杨书印缓缓地说："咱既不能让公安局的抓走人，也得想出个办法。这火要想止住，也不难。不过，总得有个人站出来……"

"你是说让我去公安局投案？！"

杨书印赶忙解释说："不。您老这么大岁数了，怎么叫您受这罪呢！再说您老清白一世，就是我杨书印再没本事，也不能叫屎罐子往您头上扣。我去也不能让您去。我说的不是这意思，咱得想法把火止住。咱村只有一个人能止住，一个德高望重的人……"

瘸爷忽然就想起小阴阳先生的话了，这话果然就应在他身上了。他叹了口气，不再说什么了。

"二叔，这事怕只有您老出头了……"

瘸爷默默地点了点头，"你尽管说吧，书印。"

"我想，火不是一个人放的……"

"真不是一个人？"

"肯定不是。你疑心我，我怀疑你，火烧起来就没头了，各人都在寻自己的仇家……寻来寻去，牵连人越来越多，事也会越闹越大……二叔，这事让您老人家出头，我也是不得已……"

"说吧，书印，说吧。"

杨书印沉吟片刻，说："二叔，您是五保户，只有一亩多麦秸，垛不大。您……把垛点了吧？"

瘸爷好半天没说一句话，他慢慢地抬起眼皮，望着杨书印。他看到的是一双焦虑、忧伤的眼睛，一双诚之又诚的眼睛……

"二叔，你应了一辈子好人，就再应一次吧。点了您的垛，村里人就不会瞎怀疑了。您当然不会黑着心烧别人的。这样，火就不会再烧下去了。火一熄，公安局查不出缘由，也就不会抓人了。"

"能止住？"

杨书印凄然地点了点头。

瘸爷慢慢地站了起来，拄着拐杖走了……

这天夜里，瘸爷的麦秸垛着火了。瘸爷没有去救火，他站在院里，神色凝重地望着西天里的火花，眼里的泪"扑嗒、扑嗒"地滴下来了……

着火的时候，杨书印也在院里站着，脸上一点表情也没有。说实话，没有治住杨如意，让这么一位孤寡的老人去"顶缸"，他心里也不痛快……

果然，万分精明的杨书印是最了解扁担杨的。历时数天，闹得人心惶惶的火灾，终还是熄了。虽然场上的麦秸垛已寥寥无几了，可杨书印家的麦秸垛却安然无恙。这是权力和威望的标志……

然而，经了这场大火，那沸腾的人心还会静下来吗？

四十三

入冬以来，在寒风中矗立着的楼房少了像挂有玉米棒、红辣椒串那样的小瓦屋才有的村趣，显示了钢筋水泥的骨架所特有的冰冷和严峻。一个巨大而坚硬的固体，一个野蛮地堆立着的沉重的黄色的固体，一个播撒着神秘和恐怖的固体，碎了扁担杨村的和睦、温馨的田园诗意……

四十四

失火后，一连几天夜里都有狗咬。狗也像疯了一样，一到晚上，像过马队似的在村街里窜来窜去，忽腾腾跑到这头，忽腾腾又跑到那头，亮了天，满村街都是蹄子印……

这天半夜里，狗咬得实在太厉害了。罗锅来顺睡不着觉，就披着棉袄下了床。他心里有点怵，却还是大着胆子走出来了。

一钩冷月斜斜地照在楼院里，像水一样的月光把院子照得阴森森的。那只拴着铁链子的狼狗狂叫着在院子里窜来窜去，一次又一次地向大门口扑去，把铁链子拽得"哗啦、哗啦"响……

这只狼狗是儿子杨如意给他牵回来的，说是怕他一个人孤。可这只狼狗太凶了，牵回来他一直没敢解铁链子，只是每天喂喂它。不知怎的，他觉得这"洋狗"一点情分都没有，叫它也不听"喝"。有了这只狗，反而更孤了。

罗锅来顺在院里站了一会儿,看那狗狂躁不安地往门口扑,也觉得门外有什么动静。他走过去趴在门缝上往外一看,不禁毛骨悚然,倒吸了一口凉气。

村街上,像鬼火似的闪烁着一片绿光。那绿莹莹的光亮在楼房四周来回游动着,时而前,时而后,时而左,时而右,一排排一层层的,到处都是。

罗锅来顺吓得几乎瘫在地上,他的两腿不住地抖着,头发全竖起来了。他不算太胆小的人,可他一辈子都没有见过这么吓人的场面。那绿色的火苗一晃一晃的,就像是鬼过节。

是狼吗?

罗锅来顺战战兢兢地又贴着门缝看了看,渐渐也就看清楚了。不是狼,这里是没有狼的。是狗,一群一群的狗!狗们全在地上卧着,一声不响地卧着,直愣愣盯着大门口。

罗锅来顺疑惑地眨了眨眼睛,怎么了?这是怎么了?狗怎么都跑到这里来了?!

猛然间,罗锅来顺听到了院子里狼狗的咆哮声。这条戴着铁链子的狼狗跟家狗的叫声是不一样的,它叫得更残更猛,简直像狼嚎一般……

罗锅来顺明白了,狼狗,是这狼狗招来的祸害。罗锅来顺不由得骂起儿子来,唉,盖这么一栋楼就够人受了,还弄来这么一条狼狗,真是造孽呀!

片刻,门外的狗不叫了,院里的狼狗也不叫了。可怕的寂静之后,门外的狗慢慢地往门口移动着,移动着……院里的狼狗又猛烈地咬起来了,戴着铁链子狂叫着往门口扑……门外,几十只狗齐齐地趴卧在门口处,那绿光逼视着大门,呜呜地发出挑战的吼声……

人不容，狗也不容哇！

罗锅来顺默默地站着，一时不知怎么办才好。他真想给狗们跪下来，求狗们别再咬了。可他看到的是一朵一朵的绿色火苗，仇恨的火苗。那绿莹莹的光亮中宣泄着可怕的死亡之光，宣泄着不可抑制的压迫感，宣泄着比人类更为残酷的敌视……狗们也是有灵性的畜生，它们分明也惧怕着什么。那绿光缓缓地在房子周围移动，很缓慢地向前移动，围一个半圆形的圈……

罗锅来顺被这惊人而又罕见的场面吓住了，他像是钉在那儿似的，站了很久很久……

暗夜里，狗仍在对峙着。

戴着铁链子的狼狗在月光下来回走动，两只耳朵竖得直直的，不时地发出"呜呜"的警告。

家狗时进时停，夯着狗毛，"沙沙"地往前挪动着。月光下，黑狗、黄狗、灰狗……全都匍匐在地上，头挨着头，排成了一个狗的方阵。

离狗群稍远些的地方，还卧着一条狗。这条狗静静地在地上卧着，一声不叫，两眼盯视着前方。狗眼里射出来的亮光像寒星一般。每当前边有狗退下来的时候，它就站起来了，狗们看到它重又折回头去，向门口处移动。而后它又卧下来，还是一声不叫……

这就是老狗黑子。

此后的夜里，罗锅来顺再没有安生的日子了。

四十五

没有星、月的夜晚，整座楼房里黑默默的，像是一座高高矗立着的黑色图案。那"图案"幽幽地闪着紫黑色的亮光，亮光里像有无数个披黑衣的小幽灵在跃动着，看似无声却有声，看似有声却无声……

四十六

失火之后，村子又渐渐地静下来了。人们照常去干各样的活计，发各样的愁。太阳依旧很迟很迟地才磨出来，鸡们照样在村街里寻食儿撒欢。没有风的日子，仍有人蹲在村街里晒暖儿，望着老日头说些日爹骂娘的话，而后愤愤地吃饭去了。仿佛这一切并没有什么了不起，日子总还要过下去的。

然而，在一个冬日的晴朗的早晨，人们突然发现麦玲子不见了。

这事是大碗婶的儿子大骡去买盐时才发现的。大碗婶早上起来做饭时看盐罐里没盐了，就打发大骡去买。大骡慌慌地拿了盐罐来代销点里买盐，却看见代销点的门锁着呢。于是他就跑到后院里喊："麦玲子，麦玲子，没盐了！"连喊几声，把麦玲子爹喊出来了。老杠掖着裤腰对大骡说："玲子在代销点里睡呢，你去前边叫吧。"大骡说："没有哇，门锁着呢。"老杠就敞着喉咙喊："玲子，玲子！死哪儿去了?!"喊了一阵，不见人，也不见应声。老杠也慌了，忙颠回屋去，拿了钥匙出来，急急地开了代销点的门。进屋来先翻钱柜，没见少了什么；又查看了货物，也都整整齐齐地摆着。这时，老杠松口气说："不会远去。"便给大骡称了盐，又趿拉着鞋回后院去了。

可是，一等不来，再等不来，一直到天半晌了，还是不见麦玲子的人影。这时老杠才慌神了，重又站在村街里扯着喉咙大喊："玲子！玲子……"他的喊声像炸街似的在扁担杨的上空飘荡着，传了很远很远，终也没人应。于是又一路喊着找，逢人便问：见麦玲子了没有？人们都说没见。老杠更慌了，囊囊囊跑到村东，又囊囊囊跑到村西，村里村外各处都寻遍了，只是寻不见麦玲子……

眼看日错午了，老杠一屁股蹲坐在地上，在村街里张着大嘴哭起来了！招了很多人看。一时，村里也沸沸扬扬的。都觉得奇怪，一个好好的姑娘家，怎么会不见了呢？有人上前问老杠，麦玲子这些日子有没有啥异常的动静？老杠呜呜咽咽的，也说不出什么来。只说这几日不大吃饭，看脸上愁着，也不知愁什么……人们听了，也说不出什么来。大碗婶插嘴说："赶快找去吧。一个闺女家儿，万一有个好歹，咋见人呢?!"

可是，上哪儿找呢？

来来是吃了晌饭的时候才从村外回来的。他给邻村的亲戚帮忙盖房去了。他怕见麦玲子，他一见麦玲子就想那事，他受不了。这几天他一直躲着麦玲子。

走到村街里的时候，他便听人四处张扬说麦玲子不见了。然后他就一直走到了代销点的门前，看到老杠时他站住了，什么话也没说，就那么站着。

村人们仍在乱嚷嚷地劝老杠，有的说她可能串亲戚去了，有的说她也许干别的什么去了，会回来的。人们都觉得麦玲子不会回来了，可人们都说麦玲子会回来的。这当儿，有人突然说昨晚上他见麦玲子在河边上坐了，立时老杠的脸色就变了，他想站起来却怎么也站不起来，浑身像筛糠似的抖着，脸上的泪水不住地往外流。闺女难道是寻短见了吗？

老杠流着泪说："爷儿们，帮帮忙，搭手去捞捞那傻闺女吧！"

一说到去河里捞人，人们又都说忙，有事哪。你推我，我推你，说话间，人飞快地散了，只有来来还在那儿站着，来来说："杠叔，麦玲子不会跳河。"

老杠看看来来，很伤心地问："来来，你去吗？"

来来还是那句话："麦玲子不会跳河。"

老杠不听他的。老杠回代销点里拿了瓶酒，扭头就往村外走去。

来来一直在后边跟着他。到了河边，老杠咕咕咚咚喝了两口酒，便下河摸去了。来来连衣服都没脱，也跟着他下河去摸……

老杠哭着摸着："玲子，玲子呀……"一会儿工夫，他就喊不出来了。河水不太深，只是寒得砭骨，冻得人的牙关"咯嗒嗒"地响。来来的脸冻得青紫青紫的，还是一句话也不说。

这当儿，老族长瘸爷听说信儿了，便挂着拐杖一家一家地上门动员人们去找。可好心的瘸爷失望了，他万万想不到的是竟没人去。人们都用别的事搪塞他，一个个推前推后的，拿他的话当耳旁风……

瘸爷生气了。他想不到人心已经散到了这种地步。他满目苍凉地在村街里站着，顿着拐杖，凄然地高声说："本姓本族的闺女活不见人，死不见尸，你们，你们纵有天大的事……罢了，罢了！是姓杨的给我站出来，不是姓杨的，也就随你们的心了……"

这苍老凄切的话语像冷风一样地掠过人们的心头，使人们不由得想起老人一生做下的许多好事，也就不忍再伤老人的心，终还是有人走出来了。

瘸爷头前走着，汉子们三三两两地在后边跟着。到了河边，不待瘸爷再吩咐，汉子们就都脱了衣裳，穿着裤衩子跳河里跟着摸……

长长的一条颍河，整整摸出二里远，河两岸都摸遍了，只摸出了一只女人穿的鞋，看了，又不是麦玲子的……后来又有人说去机井里捞捞看，于是又备绳去机井里捞，一直捞到天黑，还是什么也没捞出来。

天擦黑的时候，一干人跟着老杠垂头丧气地走回村来。老杠也顾不得什么了，从代销点里掂出几瓶酒来谢了众人，就捂住头蹲下了。眼里的泪扑嗒扑嗒往下掉。

瘸爷叹口气说："事出来了，愁也无用。明日再去找，说啥也得把闺女找回来。"

老杠突然吼道："要是做下那丢人败兴的事，我打折她的腿！"

是呀，到处都找遍了，能上哪儿去呢？若是有啥丑事，也该有个说道哇。这些日子，不曾听人说什么。闺女天天在代销点里，疯是疯了点，也没啥叫人看不惯的。就是跟人跑了，也该带上衣服、钱什么的。可代销点里已经查看过了，什么也没有动，东西归得整整齐齐的。没出过远门的闺女，能上哪儿去呢？

天晚了，连瘸爷也去了。唯独来来还在代销点门前站着，浑身上下湿漉漉的。

老杠捂着头伤心地说："回去吧，来来，这会儿人不回来，怕就回不来了……"

来来不吭，来来就那么站着。天黑透了，老杠也哭丧着脸回后院去了。可来来还在代销点门前站着。

他整整在那儿站了一夜……

四十七

夜里，那楼房里二楼后窗的一扇玻璃碎了。谁也不知道是怎么碎的，人们只听到了"哗啦"的响声……

第二天早上，人们从碎了玻璃的后窗里又看到了那个像小精灵一样的白女人。这次是从背面看到的，那女人光着白白的小屁股，果然是没有胳膊的……

人们自然是不会停下来细看的，只是不经意地瞥一眼，也就瞅见那细白细白的身段，像蛇一样扭动着的身段。看了，整整一天心里都是别扭的，像是被那蛇一样的身段盘住了一样，总觉得身上凉森森、滑腻腻的，不觉吐出一口恶唾沫，连啐三下。

四十八

来来的天坍了。

整个世界在他眼前只剩下了一片幻影，麦玲子的幻影。麦玲子的幻影在他眼前飘来飘去，在游动着的冰冷的夜光中随处可见。他看见麦玲子站在他面前，一件一件地把衣服脱去，光光的麦玲子在夜气中向他扑来，麦玲子对他说："俺是你的。"于是他闻到了一股甜腻腻的女人的气味。他抱住了女人，多少年来他就想抱一抱女人。这女人是他的天他的地他的命他的一切。他为求女人一句话，已经等得太久太久了。他一日一日地等着，他觉得麦玲子已是他的人了，只要把这句话说出来，麦玲子就会跟他过的。有女人的日子是多么好哇！

来来太胆小了，太缺乏勇气了。他心里一直埋着一个可怕的念头，他想把麦玲子干了，像一个真正的男子汉那样把麦玲子干了。来来心里藏着这么个恶狠狠的念头，这念头藏了很长时间了，他有很多机会，可每每和麦玲子单独在一起时，他心里就怦怦乱跳，他有点怕。他也说不清楚为什么怕，只要一看见麦玲子心里就怵了，怵了连话也说不好了。有时他会一个人跑到地里，抓起老镢乱刨一气，发发那股说不出来的邪火。表面上老实腼腆的来来，内心里却是野蛮蛮的。这一点是没人能看出来的，谁也不知道来来心里竟藏有这么多的原始人的兽性。来来不知道别人是什么样子，他有时候很看不起自己，觉得自己太卑鄙下流了。白天里他尽量把心里的一切都锁住，处处给人以憨厚温顺的印象。可是，越藏得紧他就越感到难受，欲望也就越加的强烈。白天还好受些，一到晚上那种原始的本能就像冲破堤坝的江水一样不可遏制。躺在床上的时候，他的听觉变得像狼一样灵敏。他能从蛐蛐那长一声短一声的鸣叫中分出公母来；能从村街里来往的脚步声中分出男女老幼来；能听见远远的颍河里公蛙和母蛙的叫声；连那种"咝咝""沙沙""唧唧"的不知名的虫子的叫声，他也能分辨出不同的含义来。他那像野兽一样灵敏的耳朵，不但能从公牛母牛那缓慢的咀嚼中听出阳壮和阴柔的差别；而当虱子从他身上爬过的时候，他也能从那极其细微的蠕动中极快地扪住，"咯嘣"一下，把虱子在床板上挤死，他也就分出雄雌来了。一个纯粹的人是不会有这种感觉的。来来不是一个纯粹的人，来来半人半兽，来来白天是人夜晚是兽。来来生活在人兽之间，就越加地感到痛苦。

当来来焦渴难耐时，他常常冒出去拦路强奸的念头，是的，夜晚没人时他也到村路上转过，可看到亮光的时候他就失去了勇气，他怕人喊。那样他就永远失去麦玲子了。来来是个只有卑劣的念头没有卑劣的行动的人，最痛苦时他也仅仅是去偷看麦玲子洗澡。看了他就"那个"了，"那个"之后使他更加感受到了人的痛苦。他怕人们看见他"那个"。他的裤子湿得太厉害了，他怎么也控制不住"那个"。为了不再"那个"，他躲开了麦玲子，躲开了一切人。他去亲戚家给人帮忙去了……

可是，麦玲子不见了。

他知道麦玲子是什么事都会干出来的。麦玲子也说过她什么事都干得出来。她小时候就很胆大，常常爬到高高的大柿树上摘柿子吃。割草时，她还敢把一条大花蛇的头用铲子铲掉，然后掂住那条蛇满不在乎地甩来甩去。来来小时是最怕蛇的，她就让来来给她割草，割满满一篮子，再给她背回家去。天不怕地不怕的麦玲子，怎么突然就不见了呢？

来来觉得一定是出了什么事情。

坏了！麦玲子一定是到那座楼房里去了。她突然就会生出许多奇奇怪怪的念头来。她会去的，谁也拦不住她，就是来来在家也拦不住她。一个人总会怕点什么，也许麦玲子就怕看见那座楼。她去了，去了就不见了。

那座惑人的楼会把麦玲子引到哪里去呢？

三天前，麦玲子突然对来来说："来来，你想不想去看看？"

"去哪儿？"来来问。

"你敢不敢去？"

"去哪儿呀？"

麦玲子笑笑，笑得很怪。往下，她就不说了。然后她扒拉着算盘珠子，扒拉着扒拉着就又冒出了一句："我受不了了！"

来来已受不了这么久了，来来还是忍着。来来不明白麦玲子怎么就受不了了。他觉得女人比男人好受多了。女人都是享福的，而男人才是受罪的。来来想说，可来来没有说。这话麦玲子已说过多次了，说说也就说说，来来没当回事。可想不到她说去就去了。

来来想不出麦玲子究竟到哪里去了，可他认定麦玲子是不会死的。她也许是跑出去了，她跑到很远很远的地方去了。可她还会回来的。她知道来来在家等着她呢，她不能没有来来，来来也不能没有她。

来来在心里一千遍一万遍地对自己说：麦玲子会回来的，麦玲子会回来的……可不知怎的，他的心一下子就揪住了。一个小小的让人失望的"芽儿"慢慢就从心里生出来了。他想拼命掐死这"芽儿"，不让它长出来，不让它生出失望的念头。一个让人担忧的"芽儿"还是长出来了。

来来自小没爹没娘，是跟一个同父异母的哥哥长大的。哥嫂待他并不亲，只分给他一间房子住。在村子里，对他最好的还是麦玲子。麦玲子家改善生活的时候，总少不了给他端去一碗；衣服烂了，也总是麦玲子给他补的。平时，麦玲子虽对他厉害一些，说话像训小孩子一样，但他心里还是甜的。站在麦玲子身边，他总感觉到一种母性的温暖，大姐姐一样的柔情。虽然不时也会产生非分的念头，但他从不敢造次。他怵麦玲子，也许就是因为这些。人哪，人哪，怎么会有这么多说不出来的东西呢。

麦玲子为什么不叫上他一块儿去呢？假如跟了麦玲子一块儿去，是坑是井他都会跟着跳的。来来太可怜了！一生中唯一对他最好的女人不见了。

在来来眼里，麦玲子始终是圣洁的。他不相信麦玲子会做出什么丑事来。虽然他希望麦玲子和他在一起的时候脱得光些，巴不得她生出邪念来，可是，对别人他相信她决不会的……

夜深了，老杠又摇摇地从后院走了出来。他喝了不少的酒，带了一身的酒气，走出来往地上一坐，像老猫一样的亮眼里淌着泪。他说："来来，回去吧。"

来来说："杠叔，玲子会回来的。"

老杠叹了口气，又说："回去吧，来来。夜深了，回去吧……"

来来站着没动，慌忙又咽了口唾沫，说："玲子会回来的。"

老杠摇摇头，说："要是做下啥丑事来，就别回来……"

来来身上忽地涌上一股热潮，他忙说："不会，玲子不会……"

老杠的头垂下去了，又长长地叹了口气。

"找找她吧，杠叔，再出去找找……"来来又急急地说，说罢，突然呜呜地哭起来了。

老杠抬起头，望着来来，说："来来，我知道你喜欢玲子，我知道，要是玲子能回来，唉……你，你愿过来吗？"

"愿。"来来说，"杠叔，我愿。"

老杠一直想娶个"倒插门儿"的女婿。来来是老实人，又是和麦玲子一块儿长大的……

可麦玲子在哪儿呢？

四十九

一天，人们很惊讶地发现，狗儿杨如意回来时，他从二楼右边的门里进去，却从左边最边上的第一个门里出来了。人们猜测那楼房里有许多的暗门，一个一个的暗门都是通着的，也许按了什么机关才能开。所以，那楼房里的门是数不清的……

五十

一天过去了。

三天过去了。

五天过去了。

所有能找的地方都找过了，所有的亲戚家都去问过了，连县城里、火车站也都打听了，还是没有寻到麦玲子的下落。老杠见人一句话也不说，只是流泪。他一下子像老了十岁。此后他就闭门不出了。

既然是活不见人，死不见尸，村里一时也议论纷纷，各种各样的说法都跟着出来了……

大碗婶坚定不移地认为麦玲子是做下丑事了。

她说她早就看出这闺女有身子了。走路不一样，腰里紧。你没看她腰儿一扭一扭的，多硬啊。别看她束得紧，有身子没身子是不一样的，肯定是怀上了。有一次，她去代销点里买针，还见麦玲子吐了呢，吐了一大摊。她没敢吭声，大闺女家咋就会吐一大摊子呢？她没敢吭声。

她说是这闺女贱。在村里上学的时候，就见这闺女跟县城里来的"小先生"眉来眼去，很叫人看不惯。那"小先生"不是调走了嘛，就是因为她才调走的，她老缠人家，后来就更疯得不像样了……

这还不算什么。接下去她便说出了那天夜里的事情，她说她在那天夜里看见麦玲子了。她说那天夜里很黑，她看见麦玲子穿着花格子衫，兜屁股裤子，一扭一扭的，搽得很香。她说她看得真真白白，清清楚楚，一点也不错就是麦玲子。她说麦玲子穿的花格子衫是红、黑、白三色的，这件衣服很俏，她不常穿，可那天夜里她特意地穿上了这件红、黑、白三色的花格子衫。大碗婶还说她看见麦玲子手腕上戴着一块亮亮的表。她肯定这块表不是麦玲子的，那是块很小很亮的表，麦玲子过去没有戴过表。她说麦玲子就戴着这块表在那座楼房的后墙根站着，还不时地看看那块表。楼上黑洞洞的，什么也看不见。大碗婶说那是半夜的时候，楼上很黑。渐渐地，她便看清了，那很黑的楼上开了窗子，窗子里慢慢地伸出了一个梯子，一个很黑很软的梯子。大碗婶说她连一点声音都没听见，那梯子便顺下来了。麦玲子就顺着梯子往上爬。她说这时她还是不大相信，可麦玲子爬了一半停住了，扭过头看了看身后的动静，这会儿她又一次证实了那是麦玲子，麦玲子就顺着梯子爬到楼里去了，神不知鬼不觉地爬进去了，谁都不知道，连罗锅来顺都瞒下了。大碗婶说罗锅来顺睡在楼下，他当然不知道。后来，她还听见楼上有叽叽喳喳的笑声，那笑声是三个人的。大碗婶说那笑声是三个人的，说是狗儿杨如意一个大床上睡了两个女人……

她说这是闺女的事，是闺女看狗儿杨如意有钱硬贴上去的。她说这事看来不是一次了，肯定不是一次了。不然怎么会腰里紧呢？闺女邪，房子也邪，进那楼里会有好事吗？大碗婶说有一回她还见麦玲子脱衣裳时身上戴着兜奶子用的"洋罩"。这"洋罩"是城里人才用的，麦玲子哪儿来的"洋罩"？这事肯定不是一天了。

她说人到这时候不回来，怕就是回不来了。弄出身子来了还咋回来呢。那房子邪，进去就出不来了。要不就是叫人大卸八块，背出去埋了。说不定哪天狗就能在河坡里或是什么别的地方翻出一条腿来！

她说这都是真的。她要说半句假话，叫她的眼珠子抠出来当尿泡踩！踩烂了再吐口唾沫，叫她下辈子当独眼驴。她还说，麦玲子这会儿要是活着，将来非给老杠抱回个外孙不可……

河娃说："大碗婶净是王八编笆篱，胡扯！"

他说根本不是这回事。那天夜里一点也不黑，大月明儿地，满天星星，啥都看得清清亮亮的。

他说他半夜里起来尿尿，刚出来时还迷迷糊糊的，凉风一吹就醒了。夜特别静，蛐蛐叫得很响，月光照在地上，连人影儿都映出来了。他漫无目的地四下看了看，一眼就瞅见那楼房后面有人。

他说他看到的不是一个人，是两个人。两个人都在黑影儿里站着，一个高些，一个稍低些，高的是男人，低的是女人。那女人看后相像是麦玲子。

他说麦玲子穿的根本不是花格子衫，是那种带条条的混纺衫，竖条条，看得可清了。那男的也不是杨如意，杨如意没那人高，绝对不是杨如意。再说也没见杨如意回来。

他说他曾在场里见过那人，也是和麦玲子站在一起，只是离得远，没看清脸儿。前一段不是有个县城里来的卖衣服的小伙儿嘛，说不定就是那个卖衣服的小伙儿。那小伙儿穿得很洋气，头抿得狗舔了似的。那天他在代销点门前晃来晃去，跟麦玲子说了很长时间的话。看着就像他。

他说麦玲子没戴表，是那个高个男人戴着块表。那男人的手一晃一晃的，他就看见那男人戴着表。

他说他看见那男人上前拉麦玲子，麦玲子不让他拉，胳膊甩了一下。他看得清清的，麦玲子的胳膊甩了一下，后来那男人又去拉她，麦玲子的胳膊又甩了一下，那手腕很白的，根本没戴表。那男人不动了，两人就站着叽叽咕咕地说话，说了很长时间……

他说根本就没有看见梯子，哪会有梯子呢。月亮照着，楼上亮亮的，一扇一扇的玻璃都看得很清楚，没有人，也没有梯子。那么高，怎么会爬上去呢？

他说，要有啥事也是那男的强逼麦玲子干的。是那男的骗了麦玲子。

那男人是大高个，要动起手来，麦玲子是斗不过那男人的。说不定是拿着刀子逼着麦玲子，麦玲子害怕了才跟他走的……

他说麦玲子就是进了那所楼房，也不是那天晚上去的。再说好事占便宜事不能都让杨如意那狗儿得了，他也是人，他不相信他就有那么大的本事……

林娃说："河娃准是看错球了！"

那天夜里他也起来尿了。河娃先起来尿，然后他又起来尿，也就是错那么一会儿工夫，两人看的不一样。河娃一准是看错了。

他说，那天夜里大月明儿不假，满天星星不假，可……就、就、就是没有人，那楼后面根本就没看见人。男人女人都没看见。倒、倒、倒有个梯子。梯子靠墙放着，黑梯子，好像是铁条焊的，长长地竖在地上，就是梯子，一坎台、一坎台都看见了嘛。他一点也不迷糊。

他说人没看见，影儿倒看见了。那不是楼后边，是楼南头，楼房南头有人影，黑黑的人影，是两个人抱在一起的，他还听见他们"吧唧、吧唧"在"啃"呢。

他说那女的准是麦玲子。男的就不知道是谁了。他没看见人，他看见的是影儿，一对人影儿，抱得很紧，比绳捆得还紧。那影儿一晃一晃的，两头并着。看动静那男的年龄不会小了，怕也有三十六七、四十上下了。

他说前些日子还见麦玲子出来挑水，腰儿细细的，风摆柳似的一扭一扭，那水桶也跟着一悠一悠的，他怎么就没看出来腰里紧呢？

他说那天夜里他看见的影不是带格子的，也不是带条条的。他见麦玲子穿过花格子衫，也见麦玲子穿过带条条的混纺衫，不过那天晚上穿的不是这两件衣裳。她穿的是小碎花蓝底的上衣，那影儿是花的，看得很清楚。

他说，后来人影不见了。他听到了脚步声，那脚步声一东一西地去了。往东的是男人，脚步重些；往西的是女人，脚步轻些……

他说不知道那男人是谁。可这是两相情愿的事，也怪不得谁。也许是两人私奔了，也许是两人一块儿自尽了，也许是两人一块儿进那楼房里去了。

他说他看见那梯子一直在那儿竖着，就是没见人爬上去。那梯子在那竖着，肯定是干什么用的，兴许是有人上去了，又下来了。也难说。

他说他后来就回屋睡了，一觉睡到大天明。早上起来尿尿，却又看见楼后什么也没有。那架梯子肯定是被人偷偷地搬走了……

独根娘说："麦玲子不会有这些花花事。"

她说这闺女自小没娘，性子刚烈。做事说初一就是初一，说十五就是十五，根本没人敢咋她。

她说这闺女肯定是进城跟她爹去拉了几趟货，看了县城里的花花绿绿，看花了眼，看花了心。又看狗日的杨如意一个人跑出去，回来就盖这么一大栋楼，也跟着起邪念了。

她说她看见这闺女前些日子老愁着脸，愁得脸都黄了，一肚子心事。她就知道没有个好，果然就出事了。

她说麦玲子身上戴的"洋罩"不是男人送的，是她自己在县城里拉货时偷偷买的。她去县城里给独根拿药，刚好碰见了麦玲子，麦玲子还羞呢。

她说麦玲子是去过那楼里。那天夜里她也看见麦玲子了。不过，不是在楼后面，是在楼前面见到的。那是个阴天，没有星星也没有月亮，麦玲子一个人在楼前面的黑影里站着。这都是那天夜里她出来让独根尿尿时看见的。

她说她听见狗咬了两声，是那杂种狼狗咬的，接着一村的狗都咬起来了。她听见门响了一声，往下就没有声音了，黑影里也没有人了，麦玲子肯定是到那楼里去了。

她说，别的也就难说了。

　　她说，也许这闺女跑出去给城里人当保姆去了；也许是遇上歹人，给人贩子卖到山里去了；也许是给人害了……

　　麦玲子失踪的事越传越玄乎，说法也越来越多。自然都是与那所楼房有关的，人们认定麦玲子是到那楼房里去了。村里已经出了两桩这样的邪事，一个死了，一个不见了。都说这事出得太怪了。那大房子真格是邪，太压人了！

　　往下自然是越说越气，越说越吓人。一干人恨得眼都黑了。这当儿，大碗婶一拍屁股说："男人都死绝了?! 要那鸡巴干啥用的？一窝子软鳖蛋！"

　　这一下子就把火点起来了。汉子们都挺了腰，咬着牙说："奶奶，给狗日的扒了！"

　　大碗婶又在一旁撺掇说："有鸡巴的就上去给我扒了！害得一村人不安生……"

　　汉子们也能吆喝着往前走。你撺掇我，我撺掇你，把胆子撑得大大的。走了没几步，又有人说："咱先礼后兵，去问问村长，要是村长不管，咱就给狗日的扒了！不管咋说，理先搁前头。"于是，有人飞快地跑去找村长了。

　　等了一会儿也不见村长杨书印出来，回来的人传话说："村长说了，民间的事别让他出面，他一出面就不好说了，你们该咋办咋办……"这话留下了个活口，那意思是很清楚的。虽然各人心里都有些怯，也不好不去了。

　　一时，汉子们又撑着一股血气往前涌，边走边吆喝："给狗日的扒了！……"惹得村里人都跑出来了，满街都是人。女人们看看那楼，心里先就怯了，忙去拉男人，又趁人不备在孩子的屁股上捏一把，孩子一哭，就更有理由拽男人了。汉子们心里也怯，只是怕在众人面前丢了脸面，也就强拽着身子往前走。离那楼房越近，拿抓钩、铁锨的汉子手越软，女人更是哭哭啼啼地死命去拽，生怕汉子一抓钩下去中了邪，说不定命就搭上了……

汉子们心里怯是怯，只是喊声不弱："扒了！给狗日的扒了！……"

到了门前，还没动手呢，罗锅来顺弓着腰从门里走出来了。他看了看众人，叹口气说："扒吧，扒了好。这房子不是咱住的……"说完，"扑通"一声，给众人跪下了。

众人你看我，我看你，一时不知怎样才好。手里的家什都张张扬扬地举着，只是没有落下去……

这当儿，又见老杠红着眼忽腾腾从村东跑过来，光脊梁手里举着一把抓钩，跑到楼前头"扑通"就是一抓钩。可那抓钩抡起来只在院墙上砸出了一个白印，却抡到脚上去了，立时便有红腾腾的血流了出来……

这房子邪呀！众人面面相觑，谁也不敢张扬了。女人们纷纷上前，拉住男人死命地往家拽。男人也终于有了下台的机会，也就骂骂咧咧地去了。

村长杨书印在自家院里站着，默默地吸着烟。等了一会儿，听不见有什么动静，也就阴着脸回屋去了。

五十一

有人说，那楼房里的第一间屋子是红颜色的。红得像火，像血，头顶、地下、前后左右的墙壁，全都是漆的红颜色。人一走进来，浑身就像被火烧着了一般，立时就想发疯！那红色越看越吓人，简直就像一片燃烧着的火海，铺天盖地地朝人压过来……

五十二

麦玲子失踪后，罗锅来顺悄没声儿地从楼屋里搬出来了。

自从住进这所楼屋，他就没过过一天舒心日子。他整夜整夜地睡不着觉，一个又一个噩梦紧紧地缠着他。稍稍清醒的时候，又觉得心里空落落的。他的腰弓得更厉害了，整个人就像塌架了似的，苦着一张布满老皱的脸。没有人责怪他，是他自己要搬出来住的。他觉得他的福分太浅太浅，架不住这么大的房子。这都是命哇。这楼屋自盖起后一再出邪，他受不了了。

罗锅来顺在楼房外面的空地上搭了一个小小的草棚，他把自己的被褥从楼屋里挪出来，夜里就住在这么一个像狗窝似的草棚里。住在这草棚里他心安了，也能睡着觉了。冬天天冷，他像虾似的蜷在小草棚里，也不觉冻得慌。人老了，活一天就多一天。能安安生生活就是福，还想什么呢？

人搬出来了，楼就空了。儿子不常回来，这空空的一座楼看上去连一点活气也没有，阴森森的。罗锅来顺虽然不住这楼屋了，却还一天几遍去楼院里照看，料理。早上他爬起来去楼里扫院子，扫了院子还得一天两次去喂狗……那只狼狗在院里关得久了，见人就咬，样子很凶。他甚至怕进这楼院了。怕归怕，可还是得去。有时候，他觉得他是背着这座楼过日子的。人搬出来了，这楼屋却依旧缠着他，他是脱不掉的。那简直不是房子，是他的主人，他每日里得按时去侍候这"主人"，却又黑天白日里受这"主人"的害……

他觉得他就是这样的命，命是注定的。他一辈子只能住草窝，只有在草窝里才睡得安稳些。夜里，他常听见那只狼狗的咆哮声，那狗叫起来很恶，把链子拽得"哗啦哗啦"响，还"咚咚"地撞门！每到这时候，罗锅来顺就又睡不着觉了，他知道是那狼狗惹得村里的狗们又围住门了。狗们天天夜里围在门口，就等那狼狗出来呢，只要一出来，那就是一场恶战！他不敢放狗出来，那狼狗熬急了，一出来就会发疯的。他怕咬伤了谁家的狗，他是连人家的狗也不敢得罪的。所以，狗叫得太厉害时，他不得不爬起来去看看，他怕那狼狗会挣断铁链子。

村人们见了罗锅来顺，也觉得他挺可怜的。房子盖得那么大那么好，却又不敢住，到老了连个安生的窝儿都没有。想想，心里的气儿也就稍稍地顺了些，也就更认定那楼房是压人的"邪物"了。

罗锅来顺却不觉得难受，他已经麻木了。每日里像游魂似的从草棚里走出来，慢慢地挪进楼院，把房子打扫干净了，又慢慢地从楼院里走出来，重又到草棚里安歇。人是很贱的，有了什么之后就丢不掉了。纵然是很沉重的东西他也背着。他觉得人就是这样子。

每当小独根从对面院墙的豁口处探出头来，罗锅来顺脸上便有了一点点喜色。他是喜欢孩子的，很愿意跟孩子说说话。只要孩子能给他说上几句，他心里也就松快些了。他问："孩子，快满百天了吧?"

"快了。"小独根说。

"满了百天你就能出来了。"

"满了百天就能出来了。"

罗锅来顺笑笑。

小独根也笑笑。

"爷，你不住大高楼了?"小独根歪着头问。

"不住了。"罗锅来顺很安详地说。

"住草棚了?"

"住草棚了。"

"为啥呢？爷，你为啥不住呢？"小独根很惊讶地问。

"爷住不惯。"

小独根怅然地望着那高高的楼房，又看看罗锅来顺，咬着小嘴唇想了想，说："爷，那楼里有鬼，是吗？"

"……"罗锅来顺语塞了，他不知说什么才好。孩子还小呢，还不懂事呢。他不能胡说，胡说会吓着孩子的，他怕吓着孩子。该怎么说呢？

"真有鬼？"

"……那房子邪。"罗锅来顺迟疑了半晌才说，他觉得他没法跟孩子说明白，他说不明白。

"娘也说那房子邪。鬼吃人吗？"

"别问了，孩子。你还小呢，大了你就知道了。"

小独根昂着头说："我不怕鬼。我进去就喊：鬼，出来！他会出来吗？"

"没有鬼。孩子，没有鬼。"他真怕吓着孩子，他想给孩子说点别的什么，可一时又想不起来。

"鬼也怕人，是吗？"

"……怕。"

"爷，你能给我解开绳子吗？"小独根眼巴巴地望着他说。

"等等吧，孩子，再等等。"

"等满了百天？"

"等满了百天吧。"

小独根很失望地看了罗锅来顺一眼，又痴痴地望了望对面的楼房，头又慢慢地缩回去了。待一会儿，小独根又突然地探出头来，喊道："爷，你记着。"

"我记着呢。"

罗锅来顺觉得很对不起孩子。孩子小呢，这么小的孩子一日日拴在树上，也太可怜了。他很想偷偷地给孩子解了绳子，让孩子到这楼院里玩一次，哪怕只玩一小会儿。神鬼都不会害孩子的，也不该伤害孩子。可他知道那绳子是解不得的，万万解不得！村里已出了不少事了。万一呢，万一这孩子摊上一点什么，他的罪孽就更深了。孩子的命太金贵了，他担不起风险。人是什么东西呢？想做的不能做，不想做的又必须做。人是什么东西呢？

罗锅来顺愣愣地站着，站了很久很久。儿子不让他种庄稼了，儿子说让他享福呢，可他没有福，没有福享什么呢。他很惆怅，那双网了血丝的老眼里空空的，像是看见了什么，又像是什么也没有看见。

冬日天短，天光很快就暗下来了，冷风一阵一阵地吹着，吹得人身上发寒。罗锅来顺又得喂狗去了。他侍候那楼院，也得侍候那只狼狗，狗又叫了。

五十三

有人说，那楼房的第二间屋子是黄颜色的。上下、前后、左右，六个面全是黄颜色的。进了第一间屋子，再进第二间屋子，你就会在一片凝重、旋转的黄色中心跳不止、肝胆欲裂！站久了，你会觉得浑身上下都被浸泡在黄水之中，身上长满了脓疮。那脓疮也滴滴答答地往下淌黄水。你禁不住想呕，呕出来的也是黄黄的胆汁……

五十四

狗儿杨如意又带着女人回来了。

这次他是坐小轿车回来的。一个庄稼人的娃子竟然坐上了从国外进口的"伏尔加"。据说那车过去是地委书记才有资格坐的，一个没有什么资历，也没有什么靠山的狗儿却堂堂正正地坐着伏尔加回村来了。

杨如意这次带回的女人比上次带回来的还要漂亮，瘦瘦的、高高的，腰儿细细的，脸儿白白的，嘴上还抹了口红。其实这女子还是那个名叫惠惠的姑娘，只是打扮得更洋气了，叫人认不出来。杨如意是故意叫人认不出来的。他每次回来都让惠惠换一套衣服，重新烫一次发，女人要是着意打扮了，就跟换了一个人似的，杨如意要的就是这种效果。

当那辆黑色的伏尔加"沙沙"地开进村的时候，无论在地里做活还是在村里走路的人全都扭过脸去了。不看，眼不见心静。可是，人们还是知道杨如意带着女人回来了，而且是又换了一个更漂亮的女人。于是，那些没有女人的汉子，不时地望望天，便觉得这日月分外地难熬。有了女人的，突然就觉得女人太土、太脏、太丑，心里无端地生出些恶气。这恶气没地方出，只好在心里闷着……

人们都盼着这轿车快点开过去，开过去也就罢了。可这辆轿车偏偏在村街当中停下来了。最先走出来的是那个漂亮女人。那漂亮女人拧着水蛇腰下了车，又走过去给杨如意开车门（杨如意有啥日哄人的绝招，能让漂亮女人给他开车门），杨如意也跳下来了。接着杨如意吩咐那漂亮女人几句，那女人点点头，便"咯噔、咯噔"地走到村街这面来了。那很扎眼的女人肩上挎着一个包，她像变戏法似的从包里掏出一张写好字的大纸来，用胶水把那张大纸贴在村街的墙上。然后，她回过头看了看杨如意，杨如意点了点头，她又"咯噔、咯噔"地走回来了。

显然，没有一个人到那贴了大纸的墙跟前去看，谁也不去看。可人们还是知道了，那墙上贴的是一张"招工广告"：

为了使家乡人民尽快脱贫致富，给闲散农村青年寻一条出路，本厂决定招收十八岁以上、三十五岁以下的合同制工人二十名。合同期一年，合同期满视工作表现再续。工作期间来去自由，不受限制。凡具有初中文化程度（须有毕业文凭）的农村青年可以免试，月工资五十元；具有高中文化程度（须有毕业文凭）的月工资七十元；具有大专（须有毕业文凭）以上文化程度的月工资一百元；如有特殊才能的人才，工资另定。如愿报名者，务请十日内……

杨如意站在轿车前默默地望着那张贴好的"招工广告"，一支烟吸完了，没见有人去看。他又点上第二支，可第二支烟又快吸完了，还是没人走过去看。来往的行人看见他只装没看见，一个个都挺着腰走过去了。杨如意甩掉烟蒂，冷冷地笑了笑，说："走吧。"

这时，忽然听见身后有人叫道："闺女，你过来。"

杨如意转过脸来，看见离他有两丈远的地方站着一位老人。那是瘸爷。瘸爷形容枯槁，执杖而立，那双深陷在皱纹里的老眼溢满了痛苦和迷惘。那个苦思而不得其解的人生之谜把他折磨得太厉害了。那已不像是人，是化石、枯木，是思想的灰烬。

望着苍老的瘸爷，杨如意的喉咙发干，他咽了口唾沫，叫道："瘸爷……"

瘸爷重重地吸了口气，把眼闭上了。他把愤懑深深地埋在心里，对扁担杨这个不肖子孙，他看都不愿看一眼。片刻，他又慢慢地睁开老眼，用苍凉、干哑的声音说："闺女，你过来。我有话说……"

惠惠拧了一下腰，不屑地撇了撇嘴，连动都没动。

"闺女……"瘸爷用慈祥、关切的目光望着这个打扮得洋里洋气的姑娘，那目光里含着许多许多老人才会有的爱护……

杨如意冷冷地说："过去。"

惠惠不悦地又拧了拧腰，说："干啥？"

"过去！"杨如意重复说，神色十分严厉。

惠惠看了看杨如意，虽然满脸不高兴，却还是"嘚嘚"地走过去了。

瘸爷诚心诚意地说："闺女，你是城里人吧？说句不中听的话，你上当了！闺女……"

惠惠喷着脸，歪着头，似笑非笑地望着瘸爷，问："上谁的当了？"

瘸爷急切地说："闺女，那娃子不是人，是畜生！狗都不如的畜生！别跟他混了……"

惠惠转过脸看了看杨如意，突然"咯咯"地笑起来了。

杨如意在远远的一边站着，却一声不吭。

瘸爷又说："闺女，我是好心才说这些。别跟他混了，那狗杂种总有一天要坐牢的。他……"

"他怎么了？"惠惠故意问。

瘸爷叹口气，劝道："闺女，有句话我不该说。这、这畜生不知糟践了多少黄花闺女……你快走吧，闺女。要是没钱，我给你几块。"瘸爷说着，手哆哆嗦嗦地往兜里摸，"走吧，你还年轻，找个正经人家吧……"

惠惠刚要说什么，杨如意朝前走了两步，沉着脸说："瘸爷，你别说了。我给她说。"他看了看瘸爷，又瞅了瞅惠惠，竟然很认真地说："惠惠，瘸爷说得对，我不是好人。你要走就走吧，我叫司机送你。"

瘸爷"哼"了一声，还是不看杨如意。他万分恳切地望着这城里来的姑娘，恨不得把心扒出来让她看看。他觉得他是在救这姑娘，他不能看着这娃子在他眼皮底下作恶，他要把这姑娘救出火坑。瘌爷的目光凄然而又坦诚，脸上带着一种普度众生的苍凉之光，他简直是在求这姑娘了："闺女，走吧。闺女……"

惠惠却一下子跳起来了，两眼圆睁，用十分蔑视的口气说："关你什么事？老不死的！"说完，"嘚嘚嘚"一阵风似的走去了。

这句话把瘌爷呛得差一点晕过去。瘌爷受不住了，他眼前的天地、万物都在旋转。变了，什么都变了！青天白日啊，在扁担杨竟会出现这样的事情？！好心不遭好报，这是瘌爷万万想不到的。好好的姑娘，怎么成了这个样子呢？是为钱吗？都是为钱吗？不为钱又是为了什么呢？那么，普天之下哪还有一块净土呢？！瘌爷难受哇。瘌爷为世风难受，也为这姑娘难受。瘌爷是不忍心看这姑娘受害才站出来说话的。瘌爷的好心被当成驴肝卖了！瘌爷古稀之年竟受人这样的侮辱？！瘌爷紧闭双眼，眼里却掉下泪来了……

这时，杨如意说话了。杨如意吸着烟，很平静地对站在身边的惠惠说："去，给瘌爷道个歉。不管怎么说，他是长辈。"

惠惠说："不去。他管人家的闲事干啥？老不正经！"

"去。"

"不去。"惠惠扭了扭腰，说。

"去！"杨如意"啪"地甩了烟头，恶狠狠地说。

惠惠的眼圈红了，她恨恨地看了杨如意一眼，委屈地咬着下嘴唇，欲动未动，身子像蛇一样地扭着……

杨如意轻轻地拽了惠惠一下，和气地说："惠惠，去吧，他是长辈……"

惠惠慢慢地挪着身子。挪几步，看看杨如意，又往前挪。快挪到瘌爷跟前的时候，她站住了，勾下头去，红着脸低声说："大爷，我刚才……"

这时，杨如意快步走过来，示意惠惠别说了。他扶着惠惠的肩膀站在瘸爷面前，沉静地说："瘸爷，我很坏。可她偏要跟我。真对不住你老人家了……"说完，拉着惠惠扬长而去。

瘸爷的眼一直是闭着的，他不愿再看这一对"狗男女"了。瘸爷知道他被这狗儿耍了，气得两眼发黑却又说不出话来。瘸爷万般无奈，只是重重地朝地上吐了口恶唾沫："呸！"

瘸爷实在忍不下这口气，他不能眼看着让一村人都毁在这鳖儿手里。瘸爷又愤愤地拄着拐杖找杨书印去了。他一进院子就顿着拐杖说："书印，你得管呢！……"

堂屋里，就像是专门等他似的，立时传出了村长杨书印那低沉稳重的声音："管。二叔，我管。"

五十五

有人说，那楼房的第三间屋子是黑颜色的。进了第一间屋子，进了第二间屋子，再进这第三间屋子，你就会觉得突然间掉进了万丈深渊。整个身子都在下沉、下沉、下沉……你的心在下沉中被紧紧地攥住了，瘪缩成一个小小的黑色粒子。再待上一会儿，你就会觉得你是在一个黑色的无底洞里悬着，眼看着自己在无边的黑暗中下跌，求生不能，速死也不能，于是，你就会像狼一样地大声嗥叫……

五十六

林娃河娃两兄弟简直是在刀尖儿上过日子的。为了凑够干大事的本钱，两兄弟夜夜在赌场上与人鏖战。

自起了打麻将赢钱的念头之后，两兄弟开市大吉，头一晚上就赢了七百块！七百块呀，两兄弟高兴坏了。回到家，林娃抱着一堆钱数了一遍又一遍，手都是抖的。河娃说："别数了，七百，是七百。"可他也忍不住站起来摸摸那钱，手沾着唾沫也跟着数起来了。林娃像做梦似的看着河娃，说："这真是咱的哩？"河娃说："咱赢的还不是咱哩？球，这算啥，明天晚上再赢他八百！"林娃傻傻地问："明晚还能赢吗？"河娃扬扬得意地说："那还用说？用不了多少天，咱就能办个纸厂了。到那时咱就大干一番！哥，丑话说头里，厂办起来你可得听我的。"林娃服了，林娃傻呵呵地笑着："那自然。"

可是，再往下打就糟了，两兄弟越打越输，输得一塌糊涂！不但没再赢钱，反而输进去三千多块。这三千多块都是血汗钱哪，瞎娘的棺材钱也在里边呢！两人本指望捞几把，把办厂的本钱凑够就洗手不干了，不承想输得这么惨！河娃蒙头了，他不知怎么输的。到了这种地步，想罢手也不行了，只有硬着心赌下去，再碰碰运气。

打麻将对赌博的人来说，简直是一场拼耐力拼意志拼智慧的生死搏斗，是吸人血要人命的！只要你一坐下来，人就像捆在了赌桌上，全身的每一条神经都绷得紧紧的，那眼就像锥子一样死死地盯着牌，打每一张都提心吊胆的，唯恐"放炮"，放一次"炮"就是几十块钱的输赢啊！在赌场上是没人敢轻易站起来的，有时候整整一天一夜不吃不喝不尿，就那么硬挺着打下去，只有输家才有权利罢手。往往一场牌打下来，有的两腿僵硬连站都站不起来了，有的禁不住尿到了裤裆里。在赌场上更没人敢喝水，唯一能做的就是吸烟，烟一支接一支地抽，抽得口干舌燥、嘴唇黄翻也没人敢喝一口水，一喝水就想尿，出去一趟回来也许就坏事了，人心难测呀！赌场，赌场，自然是六亲不认的，看看那一张张发青的脸就知道了，这不是赌牌，是赌命呢！似乎没有比赌博更能刺激人了，只要你打上一次，就没有人轻易肯罢手的。仿佛所有的希望都在这赌牌上悬着，牌牵着你走，无论走到哪里，你只有认命了。

河娃什么都想到了，就没想到他的对家是二拐子。他们一切都算计好了，有林娃联手，本是不该输的。可奇怪的是自头天夜里赢了之后，他们就再没赢过。两人能想的法儿都想了，能使的"窍门"也都使尽了，可就是不赢牌。到了这时候，河娃才晓得二拐子的厉害了。二拐子被人称作"赌王"不是浪得虚名的。二拐子也算是"个体户"，赌博个体户。二拐子家是城西的，地早就撂荒不种了，整日里云游四乡，以赌为生。别看他甚也不干，据说家里盖了六间大瓦房，整日里吸最好的烟喝最好的酒，出手很阔，常捎带着就把乡下那些缺钱户的媳妇干了。二拐子的钱都是在赌场上赢来的。他乍一看一点球能耐也没有，人干干瘦瘦的，长着一双钩子眼，看上去零零散散的不像个球人，可就这么个不像个球人的家伙却能在牌场上连坐三天三夜，打一场赢一场！二拐子已经被县公安局抓去多次了，每一次都罚他很多钱，不管罚多罚少，他都是一次拿出，很干脆。连公安局也拿他没办法。他赌博就像打擂似的，每到一处都先找一家人家设"场"，钱自然是不会少给主家的，因此走到哪里都十分受欢迎。开放搞活了，各种能人都出来了，二拐子自然也应时而生。二拐子打牌已经到了出神入化的程度了。他往牌场上一坐，眼斜着，嘴斜着，身子骨也斜着，一支烟叼嘴上直到吸完手连动一下也不动，看着那烟灰一段一段地往下掉。二拐子起牌发牌连看也不看，一摸十三张全扣在桌上，就那么扣着起，扣着发，一张牌不看，却场场赢！二拐子神了，二拐子打一场赢一场，把林娃河娃两兄弟害苦了。

河娃认定这牌上一定有"诈"。后来就换了一副新麻将牌。可换了新牌二拐子还是赢，赢得更顺手，不是"满贯"就是"清一色"。这就说明二拐子手上有"绝活"，可弟兄俩瞪着眼输了一盘又一盘，也没看出其中的奥妙在哪里。渐渐地，河娃也看出了点门道，每当两兄弟通了信儿之后，他打什么牌，坐在他上边的二拐子也打什么牌。待他快赢的时候，二拐子倒先赢了，赢的竟然是同一张牌，二拐子把他的牌截了！这就更说明二拐子有"诈"。两兄弟是为了大事才来赢钱的，当然是每出一张牌都绞尽了脑汁，盘算了又盘算，再说事先还一次次地商量对策，可二拐子鬼得厉害，轻轻巧巧地就把他们赢了。两兄弟当然是不服气的。两兄弟豁出去了，一次次地想法对付二拐子，眼都快瞪出血来了，还是看不出二拐子的"诈"究竟在什么地方。二拐子倒很大方，每次散摊儿的时候，二拐子必然从赢来的钱里摸出一把扔在桌上，说："老弟，今黑儿你俩手气不好，拿几张回去洗手吧。"这话更叫人难咽，于是晚上再来，却又输了。临了，二拐子还是那句话："洗手吧，老弟，我不想赢你们的钱。恁的钱来得不易，洗手吧……"

可两兄弟已顾不得什么了。钱已输了那么多，回头也是无望，只有以命相搏了。他们早已忘了当初来赌的缘由了，认死也要看看二拐子究竟使的什么"绝活"。不然，他怎么老赢呢？

这天晚上，两兄弟来时腰里都揣着刀。进了金寡妇家，两张发绿的脸互相看了看，就一声不吭地坐下了。二拐子来得更早些，牌桌早已摆好了。二拐子看见他们两兄弟进来笑了笑，什么话也没说，就吩咐他的下手拿牌。牌是四个人一块洗的，位置也是四个人掷骰子掷出来的，这里头当然没假。

二拐子打牌时眼还是那么斜着，手轻轻地按着牌桌，一动也不动。出牌时只用两个指头夹住牌，很洒脱地往前一送，牌就推过去了，一点响声也没有。河娃就死盯着二拐子的手。他的头像蛇一样地往前探着，两眼燃烧着可怕的绿光，那绿光在二拐子的手上、脸上穿梭般地来回移动，似乎随时都会射出一蓬野蛮蛮的绿色大火。林娃的手像鹰一样地在牌桌边上翻动着，那手上的筋跳跳的，每个手关节都亮着一层细汗。他的另一只手在腰里伸着，紧握着那把刀……

也许是太紧张的缘故，出牌时河娃的手抖了一下，牌掉在地上了。二拐子看了看河娃，一声不吭地把牌从地上捏起来，放到牌桌上，然后笑笑说："别慌，老弟。"河娃盯着二拐子，恶狠狠地说："我没慌。"二拐子点了点头，不再说什么了。

牌打到半夜时分，河娃的裤裆湿了，尿一点一点地顺着裤子往外浸。可他还死死地坐着，眼盯着牌桌，一动也不动。过了一会儿，对面林娃的裤子也湿了。夜静了，四个人都不说话，屋里弥漫着一股很浓的尿臊气。

二拐子的眼朝桌下面斜了一下，出牌的手缓慢地移动着，似乎在等人说话。然而却没人说话，两兄弟的脸憋得青紫，腿紧紧地夹着，却还是一声不吭。二拐子不动声色地放下那张牌，又慢慢地抽出一支烟点上。牌又继续打下去了……

这真是血肉之搏呀！有那么一刻，河娃的膀胱都要憋炸了，可他还是痛苦地忍受着，他要看看二拐子究竟玩的什么"绝活"，看出"诈"来就可以对付他了。他听人说二拐子曾提着一箱子钱闯过武汉的大赌场，二拐子把钱箱朝那儿一放就把人吓住了，竟然没人敢和他赌。二拐子手里一定有很多钱，很多很多，那么……

可是，很奇怪，这天晚上他们又赢了，一直赢。赢了却不知道为什么会赢。看不出二拐子使了啥法，盯得这么紧还是没有看出来二拐子的"绝活"。

鸡叫了，窗外透过一层灰蒙蒙的白光。这工夫，二拐子打了一个大大的呵欠，说："罢了。"

输家说罢了，也就罢了。林娃站起时鼻子里喷出一股红殷殷的血，身子摇摇晃晃的几乎站不住了。河娃忙上前扶住他："哥，你咋了？"林娃抹了抹鼻子上的血，说："没啥，头有点晕。"

二拐子瞅了瞅弟兄俩，说："兄弟，罢手吧？"

河娃说："不，还来。"

"还来？"

"还来！"

二拐子点点头说："好，有气魄。"说着，从兜里掏出五十块钱来，往桌上一扔，"我请客了！"

输了钱还请客，这是没有过的事情。两兄弟不好意思再说什么了。那刀硬硬地在腰里塞着，早焐热了。

这天晚上，两兄弟赢了七百块，刚好和头一天一样，不多也不少。那么，赌下去又会怎样呢？

河娃不知道，林娃也不知道。

五十七

有人说，那楼房的第四间房子是蓝颜色的。进了前三间屋子，再进这第四间屋子，你一下就觉得你是在冷水里站着，赤条条地在冷水里站着。像是热身子一下子跳到冰窖里去了，先是身上发冷，四肢发冷，渐渐地，那说不出来的寒气便逼到心里去了。你会觉得你的心慢慢在冻结，想喊，却又喊不出来……

五十八

杨书印在村委会的办公室里坐着，烟，一支接一支地抽。

民兵已经集合起来了，绳子也预备好了，可杨书印还没有最后拿定主意。他不想这样做。他凡事都考虑上、中、下三策。他觉得这是下策。

让民兵去把这一对"狗男女"捆起来，好好整治整治，然后送到乡政府或是直接送到县上去，他都有充足的理由。这狗儿杨如意也太不像话了，每次回来都带一个妞儿，连瘫爷都看不下去了，收拾他是很正当的。俗话说：捉贼拿赃，捉奸拿双。把这一对狗男女捆起来，他纵然浑身长嘴也说不清楚。人是丢定了，他还可以找人写一份证言，让村里人都在证言上签上名字，证明这一对狗男女在扁担杨搞不正当男女关系，耍流氓。甚至可以把麦玲子失踪的事也写上去，以示问题的严重性。这样，就足够让那狗儿在公安局里喝一阵子稀饭了。

可他知道，这样做也仅是让杨如意丢丢人，终究还会放的。这不是什么大事，也许一送去当即就放回来了。那狗儿局面不小，路已铺得差不多了，到处都有他的关系。只怕一个公安局的副局长顶不住压力，一个电话打过去，立时就得放人。这狗儿说不定第二天就会坐着轿车耀武扬威地回来，说不定还带着那个浪女人，闹个不了了之。那样，仇在心里种下了，他杨书印脸上也无光。

平心而论，杨书印还算是大度的。这娃子在他面前狂得不像样子，他早有心想治治他，给他点教训。可他却一直没有下手。他喜欢这娃子，看中这娃子是个人才。对人才他是舍不得下手的。这是匹好马，好马都会狂躁些。扁担杨村要是有这么一个人给他顶着，他后半辈子就不用发愁了。因此，他还是想把这娃子的心收过来。要想征服一个人的心是很难的。杨书印当耕读教师时就很欣赏诸葛亮的一段话："用兵之道，攻心为上，攻城为下；心战为上，兵战为下。"他知道这娃子心劲不弱，是极不好对付的。但他还想试试。他一向是很自信的。

如今到处都在嚷嚷改革，一个小小的村长的确不算什么了。他在村里的威望已不如过去了。地分了，求他办事的人少了，谁还尊敬他呢。可要是在村里树这样一个改革典型，让这娃子把他的资金、设备全都弄回来，在村里办一个厂……有权有钱，扁担杨村不还是他说了算？纵然这娃子不安分，可到了这十八亩地头上，他有日天本事也翻不出杨书印的手心……

杨书印内心深处最想得到的就是这些。

一个人离不开你的时候才会真正服你。杨书印要做的就是要让这娃子知道，在扁担杨村是离不开他杨书印的。他要再和这娃子谈谈，好好谈谈。叫娃子自己想吧。若不行，他就做一回恶人……

一切都盘算好之后，杨书印这才打发人去叫杨如意。他特意让人告诉杨如意，老叔有事找他，让他赶紧来，晚了会出事情的。

天已晚了，暮色四合，远处的田野里刮来一阵阵冷风。杨书印坐在村办公室里等杨如意。他突然想到，这娃子是机灵人，他要是不来呢？他要是坐上轿车走了呢？

这时，他听到了门外的脚步声。那是年轻人的脚步，轻捷、有力、无所畏惧。

杨书印笑了。他身子一仰，稳稳地靠在了椅子上。

门开了。果然是杨如意，西装革履、神色泰然的杨如意。他一进门就说："老叔，我知道你还会找我。我知道。"

杨书印笑模笑样地站了起来，说："如意，来来，快坐。"

杨如意依旧站着，问："老叔，这回找我，怕是有事吧？"

杨书印抢先递过一支烟来，笑着说："如意，没事叔侄儿俩就不能说说话了？"

杨如意这才往椅子上一坐："说吧。"

"听说你回来招工来了？"

"是呀，招工来了。给村里年轻人寻条出路。"杨如意很随便地说，"咋，老叔也想去？老叔要去，年龄可以适当放宽一些……"

杨书印并没恼，脸上还是笑眯眯的："老叔老了，老叔没这份能耐了。不过，这是好事。"杨书印说着，身子又往前倾了倾，"听说你还想给村里办件大事？"

杨如意愣了一下，片刻，他歪着头看了看杨书印，点点头，又点点头："我要办的事很多，不知你说的是哪一件事？"

"嗨呀，说法多了。有人说你要把厂迁回来，还有人说，你要拿十万块钱，在村里办个分厂……好哇，这很好哇！这事老叔支持你。村里给你批地方，你赌甩开手干了……"

杨如意笑了笑，说："老叔，你还是不死心哪。"

杨书印脸上的肌肉微微地动了一下，立时露出很吃惊的样子："咋，你没这想法？"

"想法倒有，就怕干不成。"

"噢，有啥想法说说？老叔大力支持你。"

杨如意吸着烟，心平气和地说："老叔，咱村花几十万块钱造个窑。是经你手造的，花的是全村人的血汗钱，成了吗？没成，垮了，经你手垮了。咱村的拖拉机也是经你手包出去的，开出去就成了一堆废铁……"

杨书印的眉头皱了皱，却仍然很恳切地说："如意呀，恁叔老了。挣钱的事，恁叔是不懂。恁叔就给你当个后勤吧。恁叔是一门心思想让村里富起来呀！"

杨如意冷冷地说："老叔，你不懂挣钱抓经济，可你会治人，你总想把人治得服服帖帖的。人治服了，也啥球都干不成了。要想干成，只有一条路……"

"你说你说……"

杨如意突然抬起头来，一字一顿地说："你、下、台。"

屋里静下来了，空气很闷。杨书印的脸一阵红了，又一阵白了，他嘴角抽动了几下，眼里暴射出一道逼人的光。倏尔，他慢慢地把眼闭上了，身子往后一仰，拍了拍头，又拍拍头，长叹一声，仿佛是很艰难地说："老叔不中用了。如意，你来干吧。你来……干吧。老叔不插手，决不插手。"

杨如意摇摇头说："老叔，你不会，你受不了。你一辈子都在琢磨整治人的法子，你也够苦了。你不会罢手的。除非是上头不叫你干。要是上头真不叫你干了，只怕你半年也活不了。不过，老叔要真是想开了，去我那厂里当个保管吧。我看你当保管还可以。一月可以给你一百块钱，不能再多了……"

这话一下子刺到杨书印心里去了，这比扇他的脸还难受呢。堂堂的一村之长，扁担杨最有能耐的人物，什么事没经过？什么人没见过？三十八年来他经过了多少风浪？可这娃子却把他说得一钱不值，到了顶只能施舍他一个保管当……杨书印的脸憋得黑紫黑紫的，血一下子涌到头上来了。他立时就想叫人把这娃子捆起来，高高地吊在梁上，任凭违反政策，任凭村长不干，也要好好地整治整治他。

可是，人老了。必然就考虑得长远些。他还有下一步呢，下一步……杨书印异常艰难地克制住了自己。他抬起很沉重的、嗡嗡作响的头，两只大手抓住椅子，直起身来，长叹一声，十二万分恳切地说："如意，老叔把一颗心都扒给你了，你还是不信。不信也罢了。说心里话，老叔喜欢你。你年轻、气盛，老叔也不怪你。可年轻人，老叔为你担着一份心哪！……"

"噢？"杨如意默默地看着杨书印，等他把话说下去。

杨书印慢慢地吸着烟说："如意，你也该谨慎些才是。村里传了不少闲话，连老族长都看不下去了。有俩钱是好事，可钱也会坏人的。"

"是，老叔说的是。"杨如意点点头说。

"唉，如意呀，你咋做出这种事呢？你做这种事，连老叔都不好为你说话呀！村里沸沸扬扬的，非把你和那女人捆到县上……"

杨如意眼里泛出了一点吓人的绿光。他咬着牙，很郑重地点点头说："老叔是为我好，我明白了。"

杨书印闭上眼，像是十分忧虑地问："如意，玲子也是你拐出去的么？"

"你说呢？"

"老叔当然不信。可你趟趟都带女人回来，村里人都看着呢。事已到了这种地步，叫老叔咋做工作呢？……"

说到这里，杨书印不再说了。他点到为止。往下他看着杨如意，看他穿的那件质地很好的西装，乡下人一时还叫不出名的双排扣西装。看他那双样式很新的皮鞋，那皮鞋在乡村的土路上荡了一些土尘，却还是很亮的。然后他看着杨如意的脸，一张红润却藏着疲倦的脸。两人的目光终还是对视了……

杨如意目光直直地盯着杨书印，盯了很久很久。这双眼睛里什么也没说，就直直地盯着另一双眼睛，听另一双眼睛"说"，直到另一双老辣深沉的眼睛把话"说"尽为止。然后这双眼睛动了一下，很活泛地动了一下，那感觉就像是猫捉老鼠而被老鼠咬了一样……

杨如意仿佛是很知心地往前倾了倾身子，说："老叔，你都安排好了。

我想你什么都安排好了。把我跟惠惠捆起来，先在村里丢丢人，然后捆着送到县上去，跟人说这是一对胡搞八搞的流氓。你证据确凿，有人证也有物证。想必你也给那位在县公安局当副局长的旭升打过招呼了。不管事大事小，起码可以先关我几天。这你能办到，我相信你能办到……"

杨书印用十分赞赏的目光望着杨如意。

"老叔，你还可以把麦玲子失踪的事加到我身上，说是我拐走的。这又是一条罪。光这一条罪就可以查个十天半月，也可以查半年。你心里很清楚，我不会轻易就认了。我的钱撒出去就是路，路也不窄……但耍流氓搞女人这条罪是躲不过的。捆了也就捆了，关了也就关了。最起码叫我丢丢人，受受罪。叫我哑巴吃黄连，有苦难言……"

杨书印依旧用十分赞赏的目光望着杨如意，只是脸上的皱纹一条一条地显出来了，仿佛是突然之间涌出来的，显得十分苍老。

"老叔，你很会做，我知道你很会做。你不但会叫民兵把我捆起来送到县上，你还会连夜赶去把我保出来。你会尽力去活动，给人说好话保我出来。当然，为了让我感激你，服服帖帖地跟着你，你还会做很多很多……图啥呢，老叔，你图啥呢？仅仅是喜欢我，当然不是……"

杨书印忽地站了起来，在屋子里来来回回地走着……

"老叔，你只有一个目的。你口口声声说是为扁担杨，其实是为你自己。你想牢牢地把持住扁担杨。这年头，要想真正把持住扁担杨，不搞经济是不行的。不搞经济慢慢就没人听你的了。于是你想到了我。你开始也仅仅是嫉妒、恨、看不起。一所楼房就惹得你坐不住了。渐渐你的心思变了，你想把我抓在你手里，把我辛辛苦苦搞起来的涂料厂抓在你手里……"

当一个人当着另一个人的面，把他的心机一条一条地揭出来，毫不留情地揭出来的时候，他心里会是什么滋味呢？

杨书印站住了，脸上很勉强地带着笑，那笑很苦很苦。他摇着头，反反复复地说："娃子呀，娃子呀，你把老叔想成这样了，你把老叔想成这样了……"

"老叔，我回来就是想歇歇的。我太累了。我在城里跟人撕过、咬过、拼过，每天都像狼一样地跟人斗。我坑过人，也被人坑过。为合同上的事，我几乎每月都要上法庭跟人家打官司。大地方能人多，黑心人也多，在生意上人与人是很残酷的，有时候会逼得人想跳楼自杀……这些，我都应付过来了。我回家来就是想歇一歇，喘口气，有个女人陪陪我。老叔哇，这事你弄不成。你要弄成了，我早就不在城里混了……"

杨书印沉着脸说："既然你把老叔想得这么坏，老叔也就用不着替你操心了……"

"老叔，你动了一辈子心思。可智者千虑，必有一失呀！我让你看件东西吧。"杨如意说着，很从容地从内衣兜里掏出一张红纸来，那张折叠很整齐的红纸上赫然地印着"结婚证书"四个字。杨如意把这张"结婚证书"扔到杨书印面前的桌上，"老叔，好管闲事的人太多了，你不是头一个。看看吧，我是早有准备的。当然，这不算什么，不过是一张纸，一张具有法律效力的纸……"

杨书印看着那张"结婚证书"，突然有了一脚蹬空的感觉。这娃子心计太深太深！他玩女人竟带着这张"护身符"。有了这张纸，他干什么都合法了。这东西肯定是花钱弄来的。过去是权力起作用，现在钱也开始起作用了。有钱什么都可以买出来。高明啊，太高明了！

杨如意从兜里掏出打火机，"啪"一下打着火，又漫不经心地把那张"结婚证书"提起来，放在火上点着。他捏住纸的一角，就那么眼睐着火苗一点一点地燃尽，然后随手扔在地上，抬起头，看了看杨书印，说："老叔，这不算啥。我还有呢。你想得一点也不错，这东西是花钱弄来的。我连去都没去，打声招呼就给我送来了，可这上边盖着政府的大印。有了这张纸，你想捆人就成了笑话了。那样，犯法的不是我，而是你了……"

说着，他真的又从内衣兜里掏出一张来。他拿着这张红纸在杨书印眼前晃了晃，冷冷地说："你可以说这是假的。我也说这是假的。是托关系弄来的。可到了公安局、法院，就没人敢说这是假的了。谁敢说法律是假的？谁敢说法律可以用钱买？老叔，你要捆就捆吧。只要你不怕犯法，不怕住拘留所，要捆就捆吧。"

杨如意站起来了，杨书印也站起来了，两人互相看了一眼，平平常常的一眼。然后杨如意大步走出去了。

很长时间过去了，杨书印脑海里仍是一片空白。他的手抖抖地拿烟来吸，烟掉在地上了，他弯腰去捡，捡了两次……

门外那些好事的民兵早已等得不耐烦了，三五成群地聚着谝闲话。他们都等着看一场好戏，看那狗儿被绳捆起来的熊样儿，更想看的是那浪妞儿……

许久，杨书印缓慢地走出来了。他阴沉着脸对准备捆人的民兵说："都回去吧。明儿……找会计领劳务费，每人一块。"

众人都愣住了。怎么？不捆了吗？不是说好要捆那小舅的吗？就这么白白地放过他了？汉子们你看我，我看你，又一齐望着杨书印，谁也没有走。

杨书印看看众人，无力地摆摆手说："娃子年轻，再给他个机会吧。给他个改过的机会……"

五十九

有人说，那楼房的第五间屋子是绿颜色的。进了前四间屋子，再进第五间屋子，你就像走进了湿热难耐、密不透风的玉米田，臭烘烘的玉米田。你身上立时就有汗下来，浑身大汗。接着你眼里很快就印上了绿颜色，再也去不掉的绿颜色……

六十

来来回来了。

来来去寻麦玲子，去了好多天，却还是一个人回来了。他没有寻到麦玲子。没有寻到麦玲子不说，他兜里揣着一把罚款条子回来了。

他躲不过"红灯"。

其实来来根本就没顾上寻麦玲子。他从县城坐火车到了省城，本是要去打听麦玲子的下落的。可他一下车没走多远就碰上了"红灯"。他不知道头顶上有"红灯"，也不知道那"红灯"是干什么用的。眼看着是路，他就走过去了，走过去就被警察拽住了。来来吓了一跳，说："咋啦？"那警察学他："咋咋咋，你说咋咋咋？"来来红着脸又说："咋，咋啦？"那警察铁着脸说："咋不咋，拿钱吧，罚款两元。""走走路就要两块？"那警察不理他，只刷刷地往"罚款收据"上写字，然后"嚓"一下撕下来递给他："拿钱吧，两块。下次注意。"来来嘟嘟哝哝地从兜里掏出两块钱递过去，那民警"啪"地给他敬个礼，去了。来来继续往前走，心里觉得这两块钱花得太冤枉。走走路还要罚款，走路凭什么要罚款呢？……他走着想着，想着走着，猛然间又听见有人厉声喝道："站住！"他又站住了。又是一个警察走过来，把他拉到一边去，很严厉地说："怎么搞的？你没看见红灯吗?!"来来急了，忙说："没看见、没看见红灯。"那警察说："那好吧，你别走了，在这儿好好学习学习。"来来脸上的汗下来了，苦苦哀求说："俺是乡里人，不懂规矩。俺还有急事呢。人丢了……"那警察看看他说："好吧，罚款两元。"来来没办法，只得又掏出两块钱来……

又是"红灯"……

又是"红灯"……

来来不敢再往前走了，来来躲不过头上的"红灯"。他越想躲越躲不过，于是就慌慌张张地往回走。往回走还是撞了"红灯"……

来来窝囊透了。来来回来没敢跟人说他窝囊透了。人们问他，他只说没寻到麦玲子，跑了很多地方都没找到麦玲子……

大碗婶说："这人怕早就不在人世了。要是活着，只有一个人知道她的下落……"

来来问："谁?"

大碗婶肯定地说："狗儿，那狗杂种知道。你去问他吧，要是人活着，他就知道。"

这话是大碗婶在来来回到村里的那天下午当着众人的面说的。大碗婶是很有本事的女人，滚蛋子生了六个娃儿，每个娃儿都有一只盆样的大碗，一家人吃起饭来一片喉咙响。每每端出饭碗来，都叫人看了发愁。大碗婶却一点也不愁。除了骂男人（骂男人她能骂出一百二十个花样）之外，她一天到晚走东家串西家，村里的事没有她不知道的。她愁了这家，又愁那家，有许多稀奇古怪的事情都是从她嘴里传出去的。

来来听了大碗婶的话，什么也没说就夹着腿蹲下了。

大碗婶问："咋了？你咋了？"

来来勾着头说："我……肚子痛。"

大碗婶说："碍事吗？碍事找人给你看看……"

来来说："不碍事，一会儿就好了。"

话是这么说，来来就是不站起来。他一直在地上蹲着，熬到人走完了，他才站起来。站起来就往家跑。他的腿下又湿了……

此后的夜里，来来像夜游神似的在村子周围窜来窜去。他总是急急忙忙地走着，神情恍惚，两眼却瞪得大大的，不知在干些什么。眼看着人家的麦地都浇过水、施过肥了，唯有他的麦地连一次水也没浇过，麦苗儿都黄尖了，他也不管。

有人见他在河坡里坐过。河坡里有一大片苇子地，芦苇长得又高又密。他在苇丛里钻来钻去的，身上粘了许多白毛毛儿。然后他在苇丛边上坐下来，嘴里噙着一根苇节，"咯吱、咯吱"地嚼着……

有人见他一个人站在老坟地里。来来突然之间变得胆大了。他竟敢一个人到老坟地里去，而且头枕着春堂子的坟头躺在那里。冬夜的寒风带哨儿，一阵一阵地"呜呜"着，周围一片漆黑，看上去十分瘆人。可他就那么蜷着身子躺在老坟地里，两眼瞪瞪的，不知在想什么……

还有人见他在楼房周围转来转去，这里站站，那里站站，像听墙根儿似的，神情十分古怪。有人晚上出门看见一条五尺高的黑影儿桩似的在墙根处立着，吓得头发都竖起来了，忙大着胆子问："谁?!"他就说："我，是我。"人家问："干啥呢？你干啥呢？"他说："不干啥，我啥也不干。"

杨如意坐轿车回来的那天晚上，人们看见来来到那贴了招工广告的墙跟前去了。村里只有来来一个人到那招工广告跟前去看。他在那里站了很久，还一根一根地划了火柴映着看。他一共划了七根火柴才把那张招工广告看完。看完后他在黑影里又站了一会儿，继而慢慢地顺着村街往前走。他像是很迟疑的样子，走走，停停，又往前走，终于在楼房门前站住了。

这是个绿色的夜晚，村街里到处闪烁着荧荧的绿光。来来看见不远处站着一条狗，那狗不祥地望着他，眼里似乎带着嘲笑的意味。来来一下子就冲动起来，他走上去"咚咚"地拍响了那铝合金大门："杨如意，你出来。有种的你就出来！"

这当儿，罗锅来顺悄没声地从小草棚里走出来了，他走上前怯声问："来来，你有事给我说，给我说吧。"

来来不理罗锅来顺，又喊："杨如意，狗日的你出来！"

罗锅来顺又在一边求道："来来，一村住着，有啥事不好说呢？你给我说吧……"

来来看见杨如意从楼上下来了，那脚步声"咚咚"地响着，就像是踩在来来的心口上。接下去来来听到了开门声，铝合金大门"哗"地拉开了，杨如意在门口站着，狼狗"汪汪"地在他身后咬……

"什么事，你说吧？"杨如意冷冷地看了来来一眼。

来来干干地咽了口唾沫说："你……你说，你把麦玲子拐到哪儿去了？"

杨如意笑了笑，毫不在意地问："谁说我拐了麦玲子，谁说的？"

来来没词儿了。来来脖子一犟，说："你、你、你……就是你！"

杨如意说："你看见了？你看见我拐了麦玲子？麦玲子又不是三岁的孩子……"

来来说："麦玲子没跳井没跳河，不是你拐了还能到哪儿去？！"

杨如意看了看来来，点点头说："好吧，就算我拐了麦玲子。你过来吧，你过来我给你说。"

来来一直没有抬头。来来只听见楼上飘着优雅的乐曲声，还有女人那浪浪的唱。他一听见杨如意让他进去，便本能地往后退了一步……

　　杨如意又说："站在门口像什么？你来嘛，你进来我给你好好说说。"

　　来来抬头看了看楼房，只觉得身上过电似的寒了一下，嘴里却说："我怕了你吗？"

　　"你过来嘛，我又不是狼，能吃了你？哼……"

　　来来往前跨了一步，又抬头看了看那楼房，大声说："球，我不怕你！"

　　杨如意用蔑视的眼光瞥了来来一下，一甩手扭身就走。

　　来来的胆子一下就大起来了，他说："你站住！"

　　杨如意脸都没扭，说："想听我说了？你来吧。"

　　来来又往前跨了一步，十分艰难的一步……

　　杨如意"噔噔"地上楼去了，边走边说："我的信息还是比较多的，也许能给你找到点线索……"

　　来来出汗了，他一紧张就出汗。五尺多高的来来一步一步地走进那所楼房里去了……

　　罗锅来顺在楼下的黑影里蹲着，他怕两人会吵起来。可是，没有听见吵架的声音。楼上的门是关着的，罗锅来顺什么也没有听到。

六十一

　　有人说，那楼房的第六间屋子是紫颜色的……一走进第六间屋子，你会觉得你一下子掉进陷阱里去了。那令人恐怖的紫色很快地侵入到你全身的每一个毛孔，就像全身爬满了蝎子、蜈蚣一样……

六十二

癞爷在搓一根绳子。

他用细麻搓绳，一根很长的绳。他人老了，眼也有些花了，他搓得很慢，很细心，搓一截就展劲拉一拉，生怕断了。

癞爷搓绳的时候，老狗黑子就安详地在他身边卧着，看着他搓绳，那狗眼里竟满是凄然、苍凉的神情，仿佛它懂了什么。

癞爷是很痛苦的，癞爷为村人做了一辈子善事，到老才想起为自己搓一根绳子。没有人问一问他搓绳子是干什么用的。谁也没有问。

癞爷在搓一根绳子。

癞爷的一生应该说是很值的。他做下的好多事都该记入村史，让后人流传下去。在很久以前，癞爷为村人舍了一条腿。他用这条腿给村人换来了三十亩保命的好地。那时，村里仅有的三十亩好地被邻村姓张的大户人家霸去了。大旱之年，杨姓人全靠这三十亩水浇地保命呢，可这张姓的大户人家人多势众，十分霸道。扁担杨的老老少少眼看着这块"宝地"被人抢去，却没一个人敢出头去要。当时癞爷刚从"队伍"上逃回来，他五尺多高的身量，一身腱子肉，正值年轻气盛的时候。一听说这事，肺都气炸了，二话不说，掂着一口大铡就跑出去了。癞爷一出家门就高声大骂，一路骂去，骂得一村人灰溜溜的不敢见他。而后，癞爷就一个人掂着大铡站到张姓大户的门口去骂。他从早上骂到中午，又从中午骂到晚上，历数张姓大户的恶迹……夜里，张姓大户纠集了本族一帮地痞，摸黑围上去把癞爷的腿打断了！张家以为这就可以了事了，扁担杨再不会有人敢来闹了。

不料，第二天瘸爷又叫人用床把他抬到了张家的大门前，瘸爷挣扎着从床上爬起来，撑着一条血淋淋的断腿，手按大铡，仍是叫骂不止。他一连骂了三天，骂得张姓人家连门都不敢出。就这样，终于又把那块"宝地"夺回来了……

瘸爷一生为村人做的好事是数不尽的，那一桩桩一件件说起来都令人难忘。瘸爷是村人的魂，是村人的胆，连万分精明的杨书印也不得不敬他三分。

可瘸爷的一生太苦了。他年轻时也是有过女人的，据说那女人长得很漂亮。后来那女人走了，偷偷地溜走了，是跟人私奔了。村人们都以为那女人是因为瘸爷断了腿才走的，提起来一个个恨得牙痒，大骂那贱人没良心，然而只有瘸爷心里知道那女人为什么会走。这是瘸爷的秘密，是他永远不会让人知道的秘密。瘸爷从来不提这女人的事情，瘸爷内心深处的痛苦和耻辱是没人知道的……

……在那么一个月黑风高的夜晚，出外七年的瘸爷从"队伍"上跑回来了，女人欢喜地偎到他跟前，抱他亲他咬他，女人想他想得快要发疯了。可他却木呆呆地坐着，迟迟不睡，女人趴到他身上，轻声说："睡吧，咱睡吧。"女人急呢，女人熬得太久了，可他还是不睡。女人问他怎么了，出什么事了，他不说。女人呜呜地哭了，女人求他打他，他还是一声不吭。熬到天快亮时，女人独自睡了，他才悄悄地上了床。可女人并没有睡，女人一翻身就压在了他身上，紧紧地抱住他。到了这时候，女人才发现，他的"阳物"叫人割去了！女人呆住了，他被抓了壮丁，一去七年了，女人熬着等了他七年。可把男人等回来了，他的"阳物"却被人割去了，成了一个废人！为什么？为什么？为什么?！女人一遍又一遍地问他，可他就是不说，嘴封得死死的，第二天，瘸爷就掂着那口大铡为村人夺"宝地"去了……

此后的年月里，瘸爷就像赎罪似的加倍地为村人们做好事，积德行善成了他一生的行动准则。他再没娶过女人。村里有很多人给他提亲，可一提到女人他就默默不语，整个人就像木了一般。往下就没人敢再说了。

瘸爷一个人独住在两间小屋里。屋里除了粮食、床、灶火和一些破烂家什外，就没有什么主贵东西了。瘸爷没有什么奢望，也没有过多的希求。祖上传下来的家谱和那只与他相依为命的老狗是他最宝贵的东西。

瘸爷唯一拥有的是他为人们做下的善事。这些善事一件一件都记在他的脑海里。看见人的时候，他也就看见了他做下的善事，心里就多了点什么。那一个个漫漫长夜，全靠这些善举一桩桩地充填着他那寂寞孤独的心灵，点燃心火，照亮心中的黑暗，驱散那永无休止的痛苦和耻辱，使生命得以燃烧下去。

可瘸爷知道，他心里缺了一块。他想补上这一块，用一生去补这一块……

瘸爷在搓一根绳子。

瘸爷搓绳时眼里仍印着那个令人恐怖的"⊙"。瘸爷一生要做的最后一件事，就是参透这个"⊙"。这个"⊙"牵涉着全族人，牵涉一个村庄的兴衰。瘸爷泼上性命也要解开这个"⊙"……

村人们的心已经乱了。天天都有人为争地边吵架；天天都有人为一桩极小的事去骂街；也几乎天天都有人分家，为争家产打得头破血流……乱了，一切都乱得不像样子了。莫名其妙的事情一桩接一桩地出现……这些事出现都是有缘由的，瘸爷知道这些事都是有缘由的。这就更使他忧虑不安。他已经按小阴阳先生的嘱咐在西南向、东南向下了两道符了，可邪气太重了，两道符看来都不能镇住这股笼罩着整个村庄的邪气。眼下只剩最后一道符了，这最后一道符如果还镇不住呢？瘸爷不敢往下想了……

现在最当紧的是要解开这个"⊙"。解开这个"⊙"，也就有了破解的办法。然而，瘌爷遍想不得其法。他曾反反复复地回忆早年祖上说过的话，希望能从中得到一点启示。唉，他苦思了许多个日日夜夜，把能记起来的话都琢磨过了，还是什么也没有想明白。倒有一首儿时的歌谣时常从脑海深处钻出来，扰乱他的心智：

　　　　小枣树，弯弯枝儿，

　　　　上边趴个小闺女。

　　　　搽脂油，抹白粉儿，

　　　　——骨朵朵儿的小嘴儿！

瘌爷心乱了。瘌爷搓不好绳子了。瘌爷搓绳的手抖抖的。他晃晃头，想把这一切都晃过去，可晃来晃去，还是这么一首歌谣在作怪：

　　　　小枣树，弯弯枝儿，

　　　　上边趴个小闺女。

　　　　搽脂油，抹白粉儿，

　　　　——骨朵朵儿的小嘴儿！

瘌爷为自己的思路绕弯儿羞愧不安。人老了，族中的大事未了，怎么老想这些可笑的事呢。罢了，罢了……瘌爷家早年是有过一棵枣树的，那棵枣树上结了很多枣子，那枣甜甜的，脆脆的，很惹娃们馋。可他不该想这些，不该的……

　　　　小枣树，弯弯枝儿，

　　　　上边趴个小闺女。

　　　　搽脂油，抹白粉儿，

　　　　——骨朵朵儿的小嘴儿！

瘌爷放下那根搓了一半的绳子，很久很久低头不语。片刻，他喃喃地对老狗黑子说："黑子，人也有走邪的时候，是不是？"

黑子偏着头望着老人，那浑浊不清的狗眼动了一下，仿佛在说："人也有走邪的时候。"

"人都是有罪的。"

"人都是有罪的。"

"我给你说过队伍里的事了。"

"说过了……"

"那就赎罪吧。"

"赎吧……"

瘫爷突然站了起来，他自言自语地说："我该去问问孩子，也许孩子能说出点什么。"

瘫爷又拄着拐杖出了家门，老狗黑子在后边默默地跟着他，老人走到哪里，黑子就跟到哪里。黑子是老人的伴。

瘫爷走进了小独根的家。独根娘忙给老人让座，瘫爷不坐，瘫爷默默地望着小独根……

小独根已经拴了许多天了，却还是在院里拴着。拴着的小独根正一个人津津有味地垒"大高楼"呢。他用土垒"大高楼"……

瘫爷走到孩子跟前，弯腰摸摸孩子的小脑袋，问："孩子，你夜里看到什么了，给爷说说。"

小独根很迷茫地望着老人，似乎不懂他的话。

"孩子，你知道你夜里说什么话吗？"

小独根摇摇头。

"你不记得了？"

"不记得了。"

"你看见啥了？你夜里看见啥了？"

小独根还是摇摇头。

"你想想，孩子，你想想夜里看见啥了？"

独根娘也担心地凑上来，小心翼翼地问："孩子，给爷说你夜里看见啥了？"

小独根侧着小脑袋想了想，说："我不知道。我睡了，我啥也不知道。"

"没听见有人叫你？"

"……没听见。"

"孩子，你再想想？"

"没听见没听见没听见……"小独根不耐烦了。

瘸爷彻底失望了。他叹了口气，仰脸望着天，他一下子就瞅见了对面的楼房，心里不由一紧：天哪，还会出什么邪事呢？

六十三

有人说，那楼房的第七间屋子才是白颜色的。进了前六间屋子，再进第七间，那静静的白色一下子就把人"钉"住了。你会觉得你全身都被掏空了，成了一个空空的壳。那"壳"也渐渐地化进白色里去了，仿佛整个世界本来就是空的，什么也没有……

六十四

邪事果然又出来了。

冬日的早晨，人们在村街上闻到了一股焦煳的气味，开初以为是哪里着火了，便到处去找。可找来找去也没找到火源。最后才发现那股刺鼻的焦煳味是从来来屋里飘出来的。

这时，有人才想起，来来三天没出门了，便大声喊道："来来，你屋里着火了！快看看吧。"

门是紧闭着的，屋里没人应声。那股焦煳味还是源源不断地从屋里漫散出来，很呛人。于是，几个好奇的娃儿爬到窗户上去看。看了，又惊奇地叫道："来来烧钱哩！来来烧钱哩！……"

大人们自然不信，纷纷跑来看。却见来来坐在地上，床前点了一堆火，果然是在烧钱。他呆呆地捏着一沓票子，全是五元、十元的票子，就那么一张一张地往火上递，眼看着燃烧的火苗一点一点地把钱吞噬，化成一片黑烟，把人的眼都看呆了。

有人失声叫道："来来，你干啥呢？"

来来不应，就那么似笑非笑地坐着，眼睁睁地看着他多年积攒的血汗钱一张一张地化为灰烬。

"来来，你疯了？！……"

来来依旧坐着，既不扭头，也不应声。那模样很怪，像是什么附了身似的。那燃烧过的黑灰落了他一头一脸，他连动都不动，一直就那么静静地坐着。

有人使劲地拍着门叫他："来来，开门，你开开门哪！"

这时，来来慢慢地站起来了。人们以为他是来开门的，却不料他走到墙角处去了，竟然对着墙角呼啦啦尿了一泡。女人们赶紧离开窗口，红着脸骂道："死来来，你是人吗？"可来来对这一切都不闻不问，尿了，又慢吞吞地回到火堆边坐下了……

门外围的人越来越多了。谁也没有见过这么奇怪的事情。好端端的一个人，无缘无故的，怎么会这样呢？再说，一个光棍汉，爹娘都不在了，跟着哥嫂长大，攒钱是很不容易的，谁肯轻易地烧钱呢?! 莫非他是傻了?

看来来静静地坐着，既不哭也不气，那脸上竟还是笑模笑样的，身边撒着一片烧剩的钱角角。这不是傻了又是什么呢?

人们更起劲地拍门叫他。来来的哥嫂也从后院跑来了，两人站在窗口处一齐叫他:"来来，开门哪! 你开门哪! ……"

来来还是不开门。屋里的火渐渐熄了，烟味也渐渐淡了。这时，人们闻见屋里有一股很腥的尿臊味。来来三天没出门，只怕屙尿都在屋里了……

来来，人高马大，白白胖胖的来来，怎么忽然间就成了这个样子呢? 他这不是自己作践自己嘛!

村里人已经轮番叫过门了，无论谁叫门他都不开，来来简直成了个木头人，不管门外的人怎样说他、劝他、骂他、求他……他都一声不吭。目光直直的，那魂儿仿佛飞到九霄云外去了。

这当儿，有人把老族长瘫爷叫来了。瘫爷用拐杖砰砰地砸门:"来来，鳖儿，你给我开门!"

可屋里连一点声音都没有……

瘫爷在门口默默地站了一会儿，回身对众人说:"去吧，你们都去吧。叫我一个人问问他，他兴许会开门。"

众人慢慢地散了。只是村里出了这样的邪事，各人心里都十分沉重。钱哪，来来烧的是钱哪!

瘫爷走到窗口处，贴窗望着坐在地上的来来，轻声说:"来来，开开门，给爷开开门吧。"

来来身子动了一下说:"你也去吧。"

瘫爷说:"孩子，有啥憋屈的事给爷说说吧。爷老了，是过来人了，爷兴许能给你拿个主意。"

来来漠然地坐着，又不吭声了。

瘌爷在窗口处站了很久很久，终也没有问出一句话来。无奈，瘌爷也只好去了。临走时，他隔着窗户说："来来，想开些吧，凡事都得想开些。我还会来看你的。"

来来像是没听见似的，来就来，去就去，不理不睬。

天黑的时候，瘌爷又来了。他知道来来分家之后，哥嫂就不管他了。老人给来来端了一碗热饭。瘌爷端着这碗饭趴在窗口叫道："来来，开门吧，爷给你送饭来了，快趁热吃……"

屋子里黑洞洞的。来来仍是那么坐着，像鬼影儿似的坐着。瘌爷听见来来在自言自语地说着什么。老人侧耳细听，久久，老人终于听明白了。来来反反复复地说着一句话，他说："我去过了……"

瘌爷立时像遭了雷击似的，险些把饭碗扔了！他浑身哆嗦着勉强站稳身子，嘴里喃喃道："毁了！毁了……"

是什么样的东西能把一个人的灵魂抽打到如此程度呢？

当来来从屋里走出来的时候，已经是三分像人、七分像鬼了。才短短几天的时间，来来一下子就脱了人形，那高大魁梧的个子如今成了窄窄瘦瘦的一溜儿。头发乱得像老鸹窝一样，上边沾了许多黑灰。脸上更是黑一块、灰一块，被烟火熏得不像个人样。尤其叫人害怕的是那双眼睛，那眼睛里已失尽了光气，看去就像被人踩瘪的死鱼泡儿。他就在门口的朝阳处蹲着，身子还在一点一点地缩，缩成了鳖样的一团。仿佛有一道无形的鞭子在抽打他，抽到心里去了，他的心在无形的鞭影下抽搐着，躲闪着。

那个白白胖胖的来来，那个在村街里悠悠地担着水桶哼小曲儿的来来，那个腼腆得一说话就脸红的来来，人们再也看不到了，坐在门口的来来只剩下了一个污浊不堪、蓬头垢面、萎缩成一团的躯壳，他身上连一点阳气都没有了，简直就像是一个满身鬼气的死活人。

纵然是再残酷的刑法也不会把人折磨成这个样子。那是一个人的精神彻底崩溃的标志。假如他心里难受，那倒也罢了。说明他还是一个人，还有灵魂在，痛苦的灵魂也是灵魂。一个人只要有魂，总还是可以好起来的。可他似乎已经没有灵魂了，那给人精气的灵魂仿佛早已游到天外去了。他无怨无恨无苦无忧，只是静静地坐着。眼看着没有什么东西能唤醒他了。

女人们已经不再来看他了。他太脏了。这是一副叫人看了作呕的形象，人不人鬼不鬼的形象，他的裤裆里总是湿着，身上散发着一股腥叽叽的怪味。人是傻了。傻了的来来却没有什么越轨的行动，他不打人不骂人，只是坐着。

眼看着来来成了这个样子，他的哥嫂却不管不问。分家了，分了家就不是一家人了。嫂子是很厉害的女人，她不让管，当哥的老实人是不敢说什么的。乡下女人当闺女时都是好样的，可一做了媳妇就变了，一个个都变得很泼，中原地带，十家有九家都是女人当家的。女人做了主，男人就没说话的地方了。

那么，既然亲哥嫂都不管，村里还有谁肯管呢？

——瘸爷。只有瘸爷想挽救来来。他知道来来是中了邪了。来来是在那地方中的邪，那阳间跟阴间搭界的地方……

瘸爷太痛苦了。他很想跟那邪气斗一斗，把一村人都引到正路上去。可他老了，力量也太单薄了。他花钱求来的符压不住邪气；他绞尽脑汁也解不开那个"⊙"；他曾一遍又一遍地祈求上苍，盼着老天能睁开眼来……可到了还是挡不住邪气，邪气太旺了！

瘸爷每天来陪来来坐坐。他没有别的办法，可话是开心锁，他只有用话去暖这娃子的心。他盼着能把这娃子唤回来，把娃子的魂儿唤回来，也许就有救了。

瘸爷不嫌来来身上的怪味，瘸爷坐在来来的身边，一遍又一遍地给他诉说往事："孩子，你认得我吗？你知道我是谁吗？你看看我，孩子，你看看我吧。我是你瘸爷呀，小时候抱过你的瘸爷。你真的认不出我了吗？你看我一眼……

"孩子，你娘生你的时候太难太难了。她在床上折腾了七天，受了多少罪呀！命都搭上了，临死时才把你生出来。你娘从床上号叫着滚下来，把你生在地上了。你娘生你时流了多少血呀，一摊子草灰都泡湿了。你生下来才四斤三两重，猫儿样的。你娘就看了你一眼，临闭眼时看了看你。你娘嘱托你爹，要他把你好好养大，好好活人。娃呀，好好活人哪！

"孩子，小时候的事情你还记得吗？那时你爹把你抱出来，一家一家地求奶吃。你是吃百家的奶水长大的，孩子。那时的人厚哇，无论你走到哪里，无论家里多难，都会有人帮一把拉一把的。孩子，你大一点的时候，就整日在庄稼地里跑了。你捉蚂蚱，捉蛐蛐，挖'搬藏'（地老鼠），掏麻雀……再后你一天天大了，能背上书包上学了。你一蹦一蹦地跟娃子们一起背着书包上学去……孩子，那时你放了学，就跟娃们一起去河堤上摘柿子吃。你记得那好大好大的一片柿树吗？那柿树上结的柿子红灯笼一样的，你爬了这棵爬那棵，吃得肚子拉稀……孩子，一村人都知道你是怎样长大的。你吃过百家的奶，吃过地里长出来的粮食，你活这么大，究竟是为了啥呢？

"孩子，你禀气太弱，你见过啥了？你一定是见过啥了。可古往今来，邪不压正啊！你心里只要还有一股气，你就会慢慢好起来的。挺住吧，孩子，无论见过啥你都要挺住。人是一股气呀！气在，人就在。气泄了，人就完了。孩子，给爷说句话吧。这么老半天，你不能给爷说句话么？"

瘸爷把肚里的话全都说尽了。瘸爷的诚意是可以动天地的。瘸爷一日日地陪着这木呆呆的娃子，用炽热的话语焐他的心，企盼着能把这颗给邪气打碎了的心暖过来。瘸爷甚至在天黑的时候，用他那苍老的哑嗓子给来来喊魂：

勺子磕住门头叫，

远哩近哩都来到。

孩儿，回来吧！

——回来了。

勺子磕住床帮叫，

远哩近哩都来到。

孩儿，回来吧。

——回来了。

…………

然而，一切都白费了。来来已心如死灰，死灰是不能复燃的，无论瘸爷怎么说，无论瘸爷说什么，他都无动于衷，仍旧是那么傻乎乎地坐着……

瘸爷的失望和痛苦是语言无法表达的。最后，他默默地走回自家的小屋里去了。他觉得自己太老了，太无用了，既不能为村人驱邪，又不能挽救来来，活着还有什么意思呢？

瘸爷又开始搓那根绳子了，一根很长的麻绳。

不久之后，来来彻底地成了一个废人。

没有人再进来来的家门了，离那院子很远就能闻到一股腥叽叽臭烘烘的气味。他常常一个人关在屋里，一躺就是几天，那屋里又是屎又是尿的，简直比猪圈还脏。来来毁了，一个人连自己的屎尿都不能自理，还能干什么呢，他身上的邪气也越来越重了，坐在门口时，仍然是鳖缩缩的。那脸像是给鬼抓了似的，乌青乌青的。脸上也瘦得只剩下了薄薄的一层肉皮，高颧骨硬撑着这张薄脸皮，看上去分明是一个活的骷髅！

在他那空空如也的眼睛里映出的是一道一道鞭影吗？是无形的魔鬼在

抽打他吗？他的灵魂已吊到了高高的天空之上，在油锅里炸？在血水里泡？或是用刀子一刀一刀地零割碎剐？要不就是他的灵魂已被押解到了地狱的大牢里，十二个牛头马面的判官正在审问他？让他目睹下地狱的种种酷刑？而后用火钳子夹他的灵魂？……

不然，人怎么成了这样子呢？

有时候，他的神志看上去还是清醒的，偶尔也翻一翻眼皮，但很快地又塌蒙住了。看到他，你就分不清人和鬼的差别了。他身上没有一处干净地方，全身都长满了让人作呕的癣疮，两条腿抓得烂叽叽的，腿下呢，还不时流出湿湿的一股……

一个人到了这种地步，除了让人害怕，就没人再可怜他了。唯一叫人放不下的是那个令人恐怖的不解之谜：他是怎么变成这个样子的？

是呀，他到那楼屋里去了。去了又怎样呢，去了人就能毁成这样子吗？奇怪，真奇怪！

扁担杨村有这么一个活的骷髅，还有谁不心悸呢？人们只要一看见他，心里就有数不清的疑惑生出来，变得更压抑了。

冬日是没有多少活计的，人很闲，日子却又很闷。一些好奇的百无聊赖的年轻人心里痒痒的，老想缠住来来问问："来来，你看见啥了？"

来来总是不吭的。问他十声八声，他动都不动。他们大着胆子踢他一下："来来，尿货，问你哩，你看见啥了？"

来来也仅仅是翻翻眼皮，还是一声不吭。那脸上空空净净的，好像是听明白了，又像是什么也不明白，谁也没有办法让他开口。

更叫人惊奇的是，每逢到了吃饭的时候，他便慢慢地站起来，手里端一只空碗，贴着墙边挪到周围邻近的亲戚家去。进了门，他甚也不看，甚也不说，"扑通"一下，双膝跪倒，趴在地上磕一个头，然后把碗高高地递上去……

女人们害怕他那人不人鬼不鬼的样子，又嫌他身上脏，赶紧给他盛碗饭，打发他走。也有的给他舀上一碗麦，撵他走，他就端回去烧一堆火烤着吃。一些心软的女人，见了他还当人看，给他盛饭时就劝他说："来来，你的麦苗快旱死了。有机井，你浇浇吧?"可他听了就跟没听见一样，盛了饭端起碗就走。回去一个人躲起来用手抓着吃，吃了，便又把空碗撂到一边去了。那碗就一直在地上撂着，眼看着晒干了，有虫儿爬进碗里去了，他翻眼看看，也只是看看，随即又闭上了。一天他就讨这么一次，而后又是睡睡、坐坐，成了个死活人。

这就怪了。你说他傻，他竟然还知道吃饭。说起来还挺懂礼仪呢，不偷不抢，到谁家先磕头，然后才把碗递上去，给什么就吃什么。还知道一家一家地换着吃，去了这家，又去那家，像一个甚事也没有的精明人一样。说他不傻吧，一个大活人，一条汉子，竟然自己管不住自己，弄得死不死活不活的……

有人说，这还不如死了呢。纵是断胳膊少腿，也比这样活着好受哇。这叫人吗?

来来已经不是个人了。他简直像是经过了炼狱般的熬煎，身上的精气已被榨干了。他成了一堆冶炼后的渣子，一副变了形的躯壳。那刑法是加在心灵上的，心血耗尽了，人还活着，活着比死了还难受。

当然，也有人说来来是为了女人才成了这样子的。他一辈子都渴望得到女人。他很小的时候就喜欢和女人在一起，在女人面前他没说过一句脏话。他还常常一个人去偷偷地听房，一蹲就是半夜。可女人们都不信这些，女人们眼里的来来是很规矩的。过去的时候，她们常央他帮忙，叫他干啥就干啥，人很勤快，也很老实，从没多看过女人一眼……

唯一的缘由是他到那座楼房里去过。

他看到了什么?

　　村人们都想知道他看到了什么。已经有无数的人无数次地问过他了，问他究竟看到了什么。人们锲而不舍地追问这个死活人，希望能从他嘴里掏出一句半句话来，好好琢磨琢磨，也许能探出究竟来。可谁也没有问出来，他不说，什么也不说，仅有的表示是翻翻眼皮……

　　下雨天里，来来一个人在院里躺着。雨下了一夜，他也就在院里躺了一夜，浑身弄得像泥母猪似的。还是瘸爷央人把他抬到屋里去的。人们把他撂在地上，他就躺在地上，两眼空空地睁着……

　　后来，人们发现老狗黑子时常在来来跟前卧着，黑子看着来来，来来看着黑子，就那么默默地互相望着，眼里都空空地印着一个"⊙"。久久，来来会突然笑起来，呵呵地傻笑，望着黑子笑。黑子呢，也会"汪汪"地叫上两声，像是回应，也像是懂了什么。而后又是沉默，无休无止的沉默。你看着我，我看着你，就像是两个魂灵在说悄悄话……

　　这是一具"活尸"与狗的魂灵的对话。无论是晴朗的白日还是阴晦的雨夜，这种让人发怵让人恐怖的对话从未停止过。没人知道他（它）们说了些什么，这种对话是人世间很难领悟的。

　　有时，人们在村街里走着，突然就会听到来来的傻笑声，接着就是老狗黑子"汪汪"的回应，心里"咯噔"一声，马上往家赶。

六十五

　　有人说，那楼房里的第八间屋子是灰颜色的。进了一连串的屋子，再进这间屋子，你马上觉得你身上长出毛来了。一层一层的灰毛。那灰毛霎时间遍布全身……

这时候，你就会觉得你不再是人了，你是野兽。你忍不住会发出凄厉的号叫……

六十六

扁担杨村仍被一种怪邪的气氛笼罩着。

天是阴晦的。狗在村街上窜来窜去，一时这边，一时那边，不知在干什么。村东头黑子家的带子锯响得刺耳，忽然就尖叫一声，忽然又停住了，不知是机器坏了，还是怎么回事，那声音叫人心里一紧一紧的。村人们路上见了，也仅是打个招呼。那面上笑着，心里又互相疑惑，谁也弄不清谁在干什么。仿佛整个村子都陷入了惶惶不可终日的境地……

村长杨书印从家里走出来时心境并不太坏。虽然遇到了一个极其强硬的对手，他还是稳得住的。扁担杨村是他经营了三十八年的"领地"，他的智慧，他的心血，全洒在这块土地上了。他不相信会有人能在这块土地上动摇他的根基。

只要站在这片土地上，他总会有办法的。

杨书印好久没出门了。作为村长，他觉得该去地里看看庄稼了，也顺便散散郁闷已久的心绪，天还不算太冷，杨书印披着黑色的羊皮大衣慢悠悠地在村路上踱着。他神色坦然，步履稳健，一举一动都与往常一样。那张阔大的紫糖脸依旧带着微微的笑意，很深沉很老练遇事绝不会惊慌失措的笑意。他的头发也梳理得很整齐，看上去一丝不乱。他身上仍穿着那件蓝涤卡做的干部服，那是他专门在城里定做的，一式做了两套，四个兜的，穿在身上很合体。他出门时总是体体面面的，叫人看着与众不同。人是衣裳马是鞍，他的衣服跟人是很配套的。他决不让人小看他。

村外的空气到底清爽些。麦苗寸把高了，田野里绿油油的。只是冷风一阵一阵地吹着，有点寒。杨书印很响亮地打了个喷嚏，然后像城里人那样掏出手绢擦擦嘴，便挺着身量站住了。这时候他倒很想跟村人们说说话，搭上几句，问一问庄稼的长势。可周围没看到人，他只好继续往前走，走得很慢。

这时身后有扑腾腾的脚步响过来了，杨书印听见声响便矜持地站住了。他转过身来，微微地笑着看了来人一眼，那便是打过招呼了，他等着来人先和他说话。

走来的是大碗婶。大碗婶也五十多了，走路比男人还快。她扛着一张大锄，一见杨书印先是愣了一下，接着说："哟，书印，你怕是病了吧？那脸色咋恁难看哪？"

杨书印诧异地望望她："没有哇，好好的。"

大碗婶仍是很关切地说："书印，你可不敢大意，还是找个医生看看吧。"

杨书印笑了笑，没再说什么。他知道这女人说话没啥准，常是有一说十的，也没在意。

然而，杨书印没走多远就碰上了进城拉货的老杠。老杠丢了闺女，不得不愁着脸一个人进城去拉货。他好喝两口，代销点是无论如何不能停的。谁知老杠一见杨书印也说："书印，你是病了吧？"

杨书印愣了，说："没有哇，没有。"

老杠看着他，摇摇头很认真地说："书印，你是有病了。脸蜡黄蜡黄的，你是病了……"

杨书印看了看自己，觉得这会儿头并不痛，身上还是很松快的。怎么回事呢？怎么会说他病了呢？他还是不信，哈哈笑着跟老杠搭扯了两句，又继续往前走。

　　往下，他又接二连三地碰到了不少人。人们一见他就热情地凑过来跟他打招呼，接下去便是很焦急很关切地问："书印，看你走路摇摇晃晃的，是不是有病了？"

　　"大爷，你可注意身体呀……"

　　"叔，你是病了，气色多不好。"

　　"书印，还是找个医生看看吧！"

　　"……"

　　杨书印身上出汗了。他是看不见自己的。他忽然就觉得头"嗡"了一下，真的有点晕了。身子也跟着飘起来，只觉得两耳"呜呜"生风，好似天旋地转一般。可他还是笑着，很镇定地笑着，连声说："没有啥，没有啥……"他一边跟人搭话，一边在心里暗暗地问自己：我病了吗？我真的病了吗？也许是……

　　杨书印开始往回走了。他心里虽然很烦躁，却仍然是慢悠悠地走着。不知怎的，羊皮大衣披在身上竟有些热了，他脱了大衣，很气魄地夹在胳膊肘上。他走路时暗暗地甩了甩另一只胳膊，觉得很有力量。他不慌，一点也不慌。

　　回到家，杨书印一步跨到柜子跟前，就着穿衣镜仔仔细细地打量起自己来。镜子里的这张紫糖脸还是很周正的，不算太瘦。脸虽黑了些，还是很润展、很有神采的。那红红的光气不是从面颊上透出来了嘛。头发也不乱，虽是多了些白头发，那是早就有的。眼不是还很有神嘛，人老了，眼里的光还是不弱的。头呢，头好像也不晕了。他对着镜子摇摇头，又摇摇头，怪了，头一点也不晕了。难道是大白天见鬼了吗？他知道村人们是不敢糊弄他的。看他们的神色，一个个都是很关切的样子，好像他真的病入膏肓了。他不相信会出这样的事情。天大的笑话，一个人说，两个人说，都这么说……这到底是怎么回事？见鬼了，真见鬼了！杨书印反反复复地照着镜子看自己，他觉得自己不是好好的嘛，怎么会都说他有病了呢？日他妈！这一刻，杨书印只想把什么都砸了……

看了镜子，杨书印在屋里来来回回地走动着。他越走越快，越走越快，就像着了魔似的。片刻，他快步地走出家门，大甩着手来到村街上。他在村街上走了两趟，便径直地朝村头那棵老榆树下走去。走到跟前，他连想都没想，便急速地敲响了挂在榆树上的那口生了锈的大钟。当钟声"当当"响起来的时候，他还不知道他要干什么。

听到钟声，村街里立时热闹起来，男男女女老老少少齐往村头这棵老榆树下拥。很久不开会了，人们不知道发生了什么事情。既然村长连"大喇叭"都不用了，亲自跑出来敲钟开会，那定是有很紧要的大事。于是一个个都很自觉。娃们被钟声激出了兴奋，雀跃着在人群里钻来钻去。狗们也觉得稀奇，来来回回地跟着窜，跑出了一街尘土……

人渐渐齐了。村人们黑压压地在地上坐着，看上去十分规矩。女人们过去开会总是要带些活计的，可这次听见钟响就来了，谁也没带活。整个会场里一时鸦雀无声，全都眼巴巴地望着杨书印，单等他讲话呢。

杨书印阴沉着脸在树下的大碾盘上站着。他像是很茫然地望着众人，那目光像刀子一样朝人群刺过去，威严而可怕地望着众人，一句话也不说。

他越不说话，树下的人越是安静。大人们一个个都很严肃地望着他，连孩子也不敢哭闹了。这样足足持续了一袋烟的工夫，会场上还是一片沉默……

杨书印动了动嘴，似乎想说点什么，可他脑海里却是一片空白，他又望了望众人，目光扫了一圈，又慢慢地收回来，接着又张了张嘴，脑海里仍是一片空白。于是他很勉强地吐出了三个字，他说："散会吧。"

"轰！"像是什么东西炸了一样，人群像树林一般地竖起来了。那"嗡嗡"声骤然而起，骤然而落，一个个都像傻子似的站着，继而是一片喧闹声，有人连声骂道："日他妈!"不过，人还是慢慢地散了，走得很无力，不时地还回头看看站在碾盘上的杨书印，似乎觉得这里边总是有些缘由的。只有年轻人一路骂去，一个个都气愤愤的……

杨书印还在大碾盘上站着。这骂声一下子使他清醒过来了。稍一清醒他便极其懊悔：这是干什么？这是干什么呀?! 他脑海里倏尔亮起了一道黑色的闪电，他明白了。他这失常的举动是因为他害怕丧失权力，丧失威望。他心里有鬼，是这"鬼"在捉弄他。他一下子丧失理智了! 他是想来试试，试试人们还听不听他的。就为这，他莫名其妙地来到大树下敲了钟。他昏了头。蠢哪，多蠢哪! 他要弄了众人，也要弄了自己。你，五十多岁的人了，精明了一辈子，怎么能干出这样的事呢？你把人召集起来了，却又什么也不说，你是疯了吗?! 哪怕稍稍讲点什么，随便编出点什么都行啊，你总可以把这荒唐事圆泛了。可会已散了，到这时候说什么都晚了。此刻，后悔万分的杨书印只想打自己的脸，你多年来兢兢业业，谨谨慎慎，一点一点地靠智慧树起来的威望就这么丧失了吗？……

村干部们还没有走，一个个都在树下站着，默默地望着他，似乎还在等他说话。这是一次无声的反抗。他必须得说点什么，必须做出进一步的解释，不然他就再也无法弥补过错了。杨书印用手捧着头，苦笑了一下，勉强镇定下来，用干哑的声音说："县公安局马局长来查一个人，一家一家查怕引起怀疑，就想了这叫人作难的办法，唉，那人……还在呢。"

干部们仍然望着他，脸上似乎有些释然，却还是疑惑不定，于是还是没人吭声。

杨书印又说："人家没给咱说情况，也不叫问，不叫传……"

有人忍不住问："是不是查杨如意的事？"

杨书印不动声色地说："回吧，都回吧。以后就明白了。回去给大家解释一下……"

六十七

有人说，楼房里的第九间屋子全是十元票（会吗）绘成的。你一走进这间房子就被铺天盖地的十元票映得眼花缭乱。你看看是真的，摸摸也是真的。不用说，你想把这些钱全揭下来，可你揭不下来，手抠烂也揭不下来……当你走出这间屋子时你就会发现，你所看到的人都是疯子，你也是疯子……

六十八

林娃河娃两兄弟像疯了一样到处寻找二拐子。

二拐子突然不见了。二拐子把他俩的血汗钱净光光地赢去之后就不见了。

那天夜里，弟兄俩又是一直输，一直输……输到半夜的时候，二拐子装模作样地打了个哈欠，站起来说："我得去尿一泡。"跟他打下手的年轻人也跟着说："今儿个喝水多了，我也得去尿一泡。"说话时，输昏了头的林娃并没在意。河娃倒是用疑惑的目光盯着两人，生怕他们又玩啥鬼点子。只见二拐子从从容容地脱了大衣，把大衣随随便便地扔在椅子上，就走出去了。跟他打下手的小伙也脱了大衣，脱大衣时还摸了摸兜里的钱，好像怕两人把钱掏去似的，把大衣裹成一团，放在那儿，慢悠悠地走出去了。河娃看两人都脱了大衣，也就放心了。他知道二拐子赢的钱是塞在大衣兜里，他赢一把就随便往大衣兜里一塞，他看得很清楚。

然而，二拐子撒一泡尿却用了很长时间。开始两兄弟还趁他们出去的工夫偷偷地商量对策，渐渐就觉得不对头了，急忙跑出去看，人已经不见了，二拐子和那狗杂种都不见了。

两人慌神了，赶忙又跑回来掏大衣兜，一掏心里更凉，那大衣兜是烂的、空的，里边什么也没有，二拐子表面上是把钱装大衣兜里了，实际上里边是透着的，鳖儿精到家了，他用烂了的大衣兜做幌子，却把钱塞到里边的衣服里了……

林娃河娃两兄弟扔了几千块血汗钱，换了两件破大衣！

满头是汗的河娃说："别慌，别慌。鳖儿跑不了！"于是又把金寡妇叫来问。这地方是金寡妇的家，想她一定知道二拐子躲在什么地方。可金寡妇一听这话，却沉着脸说："恁也别来找我。二拐子在这儿住过不假，他住一天，给一天的钱。我从来没问过他的来路，也不打听他的事。话说回来，他这人贼精，也不让打听。他说来就来，说走就走，没个准儿。谁知道他是哪庙的神呢？来了钱一甩，大爷一个，走了茶就凉了……"

到了这时候，两人才想起跑出去撵，可村里村外都寻遍了，哪还有人影呢?！

四千多块呀！娘的棺材钱，亲戚家的借款，还有那年年苦熬的心血，完了，全完了。

林娃抱住头蹲在地上"呜呜"地哭起来了，河娃却像傻了一样呆站着，一句话也说不出来了。

那美好的梦想，凑钱办小造纸厂的梦想，像气泡一样地碎了。河娃曾专门跑到人家办的小造纸厂里问过，办这种小型的造纸厂不花多少钱的。

仅仅买一个大锅炉，再买一部切纸机就够了，原料是从大印刷厂收来的废纸边，稍一加工，就成了乡下人用的卫生纸。这种卫生纸造价便宜，在乡下销路很好。总起来只花一万多块就办成了……

现在什么都没有了。一切都成了空的，假的，毫无意义的妄想。就像是草上的露水，太阳一出来就不见了。难道是谁逼他们了吗？他们完全可以慢慢来，慢慢地把日子过下去，种好庄稼就可以吃饱肚子了，然后像往常那样小打小闹地收些鸡子去卖。虽然收益不大，天长日久或许会娶上一两房媳妇，这不就够了嘛。可是冥冥之中分明有什么在逼他们，他们是逼急了才这样干的。每当他们从村街里走过，就觉得心里像有什么东西被烧着了，烧得人发慌发急。日子呢，又似乎特别地难熬，叫人忍不住想些非分的念头出来，是坑是井都想跳。他们是受不住了，着实是受不住了。

林娃是愚钝些，可愚钝的人一旦心头火烧起来是很难熄灭的。他一坐在牌桌上就两眼发直，只知道就那么赌下去，一直不停地赌下去，仿佛输赢成了无关紧要的事情。一旦到了输光输净的时候，他整个人就垮下来了。眼前一团漆黑，没有路了，他觉得一点路也没有了。

河娃是精明些，人也是不笨的。然而他的小精明一下子就落到人家的大算计里了。他不明白二拐子是怎么赢的，始终也没有弄明白。越不明白的时候他就越想弄明白，于是他越陷越深，一直到输光输净的时候他还是不甘心的。可他忘了他最初是想赢钱办造纸厂的……

这晚，两人回到家里，林娃闷闷地说："没啥活头了！"

河娃也说："没啥活头了！"

"死了吧。"

"死了吧。"

林娃说着从腰里拔出刀来扔在桌上，河娃也把刀扔在桌上，两人都看着那磨得明晃晃的尖刀。那刀原是准备对付二拐子的，生怕他玩玄虚，可他还是玩了玄虚……

林娃说："你扎我一刀，扎死去?!"

河娃也说："你先扎我，扎死去?!"

赌输了，欠了一屁股债，还有什么可说呢。林娃觉得这日子没啥活头了。屋里的东西能卖的都卖了。除了床和那些破烂被褥就没啥东西了。人落到这种地步还活什么？

河娃却觉得这一辈子活得太窝囊。托生个庄稼娃子，从小到大，甚也没见过，甚也没吃过。不张忙是穷，张忙还是穷。本心本意地想干出点什么，到了却又弄个净净光光，真他妈还不如死了哪！

一想到死，那过去了的岁月像水一样漫过来了。娘眼瞎，眼瞎却不耽误生孩子，于是两个肉蛋整日里在土窝窝里滚，滚着滚着就滚大了。爹的脾气暴，也不大顾家，俩娃子跟着瞎眼的娘饥一顿饱一顿地过日子。幸好那时各家的日子都是苦的，也没什么太大的分别，心里也就没有什么受不了的。那时弟兄俩常到后沟里去割草，那里草多些。日子嘛，自然是很寡的。可后沟里有个放羊的小妞，两兄弟割草割累了的时候，就跟邻村那放羊的小妞说说话。也没有什么别的，也仅仅是说说话，那日子仿佛就过得快了些。那扎羊角辫的小妞太阳落山时就赶着羊回家去了，两兄弟也背着草往家走。第二天又见面时，还是说说话……这便是两兄弟一生中唯一的有点色彩的东西了（后来听说那长大了的小妞嫁出去了，他们再没见过面）。两兄弟大了，不到后沟割草了，又整日地扛着锄下地干活，一晌一晌地熬日头。再后爹死了。爹是盖房时累死的。爹活着的时候不显什么，爹一死过日子的分量就显出来了。撑起一个家是极不容易的，娘眼瞎，除了做做饭看看门，不抵什么用的。眼看着政策宽了，各家的日子都渐渐好起来了，可两兄弟拼命折腾也还是家不像家，人不像人的。每每听见村里响起娶亲的喇叭声，两兄弟就默默地蹲在屋里，谁也不出去看。瞎娘只会一个人偷偷地掉眼泪，要不就是拄着棍走出门去，一家一家地求着给人说：
"他婶，给娃子说房媳妇吧……"两兄弟熬急了，也仅是抱住头打一架，直
到打出血来才罢手。

河娃想想还是有点不甘心。狗逼急了还咬人呢，人逼急了呢？他看了
看破桌子上扔的刀，说："哥，你吃过啥了？"

"球！"

"你喝过啥了？"

"球！"

"你玩过啥？"

"球球球……"

"没吃过没喝过没玩过，日他妈这一辈子一点也不值。要是吃过了喝过
了玩过了，死就死了，也没啥可惜的。好死也是死，歹死也是死，不如死
个痛快！"

突然就有遥远的声音从心里飘出来了：

带肚儿带肚儿，掉屁股！

带肚儿带肚儿，偷红薯！

人这东西是很怪的。四千多块钱一下子就搭进去了，那会儿只想到死，
觉得什么都完了。可过一会儿就又愤愤不平，心里的热血一阵一阵地往上
涌。觉得这世界太不公道，太对不住人了。

河娃眼绿了，脸也绿了，那神情仿佛要把地球戳个窟窿似的！

林娃心里的欲火又被兄弟扇起来了，牙咬了又咬，终了还是那一个字：
"球！"

六十九

有人说，那楼房里的第十间屋子根本不是屋子，是走道。你顺着走道往前走，就走到地下面去了。地底下还有一间更大的屋子，屋子里布满了销魂蚀骨的血腥气。一走进这间屋子你就出不来了……

千万别进这间屋子！

七十

村子突然有些活气了。

黑子家的带子锯很昂扬地响着，不知是修好了还是怎样，反正不那么难听了，冬日的阳光照在村舍上，好似也有了点亮光。村街上，那条人踩马踏的土路也显得平展了些。鸡们、猪们很轻松地在村路上觅食。来往的行人高声地打着招呼，那笑呢，是很有些含义的。

于是，一个惊人的消息像风一样地在村子里悄悄传开了："听说了吗？鳖儿犯事了！说是已经抓起来了。"

"哟，怕是罪不小吧？"

"了不得，可了不得，听说是诈骗几十万呢！"

"老天哪！有恁多？"

"说是五花大绑捆走了！……"

"看来事不小，他糟蹋多少女人哪！"

"早些时，鳖儿回来，我就看他脸色不对……"

"怕是要崩吧？犯这么大的罪。"

"怕是要崩……"

这消息是大碗婶的儿子大骡从城里带回来的。他只说如意怕是要犯事了，那边又查他的账呢。大碗婶狗窝里放不住剩馍，也就慌慌地四下张扬开了。

话说了不到一个时辰，村里人便全都知道了。在田边、地头或是农家的小院里，到处都闹嚷嚷地在议论这件事情。你说，我说，他说……忽然就觉得气顺了许多。

午时，不知谁家放了一挂长长的鞭炮。火鞭像炒豆子一般"噼噼啪啪"响了许久，村街里飘出了喜庆的硝烟味，鞭炮声刚响过，又有人在自家院子里高声唱起梆子戏来，哑哑的喉咙，粗粗的嗓门，一声"辕门外三声炮……"唱得有板有眼。谁都明白这是为了什么，却又不肯往细处说，只有各自心里明白。

好事的大碗婶像喜疯了似的，在村街里侧歪着大片子脚"橐橐橐"一趟，"橐橐橐"又一趟，来来回回地走，一遍一遍地学说。竟然自己也不知道自己在干什么。她胸前那像瘪了气的皮球一样的大奶子一甩一甩的，连衣襟上的扣都没系，大敞着怀就跑出来了。她那张灰灰的紫茄子脸上塞着块大红薯，走着吃着，吃着说着。有人的时候她少咬两口，没人的时候多咬两口，糊糊黏黏地塞一嘴红薯，噎得连话都说不清爽了。她腰里也像是披了根扁担似的，胸脯扛得很高，只见奶子忽闪。走了那么几趟，仿佛还不过瘾，终于忍不住跑到罗锅来顺搭的草棚前喊道："来顺，来顺，你出来，我有话说哩。"

罗锅来顺从草棚里勾着头走出来，笑着搭讪说："他婶，有啥事？"

大碗婶故意迟迟疑疑吞吞吐吐："听说、听说……如意没给你说？"

"啥事呀？如意没说，没说。"罗锅来顺眨眨眼，慌忙问。

大碗婶很神秘地小声说："听说如意犯事了，罪可不小哇！赶紧去看看吧……"

罗锅来顺的脸立时灰了，只觉眼前一黑，勉强才稳住一口气，问："谁……谁说？"

"哟哟，村里人都知道了。快去看看他吧，去早了兴许还能见上一面。晚了，怕是……"

罗锅来顺腿都软了，连声问："他婶，他婶，如意出啥事了……"

"唉，别问了。去吧，赶紧收拾收拾去吧……"

罗锅来顺最怕儿子做下犯法的事，做下犯法事就没人能救他了。一时他也顾不上多问，便惶惶不定地收拾收拾上路了。是呀，好孬也得见上一面哪……

下午，天快黑的时候，杨如意骑着摩托回来了。他像发疯一样骑着摩托"日儿、日儿"地在村里转了好几圈，然后又开慢速缓缓地在村街里穿过，那神情像示威似的，目光横横的。最后，他在村街当中熄了火，就那么挺身站着，冷眼望着村街里来往的行人。

路过的村人看见他，脸上挂着笑，问："如意回来了？"

"回来了。"他冷冷地说。

"没事吧？"

"没事。"

"没事就好。"

杨如意狠狠地甩掉烟蒂，鼻子里重重地哼了一声。

再有人路过，还是这么一套很寡味的话。问了。答了。这似乎很让人失望，细看了也没瞧出有什么事的样子。看来这鳖儿倒挺能稳得住，声色不露的。人既然放回来了，那事是不会太大的。可转过脸去，一个个又恨得牙痒，暗骂道："杂种！"

"杂种！！"

"杂种……"

这当儿，大碗婶像是从墙窟窿里钻出来似的，突然凑到杨如意跟前，讪讪地笑着问："大侄子，咋、咋……听说你犯事了？"

"犯事了。"杨如意冷冰冰地说，眼里却蹿出一股一股的绿火。

"听说……事不小？"大碗婶转弯抹角地问。

"不小！"

大碗婶听出声音不对头，忙改口说："嗯哪，我也是听人家说……"

"你听说我犯啥罪了？"杨如意气哼哼地盯着大碗婶问。

"谁、谁知哩，大家……人家都说你犯事了，我快打发你爹去看看……"

"大碗婶是好心哪！那我谢谢大碗婶了。"杨如意不阴不阳地说。

"好心不好心，都是恁杨家这一窝鳖孙！咋，恁婶子还有啥歹意？"大碗婶撇撇嘴说。

"大碗婶没歹意，只是吓了吓我爹。"杨如意乜斜着眼说。

大碗婶拍着腿倚老卖老地说："恁娘那棒槌！我吓他了？我吓他了？那是你爹挂你，不放心。日哄驴日哄马，一个大活人还能叫人日哄住？！俗话说：常在河边走，哪有不湿鞋？叫我说，给你提个醒也好！……"

"好。"杨如意淡淡地说。

大碗婶撞了个没趣，心里恨极，扭过身很松劲地走了，嘴里还不干不净地骂道："狗不养驴不教的那些货，咋不零刀子割割他哩？！"

杨如意阴着脸一声不吭地看着大碗婶走去，然后他回过头来，慢慢地往家走。此刻，他眼里的傲气消失了，脸上突然露出了从未有过的凄楚，他又看见了爹搭的小草棚，那草棚在高高的楼房旁边搭着，显得更加寒碜、狭小，简直跟狗窝一样。可爹宁住这"狗窝"，也不愿住楼屋。他吃了一辈子苦，到了该享福的时候，却没有享福的命。大冬天里，一座楼空着，他却住在外边，还要费心地照看房子……爹成了个可怜的看家狗！

杨如意觉得不能让爹在家里受罪了。老人见他的时候吓坏了，浑身像筛糠似的抖着，一进门就一把鼻子一把泪地叫他的名字，见人就想跪……

杨如意回到家里，咚咚地跑上楼去，进屋把录音机开到最大音量，而后在强烈的音乐声中爬上了楼房的最高处，挺身而立，好让全村的人都能看见他。

天黑之后，杨如意竟然主动地到村长杨书印家去了。他一进院子便故意咳嗽了一声，立时，正在害偏头痛病的杨书印忽一下坐了起来，朗声说："来吧，如意。我知道你要找我的，我知道。"

杨如意微微一笑，大步走进屋去。他进屋来，很平静地往椅子上一坐，看了看靠床坐着的杨书印，说："老叔病了？"

杨书印马上摘掉勒在头上的湿毛巾，说："头疼脑热的，也没啥大病。"说着，话头一转，很关切地问："出事了？"

"出事了。"杨如意点点头。

"事很大？"杨书印又问。

"可大可小。"杨如意说。

"说吧，如意。只要你言一声，老叔跑断腿都没话说。需要找谁，你赌说了，咱县里有人……"

杨如意点上一支烟，吸了两口，不慌不忙地说："老叔，你以为我是来求你的，你以为我非求你不可。不错，那边又查我的账了。你也许会在上边做些手脚，这都是可能的。你以为这一回我离了你就办不成事了，就垮了……"

杨书印故意沉着脸说：“这娃子，事都弄到这一步了，还说啥硬气话？叫老叔帮啥忙你赗说了。老叔这一辈子就图个混人。咱没事不找事，有事不怕事。你说吧，天大的事老叔给你撑着。”

杨如意笑了笑说：“老叔放心吧，那边的事我自己能了。老叔三番五次帮我的忙，我也得谢谢老叔。”说到这里，杨如意翻眼看了看杨书印，“老叔，我花钱弄了个‘材料’想给老叔看看，也算是对老叔的报答吧。”

“啥材料？”杨书印很有兴趣地问。

“几句实话。老叔，现在实话也要用钱才能买出来。我是花了些功夫的。老叔，你想听不想？”

杨书印沉默不语。他想，这娃子是不是想报复他？

杨如意从穿在身上的考花呢大衣兜里掏出一个小本子来，又是很平静地翻开几页看了看，接着念道：“一九六七年阴历五月十四，你在河坡的苇地里奸污了花妞姑。那年花妞姑才十七岁，她去苇地里找粽叶去了。那会儿四奶奶病得很重，想尝尝粽子。花妞姑就去苇地里给她娘摘苇叶包粽子，可你却把她糟践了。你是有预谋的，不然你不会到苇地里去。当时你给了花妞姑五块钱，花妞姑不要，她哭着走了。你又在半道拦住她，不让她哭，一直到她不哭的时候你才放她走了。后来你让队里花钱葬了四奶奶，又暗暗地托人把花妞姑嫁到远处的煤窑上去了。你以为你干得很妙，没人知道这件事。可你万万想不到那苇地里还趴着一个孩子。那孩子二十年之后才告诉我这件事，你也用不着想那孩子是谁……”

“你胡说！”杨书印像遭雷击了似的，一下子跳了起来，手抖抖地指戳着杨如意。

“别慌，老叔，你别慌，听我念下去。”

杨书印愣了一下，又慢慢地很沉稳地坐了下来，摆摆手说：“念吧，娃子，你好好念吧。我听着呢……”

"一九六八年阳历七月五日，你伙同公社粮管所的所长非法倒卖队里的公粮一万四千斤（小麦）。当时队里的干部有六人参与。据当时参与的人说，倒卖公粮的钱大部分落入你和粮管所所长的腰包，他们仅是跟着吃了一顿酒饭，屁也没得。事后，粮管所所长通过关系免去了村里的秋粮上交任务，把应上交的秋粮任务数转派到其他村庄。你认为这笔买卖干得很值，却对干部们说钱是粮管所所长一人得了……"

"就这些了？"杨书印冷眼望着杨如意，淡淡地说。

"一九七四年阳历七月，也就是发大水那年，你私吞了上边拨来的救济款五千元。那钱本该是会计领的，可你以去公社开会之便，'顺路'把钱领了。救济款本来是一万四千元，领款时扣除了拖欠的'土地税'和公社提留款，剩下的五千元你没有交给会计，仅把'土地税'和公社提留款的条子交给他了……事后你给这糊涂的年轻会计找了个工作送出去了。所以，历年查账这事都成了不清不白的悬案。"

"还有吗？娃子，都说出来吧，都说出来。"

"一九六八年三月，刚打罢春，你为占一片好的宅基盖房用，逼死人命一条。那块地本是杨石碴家的，你以规划'新村'为名，硬把杨石碴家的宅基地划到了村头的大坑里。杨石碴为把这个大坑垫起来盖房，整整拉了一年土，最后累得吐血而死……"

"娃子！"

杨书印觉得他被狠狠地咬了一口！这一口疼到心里去了。他沉不住气了，真有点沉不住气了。这娃子像狼羔子似的，咬起人来又狠又毒。他不明白这娃子是从哪里弄到的材料，而且弄得这么详细。一村人像走马灯似的在杨书印眼前闪过，他想滤一滤是谁出卖了他。可他很快就失望了，这么多年了，连他都记不大清了……这娃子真黑呀！

"老叔，你仔细听吧……"接着，杨如意又依次念下去：

"一九七五年，你第二次盖房，私自吩咐人砍队里的杨树、桐树共四十棵……

"一九七一年冬，你趁男人们去工地上挖河，奸污妇女两人……

"一九七三年，队里的窑场刚开工不久，头窑砖你就拉了四万块……

"一九七九年，你私分'计划生育罚款'三千块……

"一九八一年，你为巴结乡供销社主任，私借队里拖拉机给人用，结果开成了一堆废铁……

"自一九六三年以来，你每年给乡、县两级有关系的人送粮、油、瓜果，多得无法计算……"

杨书印站起来了，站起来时"啪"地拍了一下桌子，脸色铁青地厉声质问说："娃子，你编派了这么多，这么圆泛，究竟想把老叔怎么样?!"

杨如意慢慢地合上小本本，从容地从兜里又掏出支烟来，脸上微微地带着笑，说："老叔，你知道这都是真的，你心里很清楚这些都是真的。你觉得我咬住你了，咬得很疼，是吗?可我并不想诈你，我只不过要告诉老叔，要想整治一个人是很容易的，很容易。"

杨书印看定了杨如意，他的眼睎成了一条细缝，眼角处的皱纹像网一样地搐动着，这样，他的两眼看上去就像覆盖着荒草的两口陷阱一样阴森可怕。他紧逼着杨如意看了足足有一刻钟的工夫，最后竟然把这口恶气吞下去了，那重浊得像野兽一般的呼吸声也逐渐地缓了下来，他阴沉着脸说："娃子，这就算是真的吧。我说了，这些都是真的。可就凭这些有踪没影儿的事，你就想整治老叔吗?娃子呀，老叔当了这么多年干部，在村里还没听到过闲言碎语。老叔得罪过人，可老叔的为人谁不知道?只有你把老叔说得这么坏。"

杨如意笑了，那笑容是叫人捉摸不透的。他似乎在静观杨书印的一言一行，就像猫捕鼠之前的那种静观。他要叫这位老叔知道知道他杨如意不是吃素的，一口咬怕他，以后他也就不敢再打他的主意了。他两条腿很悠然地叠在一起，身子往后靠了靠，说："老叔，你怕了。我看见你怕了……"

杨书印往前又逼进一步，说："娃子，人得罪不完，也相与不完。村里是不会有人给你讲这些的，你就是出钱也不会有人说。实话告诉你，也没人敢说！也许有一两个出外的人给你说了这些闲话，那也不足为奇。娃子，你把这些都告诉老叔，是想叫老叔怀疑一村人，一家一家地猜，想法报复人家，那样，老叔就与一村人为敌了。娃子，你太精，老叔不会上你的当。"

杨如意像是稳操胜券似的笑了笑说："老叔，你又错了。我刚才已经说了，我只想让你知道，整治一个人是很容易的。你别怕，再往下听吧。"

说着，杨如意抬头看了看杨书印，竟然重又翻开了那个小本本，出人意料地念道："一九六五年冬天，本村杨二柱家积十年心血盖了三间坐地小瓦房。杨二柱家三代单传，苦劲巴力地盖这么一座小瓦房，就是为了能给杨二柱娶一房媳妇。媳妇已经说下了，可对方相不中他家的房子。所以祖孙三代不吃不喝硬撑着盖起了这座小瓦房。因为家里太穷，请来盖房的匠人没招待好，再加上下连阴雨，房子盖起的当天就四角落地，塌球了！房一塌，祖孙三代抱头大哭！十年积攒的心血不说，媳妇眼看也娶不过来了。二柱爷当时眼一闭，就把上吊绳扔梁上了……那时你一句话救了三代人！你披着破大氅往坍房跟前一站，说：'哭啥？房塌了再盖嘛。队里给你盖！扁担杨几千口人还能看着你不管？我下午就派人来，一口水不喝你哩，房重给你盖；媳妇也得娶，放心好了，有我杨书印在……'当下，二柱爷就跪下给你磕头了……"

杨书印简直不敢相信自己的耳朵，他一下子坠到云天雾海里去了。他猜不透这娃子了，再也猜不透了。他听迷糊了，他纵有一万个心眼，也弄不明白这鬼精鬼精的娃子究竟想干什么。与此同时，他忽然觉得他被人攥住了，紧紧地攥在手心里了，只要那只无形的大手稍微一用力，他的脊梁骨就断了……

"一九六一年，吃大食堂时，你对上隐瞒了产量，少上交公粮十万斤。当时你白天指挥人把好好的红薯地犁了；夜里却又组织人去犁过的地里扒红薯，私下宣布说谁扒谁要。于是，一夜之间，几十亩红薯全被刨光了。这是你办下的又一件好事。当时家家断粮，正是吃草根树皮的时候，二十亩红薯救了全村人。过了年景，村村都有人饿死，只有咱扁担杨没有饿死一口人……"

"娃子……"杨书印听到这里，声音干涩地叫了一声，此刻，他脑海里简直成了一片乱麻，实不晓得如何才好。

杨如意又像猫捕鼠似的看了看杨书印，接着再往下念："一九六九年，村里光棍汉杨发子与邻村闺女偷偷地好上了。那闺女怀孕后，邻村人扬言抓住杨发子要割了他的'阳物'。当时是你（收礼没收礼是另外一回事）私开证明，让他们双双逃窜新疆……

"一九七九年，村西口杨黑子家的闺女得了急病，立刻就有生命危险，可家里连一分钱都没有。杨黑子求告无门，正想把闺女抱出去扔掉，那会儿是你在村口拦住了他，出手给了他一百块，让他抱闺女赶紧到县上去看病，紧赶慢赶把这闺女的命救活了……

"一九八〇年，你先后数次为家里穷的中学生掏学费，供养他们上学……

"一九八一年你……"

杨如意一口气念完了小本本上写的材料，然后身子往后一仰，很平静地望着杨书印说："老叔，怎么样，总还算公平吧？"

杨书印心情异常复杂，他打心眼儿里佩服这娃子无所不用其极的毒辣，却又有一种被年轻人耍了的感觉。他叹了口气，连声说："好大的气派呀！

娃子，你好大的气派！……"

是的，一个年轻娃子能做出这种事来，气派也的确是够大了。这不是一般的小算计，这是大算计，只有在人海里滚出来的人才会有这样高超的算计。他给予人的已经不是扎一下、咬一下的感觉了，他是给一个年龄几乎比他大一倍的老人扎了一个笼子！他是在明明白白地告诉杨书印，我看透你了！你身上的每一条血脉每一条经络我都摸得清清楚楚的，你脑海里的每一个念头每一条神经我都看得清清楚楚的。我啥时都可以把你攥在手里，只要我想……

杨如意默默地看着杨书印，杨书印也默默地望着他，两人都不说一句话，可互相间的心情又是可想而知的。

过了片刻，杨如意笑了笑，说："老叔，摸透一个人是很不容易的，我花了些功夫，尽力想做得公平些，我对人一向都是公平的。你做过恶事，也做过善事。前边提到的那一款款罪孽，说起来杀头都是不冤枉的。可后边提到的一桩桩好事，又足可以当全国的模范。没人相信做好事的人同时也干着恶事，也没人相信干恶事的人会干好事，可这一件件好事歹事都是你干下的。老叔，这就是你。"

杨书印一向心劲是很强的，可这一次却弱下来了，他的头"嗡嗡"地响着，哑着干涩的嗓子问："娃子，你想干啥，你究竟想干啥?!"

杨如意站了起来，他望着杨书印一字一顿地说："老叔，我只想告诉你，要想整治一个人是很容易的。就这话。"

杨书印终于还是笑了，那笑容是硬撑出来的，他很勉强地说："娃子，我是老了。"

半夜里，狗又咬起来了。

听见狗叫，杨如意披着衣服从二楼的房间里走了出来。天很冷，夜风像刀子一样割人。杨如意站在走廊上，拉亮灯，探身朝外看去。下雪了，风绞雪，村街里一片白茫茫。倏尔，他看见门口的雪地上卧着十几条狗！狗们在门口"汪汪"地叫着，一双双狗眼像鬼火一样地来回游动。门里拴的那条狼狗凄厉孤独地叫着，把拴着的铁链子拽得"哗啦哗啦"响。杨如意站在楼上默默地看了一会儿，然后一步一步地走下楼来。那狼狗听见人声便"嗷嗷"叫着扑过来了，两只熬急了的狗眼像红灯一样亮着，很残。杨如意走过去，一声不吭地解开了拴狗的链子，朝躁动不安的狼狗身上拍了一下，便"呼啦"一下拉开了大门："去！"

那狼狗嗥叫着像箭一样地窜出去了。门外的群狗立刻围了上去。紧接着，村街里传来了旋风一般的蹄声、叫声、撕咬声……这是一场家狗与狼狗的殊死搏斗，是群狗与独狗的厮杀，双方都熬急了，自然把百倍的仇恨全使在嘴巴上，那撕咬声血淋淋的，听来十分的凄厉残暴……

杨如意点上一支烟，默默地吸着，目光盯视着群狗恶战……

渐渐，他眼前出现了一个拖着大扫帚的乡下娃子。那乡下娃子站在邻县县城的仓库院里，一早起来把一个大仓库的角角落落都扫得干干净净。然后他烧水、冲茶、抹桌子，把仓库里所有的人都侍候得舒舒服服的。他给人干活是从来不计报酬的。白天给仓库干活，晚上给仓库里的干部、工人干活。他给人做家具、买菜、买面、拉煤……什么都干。仓库里的人谁都可以支使他，谁都可以欺负他，谁都可以把他当奴隶使用。连仓库院里那三岁的孩子都敢命令他："把皮球给我捡起来！"他就乖乖地走过去给孩子捡起来，笑着递到孩子手里。那时他像狗一样的温顺……

渐渐有些分晓了。村街里传来一声声狗的惨叫。那狼狗在楼院里关得太久了，一放出来就十分残暴。再加上狼狗个儿大，腿长，蹿起来一下子就把家狗砸翻了，砸翻后扑上去就是极狠的一口。群狗一齐扑上来的时候，那狼狗就转着圈咬，跑起来一甩就把腿短的家狗甩到路边上去了。一只家狗被咬倒了，又有一群扑上来……

　　……待到那乡下娃子在仓库院里站稳脚跟的时候，他开始把主攻目标放到仓库主任身上。有一阵子，他几乎成了仓库主任老婆的仆人。仓库主任老婆年轻，主任是个怕老婆的货。那女人叫他办事的时候，声音娇滴滴的，很有股浪劲儿。那会儿，他真想把仓库主任的老婆干了，他觉得他能干成。可他还是忍住了，忍住没动那骚货。他倒反过来给仓库主任出主意，教他治女人的办法。那时候他没睡过女人，可他知道人是什么东西，他教给他的是对付人的办法（当然包括女人）。仓库主任果然把女人治服帖了。开始是他巴结仓库主任，给他送礼，请他喝酒，给他家无休无止地干活。后来，是仓库主任不断地来找他了。不管什么事都找他拿主意。仓库主任离不了他了……

　　……有几只家狗被咬翻在地，"呜呜"地叫着爬不起来了。有几只夹着尾巴窜了。可还有四只家狗跟狼狗对峙着，狗眼里泛着荧荧的绿火。这时，有一只黑狗"汪汪"地叫起来。这只黑狗一直在路边的黑影里卧着，狗咬起来的时候，它动都没动，只竖着两只耳朵注视着动静。可它突然就叫起来，听到叫声逃窜的狗群又扑了回来，一点一点地向狼狗逼近。倏尔又是两声凄厉的惨叫，扑在前边的两只家狗被咬倒了，可狗们并没有后退，还是一群一群地往前扑。倏尔，那狼狗的尾巴被一只灰狗咬住了，它猛地转回头来咬住了灰狗的脖子。就在灰狗被咬倒在地的一刹那间，领头的那只一直未动的黑狗像箭一般地从后边蹿了过来，扑上去狠狠地咬住了狼狗的后腿。狼狗惨叫着松了口，再回头扑那黑狗，两只狗死死地咬成一团。群狗在两只死咬着的狗跟前转来转去，急得嗷嗷叫，却插不上嘴。只见两只狗极快地翻动着身子，一时你压着它，一时它压着你，在村街里的雪地上滚来滚去，谁也不松口。终还是狼狗个大，它咬着把黑狗拖来拖去，却怎么也甩不掉。眼看那黑狗没有力气了，可它还是死咬着狼狗的后腿，一直不松口。群狗终于瞅机会扑了上来，咬住了狼狗的前胛，狼狗痛得嗷嗷着跳起来冲出了家狗围的圈子，接着是骨头的断裂声，村街里飘出了浓烈的狗的血腥味，黑狗发出了悲凄的叫喊，它的前腿被咬断了……

　　……一年之后，那乡下娃子不是那么恭顺了。他不甘心仅做一个县城仓库里的长期合同工，他的野心随着社会形势的变化渐渐大了。那时他手里还没有积攒一分钱，每月的工资大部分用来巴结有权力让他滚蛋的仓库主任了。待他稳住了那仓库主任之后就不再这样了，而是每日里在花花绿绿的市场上转悠，和那些做生意的各样小贩聊天唠闲话。他常常勒紧肚子一天不吃饭。但兜里总是装着一盒最昂贵的高级香烟。他一支支地把那些香烟撒出去，敬给做生意的小贩或是从大城市来的采购员们，似乎也不图什么，只是聊聊天，听他们说些南来北往的事情……他突然就变浪荡了，仓库院也扫得不是那么勤了，有人想找他干点小活，又常常找不到他。这样，仓库院里就有人说闲话了，怂恿仓库主任把他撵走，然而，就在仓库主任也看不下去的时候，他竟然悠悠嗒嗒地到仓库主任家去了。这一次他去仓库主任家没带礼物（从前去主任家总是要带点什么的），他一进门就见主任的脸黑着，连座都没让，张嘴就说："你这一段怎么搞的？不像话！"那乡下娃子笑着说："主任，咱俩还是外人吗，我给你办事去了。年内准备给你弄一台彩电，一台冰箱，不知你愿不愿要？"主任两口子眼都亮了，接着主任又苦愁着脸说："没钱哪，一月就这一点工资……"那乡下娃子说："钱的事你不用发愁，有我呢。只要你愿意，两年内我还能给你弄个轿车坐坐。""你，你咋弄？"主任很吃惊地问。主任老婆"啪"地打了主任一巴掌："你管他咋弄哩？你叫他弄呗。"那乡下娃子接下去淡淡地说："政策允许，我想办个涂料厂。"主任愣了，结结巴巴地说："那、那、那资金呢？"那乡下娃子很有把握地说："资金我想办法。"主任有点怀疑了，世上哪有这么轻松的事？会平白送彩电、冰箱?！他又问：

"那你叫我给你干点啥事？"那乡下娃子竟然轻飘飘地说："没啥事，只要你同意就行。"那乡下娃子知道不仅仅是要他同意，仓库这块地盘是他起步的开始，是最重要的依托，没有这块地方，他是什么都干不成的。"这么简单吗？"主任还是有点不信。那乡下娃子一口咬定："只要你同意，绝没问题。"此后，当省物资站的站长来县仓库检查工作的时候，那乡下娃子又向第二步迈进了。他通过仓库主任的引荐，与省物资站站长见了面。他一见面就对站长说："站长，我有二十万资金，想跟咱县仓库联合办个涂料厂，希望上级领导能支持。"站长说："好哇，很好哇。改革嘛，要我支持什么，我那里可都是国家调拨物资，是谁也不敢动的。"那乡下娃子还是那句话："什么也不要，只要你同意就行。厂办成之后，每年按时给站里交管理费……"当然，这仅是见了见面。搭上线之后，那乡下娃子专门去省城给站长送了一次礼，礼物是丰厚的，那乡下娃子为这一趟借了三百元钱……第三步就是北京了……那乡下娃子到了这时候，腰里还没有一分钱。但他有的是毅力和智慧。他又通过仓库主任老婆的引荐，找到了县银行的行长（据说行长跟仓库主任的老婆有一腿，这很有可能）。再说，仓库主任的老婆已经被彩电、冰箱的美梦迷住了，不管让她干什么都很积极。他气气派派地对行长说："部里要在咱县办个涂料厂，这种商品销路很好。厂是集资办的，一时资金周转不开。你要是能批些贷款的话，我可以给你安排五个工人。"这一说正中下怀，行长的女儿考了三年都没考上大学，正在家待业呢。再说又是"中央"办的厂，更要大力支持了。于是，行长很爽快地一口答应："行，你要多少呢？给你无息贷款。"一条五彩的路就这样铺开了。往下，工商局、税务局、公安局、法院……一环环一节节全被他打通了。他是带着极端仇视的心理与人交战的，在与人与权厮杀时他不惜用一切手段，他的狠劲，让城里人都吃惊了。后来，当他听人说：一个乡下的十六岁的姑娘竟然会把一个大城市名牌大学的二十六岁的女研究生拐卖了！他就暗暗地咬着牙说："别小看乡下人，别小看！乡下人总有一天要吃掉城市！"

……这是个极其悲壮的场面。在领头的黑狗惨叫着倒地之后，群狗疯狂地扑了上去，它们团团地将那黑狗围住，"呜呜"地悲鸣着去舔那黑狗。而后，群狗又齐刷刷地勾过头来，在卧倒的黑狗跟前围成了一个半圆形的圈，恶狠狠地怒视着狼狗。狼狗一蹿一蹿地狂叫着，然而却没有一只家狗退缩。它们紧紧地护卫在黑狗的周围，一只只高昂着头，怆然而又悲愤地叫着。

那只断了腿的黑狗又凄凉地叫了两声，它挣扎着试图站起来，可它站不起来了，雪地上一片红浸浸的血迹。然而，它的头还是昂着的，一直昂着。群狗也都在它身边卧下来了，一只只相互靠拢，狗眼里射出一束束让人恐怖的火苗。

狼狗似乎被群狗的气势吓住了。它再没敢往前扑，浑身血淋淋地站在那儿。它那两只直棱棱的耳朵有一只已经被群狗撕烂了，半弯地耷拉着，一条后腿也被咬得血污污的，一滴滴往下淌血……

……那乡下娃子也是孤军奋战的。虽然他西装革履，衣兜里揣着烫金的名片，可他不会忘记他是乡下人，永远不会。他每天撑着一张脸在城里与人周旋，有多少人想挤垮他，有多少人想暗算他，又有多少人想吃掉他呀！他几乎对谁也不相信，他不敢相信，他只相信他自己。他知道他只要被人抓住一点东西，他就完了。没有谁会站出来替他说话的。他们想要的仅仅是他挣下的钱。他也只有用钱用智慧去跟有权的人交换点什么。那一条条路都是用钱铺出来的。当然，有时候钱撒出去连个响声也听不到，可他也认了，他还不能与所有的人为敌，他的力量还不够。一个白手起家的农民的儿子，要想稳稳地在城里站住脚，他必须疏通所有的渠道。那做起来是很难的，真的假的实的虚的，他都得会一点。送礼本是一件很简单的事，可送什么样的礼，怎样送礼，那都是一门极高深的学问……

雪花在寂静的夜空里飘舞着，带哨儿的寒风不时地从村外的田野里灌过来。狗们不再叫了。双方都以沉默相对，那沉默里似乎埋藏着更大的仇恨。群狗匍匐在地上一点一点地往前挪动，绿色的火苗像游魂似的在雪夜里闪烁。

狼狗在群狗的逼视下后退了。可它后退一点，群狗便逼近一点。它狂叫的时候，群狗就伏地不动，仍然是"呜呜"地逼视着它。狼狗暴躁地往前扑时，群狗往后勾勾头，看那领头的黑狗。黑狗高昂着头，一动也不动，它们又勾回头来，也一动不动。狼狗急得直转圈，却还是后退了……

这仿佛是一场耐力和韧性的战斗。家狗的耐性逼得狼狗像发疯似的一声声嗥叫。可面对头并头、身挨身的群狗，它似乎有点怯了，慢慢地、慢慢地往后退去。群狗又是一点点地逼近，逼近……倏尔，村外的田野里再次传来了狗们的撕咬声和惨叫声……

……那乡下娃子胜了。他终于在城里站住脚了。他有很多的钱，该有的他都有了。可他内心里还是很孤独。他不知道挣了钱之后还应该干点什么，他更不知道他缺什么，只是心里很空。他没有真正的朋友，一个也没有。他知道那些所谓的朋友顷刻间就会变成敌人的，他很清楚这一点。他的疑心越来越重了，他不相信女人是真心跟他好，连对他最好的惠惠他也防着。他认为女人跟他都是要图一点什么的。惠惠在他面前哭过，哭着向他表白心迹，说她是喜欢他的，说将来有一天他穷到挂棍要饭她也不会变心的。可他仍然认为惠惠的眼泪是假的。连眼泪都是假的，还有什么是真的呢？当他一个人躺在床上的时候，他就觉得非常孤寂，孤寂得让人害怕，仿佛四周全是陷阱，稍不留心就会掉进去。他常常半夜里突然醒来，睁大眼望着四周，身上的汗一下子就涌出来了，紧跟着心里就会生出莫名的恐怖。那仓库主任太贪婪了。他给他弄了彩电、冰箱，他还不知足。骨子里却想把他赶走，把打天下的人赶走，试图把涂料厂接过来。笑话！他治了他，他治那仓库主任是很容易的。人哪，人哪，太残酷了！事干成了，都想吃一嘴，吃就吃吧，也不能连锅端哪?！这就是心换心的好朋友吗？有时候他简直变成了一只狼，孤独的狼，时刻提防着任何人偷袭。没有钱的时候，他烦；有钱的时候，他心里更烦。他已经没有别的路可走了，他把家乡的人也得罪了。他并不想得罪他们，可他把他们得罪了。他贴了招工广告，满心满意地想给村里人办点好事，可竟然没有一个人去那广告跟前看一看。村长倒是想打他的鬼主意，但他是不会听他摆布的，不会。他已经不是那个任人欺负的小狗儿了……

杨如意站在二楼的走廊里，默默地望着撕咬的狗群。他就那么一动不动地站着看了很久。只有吸烟的时候，火苗才映出他那张暗绿色的脸，那脸上的神情是阴郁的。

天蒙蒙亮的时候，那只浑身是血的狼狗跑回来了。它无力地卧在地上，"呼哧、呼哧"地喘着粗气。杨如意慢慢地从楼上走下来，摸了摸浑身是伤的狼狗，一滴泪无声地落在了狼狗的头上……

七十一

有人说，假如你夜里走进那座楼房，开始你什么也看不清楚，只觉得楼上楼下都是红红绿绿的。继而，一阵阴风过后，你会觉得头皮发麻，眼前的一切都变了。你发现你站在坟墓里，一座很大的坟墓。白骨累累，阴风阵阵，周围全是一片一片的坟墓……

七十二

老狗黑子死了。

它死在村东头的麦地里，死后头还是朝着村口，两只狗眼睁得很大。麦地里一片蹄子印，到处都是撕咬搏斗的痕迹，一大块麦苗被狗们践踏得不像样子。然而，狗们还是一群一群地在麦地里卧着，赶都赶不走。娃子们一个个高高兴兴地跑到地里去看，大远就高喊着："狗恋蛋了，夜黑晌狗恋蛋了……"

这不是"狗恋蛋"，"狗恋蛋"是生儿育女的事情（每年都会发生这样的事情，骚情的狗们结伙成群地在庄稼地里咬架，胜者就屁股对屁股干那些繁衍子孙的大事）。可娃子们这次看到的是一群狗悲凄地围着一条死狗。狗眼里没有那种骚情的喜悦，而是一只只勾着头卧在死狗的跟前，身上带着血污污的伤痕，那神情是很悲壮的。跑到跟前的娃子看清楚了，那死狗是瘸爷家的黑子，是村里最老的一条狗……

终于有人把瘸爷叫来了。瘸爷拄着拐杖站在黑子面前，默默地望着这只跟了他半辈子的老狗。天是阴着的，大地上一片银白，可他的黑子死了，在雪夜里被咬死了。老人能说什么呢，他什么也说不出来，苍老的眼里扑簌簌流下了一串老泪。

乱了，一切都乱了。连狗都不安分了。黑子一向是很听话的，它通人性，从不偷咬人。多少年来，这只狗一直伴着他，无论白天黑夜，只要叫一声，它就会出现在你的面前，它是老人的伴儿呀！

俗话说：狗不嫌家贫。黑子跟着他没吃过什么好东西。总是老人吃什么，就让它也吃什么。在过去的年月里，老人整年不吃一顿肉，黑子更是连根骨头也没啃过。可它还是忠实地跟着老人。冬夜里天冷，它整夜偎在老人的身边，听老人默默地跟它说话。老人不管说什么它都听着，一双狗眼也总是默默地望着老人，仿佛它什么都知道，很理解老人的心。黑子对扁担杨村是有功的。没分地之前，它整日整夜地跟着老人给队里看庄稼。它在庄稼地里走路很小心，从没糟踏过庄稼，它没偷咬过庄户人家的鸡子，就是饿的时候它也不咬，它知道庄稼人喂活一只鸡是很难的。它还跟咬死鸡子的黄鼠狼斗过，与偷吃粮食的老鼠斗过……它为扁担杨村的农家人生下了一窝一窝的狗崽儿，狗崽儿一满月就被人抱去了。开初的时候，它咬过，叫得很凶。后来慢慢就习惯了，很安详地卧在那儿看着人们把它生下的狗崽一只一只地抱走。仿佛很乐意给人们做这些事情。它几乎是被人同化了，长时期的喂养已使它失去了狗的野性。那双狗眼看人的时候是很温和的，顽皮的孩子打它一下，或是把它抱起来摆翻，它是决不会咬的。仿佛它知道那是孩子，不懂事的孩子。然而，它似乎又很清楚它的职责。夜里，只要有一点动静它就"汪汪"地叫起来，引来一村狗咬，好叫人们提防着些。后来它老了，连独自去田野里跑一跑的兴趣都没有了，就寸步不离地跟着老人，一日日陪着老人熬时光……

老人悲痛地在黑子面前的雪地上坐了下来，他的手轻轻地抚摸着黑子那僵硬的狗头，喃喃地自语道："黑子，你怎么就去了呢？"

满身血污的黑子僵卧在地上，两只狗眼直直地瞪着，那冰冷的死亡之光令人发怵。老人试图把这双死不瞑目的狗眼合上，可他合不上，那狗眼一直是瞪着的，他一连抚摸了两次却还是合不上。那么，它还有什么不甘心吗？瘸爷长叹一声，又喃喃地说："黑子，闭眼吧。我不会叫人动你，不会。你跟了我半辈子，我决不亏你。我会好好葬你的，好好葬。"

这时，老人突然发现黑子那直瞪瞪的目光里印着那个令人恐惧的

"⊙"，那"⊙"占据了黑子的整个瞳孔，像问号一样地直射天空……

老人的手发抖了。顷刻间，他像是明白了什么，又像是什么也没有明白，就那么默默地坐着。这个"⊙"已经缠了他很久很久了，他一直费心熬神地想破解它，可至今还没有找到答案。那么，黑子眼里怎么会有这个"⊙"呢？它是想告诉我什么呢？难道世间所有的生灵都中了邪？黑子一定是为着什么才死的。它也怕这个"⊙"，这个无法解开的"⊙"。是的，那邪气太旺了，连黑子都想和它斗一斗，以死相搏。黑子也和人一样想护住什么，护住那最珍贵的东西。它也认为世间不该失去这些东西。是不是呢？唉，黑子呀，黑子，你败了，你死不瞑目，你为主人做下了最后一件事，却没有留住什么。因为世事变了，你尽了力，却不能挽回……你只有死了。临死前你还想弄清世间的事，弄清那些叫你大惑不解的事。可你解不开那个"⊙"，那个笼罩大地万物的谜。你是在恐怖中死去的……

黑子，你要告诉主人的，就是这些吗？

瘌爷慢慢地站起来了。他仰望苍天，嘴角微微地搐动着，脸上又一次出现了庄重、肃穆的神情。他仄歪着身子很吃力地把黑子抱起来，艰难地踏着雪往河坡里走去。他在前边走着，狗们、娃子们在后面跟着他，远远看去，很像一支送葬的队伍。

村里一些年轻人看瘌爷抱着一条死狗，就远远地大声说："瘌爷，大冬天里，狗肉可是大补哇！"也有的说："瘌爷，剥了吧！这年月狗肉很值钱的……"

瘌爷听了，理也不理，径直朝河坡里走去。只是心里头像针扎一样疼。人怎么一个个都变了呢，连一点仁义都不讲了吗？黑子跟了我半辈子，说出这样的话来，不折寿吗？！

瘌爷把黑子抱到了河坡里，央娃子们回村给他拿了把铁锨，找一片背风向阳处，十分吃力地在地上挖了一个坑，把黑子埋了。老人念黑子多少年的忠诚，还给它垒起了一个小小的"狗冢"，在河坡里寻一块半截砖在"狗冢"前做了个明显的记号，而后老人在河坡里坐下来，两眼失神地望着刚刚垒好的"狗冢"……

没有比狗更仁义的畜生了。狗们三三两两地在"狗冢"前卧着，一个个伏在雪地上，头冲着"狗冢"，那狗眼里竟也淌着泪。

娃子们冷雀似的站在周围，好奇地望着瘸爷，谁也不知道瘸爷坐在雪地上干什么。狗已经埋了，为什么还不走呢？

河坡里很冷，娃子们渐渐地散了。只有瘸爷还在那儿坐着，周围卧着一群狗……

瘸爷自言自语地说："黑子，我会常来看你的，常来。逢年过节我也会给你带些纸钱。你跟了我这么多年，虽是畜生，也是通人性的。你去了，我的日子也不会久了。我在一天，就会来看你的，说说话吧，说说话心里就好受些。家里门是开着的，就像你在时一样，我不顶门，你啥时想回去看看，就回去吧……"

天光暗了，暮色四围，冷风一阵紧似一阵。瘸爷十分凄凉地站了起来，低声说："黑子，我走了。"他走得很慢，不时还回过头来，望那河坡里的"狗冢"。黑子是他的伴儿啊！

这天夜里，狗"呜呜"地叫了一夜。

狗哭了，连狗都哭了。那凄厉悲伤的呜咽声在黑漆漆的夜里显得格外瘆人。狗们像疯了似的在村里窜来窜去，一时在村里叫，一时又在村外叫，那悲鸣的叫声里浸透着压抑和愤恨，仿佛在一声声诉说着什么，闹得一村人都没睡好觉。

狗也是有情有义的畜生啊！

人呢？

第二天早上，当瘸爷郑重地去河坡里给他的黑子烧纸钱的时候，却发现黑子不见了，那"狗冢"竟被人扒开了……

天哪！瘸爷气得两眼发黑，浑身抖动着仰望苍天，几乎要气昏过去了。人心哪，人心哪，狗都不如的人心啊！他知道黑子是被那些年轻人扒去了，不是吃了，就是卖了，瘸爷忍不住破口大骂。他拄着拐杖一路骂去，从村外骂到村里……

可瘸爷知道，他挡不住了，再也挡不住了。那邪气像决了堤坝的水一样流到人心里去了。

七十三

有人说，每到午夜时分，那楼房里便会传出隐隐约约的哭声。那哭声凄婉哀怨，像是从阴间里飘出来的……

这时候，假如有人走进那座楼房，就会听见有人在叫你的名字，一声声地叫。看不见人，却有人在叫，叫得你魂飞魄散……

七十四

不久，村里又出了一件骇人听闻的事情。

这件事是罗锅来顺从城里回来三天后发生的。那天早上，当他像往常一样去楼屋里喂狗的时候，却发现狼狗不见了，地上扔着半截断了的链子。他唤了两声，没有听到"嗷嗷"的狗叫，又四下去寻。他在院里转了两圈，还是没有找到。院子里阴冷阴冷的，什么也没有。他迟迟疑疑地在楼院里站了一会儿，又去拿扫帚扫地，扫了几下，心里觉得不对劲，就又抬起头来，四下看。猛然间，他愣住了：狼狗在花墙上趴着，两只狗眼凶凶地凸暴出来，舌头长长地伸着，正一滴一滴地往下淌血……

狼狗被人活活地勒死了！

在这一刹那间，罗锅来顺几乎吓昏过去。他怔怔地站在那儿，好半天才缓过神儿来。他撑着胆朝院子周围看了看，院子里静静的，只有他一个人。他又抬头去瞅那趴在花墙上的狼狗，狗死得很惨，脖颈被绳子勒断了，软软地耷拉着，面目十分狰狞。这时他才看见狗身上还放着一张"帖子"，"帖子"压在狗脖子下边，上面还沾了几滴狗血。他战战兢兢地走过去，把那张"帖子"从狗脖子下边取了下来。"帖子"上写的有字，可他不认识字，就那么捧着翻来覆去地看。看了，浑身就像筛糠似的抖起来，紧接着两腿一软，他跪在地上了……

他懂得这些，知道那"帖子"是干什么用的。解放前，土匪就是用这玩意儿坑大户人家的，他小时候见过。"绑票""撕票"他都听人说过。可他没想到解放这么多年了，还有人敢"下帖"。他知道这都是那楼屋惹的祸，是儿子惹的祸，太招眼了！那么大的一条狼狗都被勒死了，肯定是有人来过了，有人来过。要是不照那"帖子"上写的办，怕是要家破人亡的。想到这儿，他不由得打了个冷战！怎么办呢？

村街有人在走动，挑水的扁担"吱扭、吱扭"地响着，驴子打着响鼻儿……这响声使罗锅来顺渐渐地醒过神来，是福不是祸，是祸躲不过。既然下了"帖子"，就该找人看看那"帖子"上写的是什么，也好想个法子来。于是，罗锅来顺又木呆呆地捧着"帖子"走出来了。

该拿去叫谁看呢？罗锅来顺像捧火炭似的端着那张"帖子"，望望东，又看看西，一时又拿不定主意了。他端着"帖子"在门口团团转，眼里的泪"扑嗒、扑嗒"往下掉……

这时，刚好大碗婶片着脚从家里走出来，一看见弯腰的罗锅来顺，好事的大碗婶就撇着嘴说："哟，老罗锅，恁享福咋还哭啥哩？"

罗锅来顺不想让这个多事的女人知道，可他手抖抖地捧着"帖子"，却不知如何才好。

"咋，咋啦？"大碗婶犯疑惑了，连声问。

罗锅来顺没办法了，只好说："帖……"

大碗婶是极好打听稀奇事的，她一阵风似的走过来，抓起罗锅来顺手里捧的"帖子"看了看，她也是不识字的，立时像叫街似的喊起来："大骡，大骡！死墙窟窿里了？快来，快来……"

大骡从家里跑出来问："啥事呀？"

大碗婶拍着腿说："出大事了！帖、帖……"

"鳖儿，连这都不知道？快来看看上头写的啥。"

罗锅来顺不愿张扬，可他说话不好，不说话也不好，只是连声"唉"……

大骡接过那张"帖子"，高声念道：

"要钱不要命，要命不要钱。要想好好活，送来一万元！"

大碗婶一听，眼都绿了："啧啧啧，一万哪！看看送哪儿？"

大骡说："上头写着叫送到村东头苇地里。"

"啥时辰？"

"半夜。"

罗锅来顺哭丧着脸，看看这个，又看看那个，忽地往地上一蹲，说："天爷呀，这可咋办哪?！"

大碗婶一下子又把那张"帖子"抢到手里，张张扬扬地舞着说："一万哪！一万哪……"

她这么一张扬，来来往往的村人们都围上来了，你看看，我看看，一个个脸都绿了，目光死死地盯在"一万"上……

当那张"帖子"传到河娃手里时，他看了看说："不就一万吗？"

立时有人说："一万还少呀？要给你早娶下媳妇了！"

也有人摇着头说："嗨，这年头，连劫路的都有，啥事都会出呀！"

罗锅来顺像没头苍蝇似的，嘴里念叨着："这可咋办呢？这可咋办呢？"一会儿走到这个人跟前，一会儿又挪到那个人跟前，可怜巴巴地求道："爷儿们，如意不在家，帮我拿个主意吧……"

大碗婶说："老罗锅，这就看你了。你要钱还是要命？"

河娃说："你要钱还是要命？"

众人也都说："你要钱还是要命？"

他们又一个个讲述着解放前土匪"下帖"绑票的种种情形，说得罗锅来顺脸都灰了，一时蹲下又站起，站起又蹲下，更是没有一点主张了……

有的说："破财消灾吧。财去人安，只要人好好的，比啥都强。"

也有人出主意说："去报告公安局。这又不是解放前，怕啥？抓住就不会轻饶！"

马上又有人说："公安局？！公安局要破不了案呢？你这边一报告，人家就下手了。这些人可都是不要命的货……"

说来说去，倒越说越吓人了。那是一万元哪！各人心里热热的，一时像自己失了一万元那样肉疼；一时又像捡了一万元那样欣喜，说不清是什么滋味了……

天光亮亮的，村街里雪已融尽，只是风一阵一阵地吹着，叫人身上发寒。村头黑子家的带子锯又响起来了，很躁，"刺啦啦"地尖叫着……

那张"帖子"人们传来传去又还给罗锅来顺了。他战战兢兢地用手捧着，揣也不敢揣，扔也不敢扔，一张薄薄的纸像是有万斤的重量，把他整个人都压垮了。

还是大碗婶说："老罗锅，我看你也做不了主，还是去找如意吧。他只要有钱，你就不用怕。"

众人也说："去吧，快去吧。"

罗锅来顺想想也觉得没办法，只好再进一趟城了。

罗锅来顺一走，村里就像炸了锅似的，家家都在议论这件稀奇事。解放三十多年了，村里一直是平平安安的，这还是头回出现"下帖"的事。好在"帖"下在人人恨的地方，也就不觉得太可怕，反而有点喜忧参半，心里滋滋味味的。于是有人张张扬扬地说：又出土匪了，又出土匪了！也有的说：这"下帖"的人肯定是摸底细的，说不定还是熟人哟。接着就乱猜一气，一会儿说是东庄的，一会儿又说是西庄的……

天黑之前，狗儿杨如意又一次坐着面包车赶回来了。

临上车前，罗锅来顺苦苦地劝儿子说："如意，要是有钱就给人家算了。破财消灾，要不还会遭罪。"

杨如意阴沉着脸，什么也没说。罗锅来顺啰啰唆唆地对儿子说："给吧，如意，给人家吧。这种人咱是惹不起的。要是眼下没钱，就先转借转借。唉……"他不放心儿子，他怕儿子把命搭上。自进城之后，他把"帖"给了儿子，就没听见儿子再说一句话，那脸阴得像锅铁。儿子只是看了看就把那张纸揣兜里去了，然后就打发人带他去吃饭。他猜不透儿子的心思，不晓得儿子究竟想干什么。一直到车开到家门口时，他才看见车后面放着一个很精致的箱子。儿子带钱回来了。

下车后，儿子提着皮箱在门口站了会儿，一脸沮丧的神情。罗锅来顺怕人笑话，忙说："回屋吧，回屋吧。"

周围住着的村人们正趴在院墙上往这边偷看呢，那窃窃私语声隐约可闻。杨如意看见就像没看见似的，无精打采地勾头望着那只小皮箱。

这时，河娃从村东边走过来了，看见杨如意在门口站着，便热情地打招呼说："如意哥又回来了？"

"回来了。"

"回来看看？"

"回来看看。"

杨如意微微地笑了笑，笑得很苦。

河娃也笑了笑。天冷，河娃的脸冻得发青，说话时牙关很紧。

"老冷哇。"

"老冷。"

河娃缩着膀子走去了。杨如意也掂着皮箱往家里走。他一进门就看见了那只勒死了的狼狗，狼狗还在花墙上趴着，很瘆人地伸着长舌头。他盯着死狗看了很久，脸上的肌肉一条一条地抽搐着，眼里的亮光也一闪一闪的，眉头皱成了死结。过了很长时间，他才慢慢地走上楼去。

罗锅来顺的心依旧在半空中吊着，他又惴惴不安地跟过来问："给了吧？"

杨如意背着脸，"嗞嗞"地从牙缝里迸出一个字来："给！"

这天晚上，楼屋里没有亮灯，也没有了那浪浪的唱，整个楼院里寂静无声。爷儿俩一个在楼上坐着，一个在楼下蹲着，都默默地。罗锅来顺的心已提到嗓子眼上了，不住地摇着头说："这都是命呀，命。唉，认了吧，认了吧……"杨如意只是一支接一支地抽烟，小火珠一亮一亮的，映着他那张铁青的脸。

过了一会儿，罗锅来顺又颠儿颠儿地走上楼去，不放心地问："如意，要是再有人'下帖'……"

"给。"杨如意说。

"……再、再有呢？"

"给。"

"唉，那得多少哇！"

"要多少给多少。"

"穷了就不要了？"

"穷了就不要了。"

罗锅来顺像陀螺似的转着身子，心神不定地说："该去了吧？"

杨如意看了看表说："不该呢。"

"半夜？"

"半夜。"

"娃，你得小心哪，小心。钱放那儿就回来吧。"

杨如意点点头："你放心吧。"

"别回头。听老辈人说，回头要挖眼的。"

"我不回头。你放心睡去吧。"

该说的都说了，罗锅来顺还是放不下心。他一时站站，一时又蹲蹲，就那么不停地颠来颠去……

半夜时分，那扇铝合金大门"哗啦"一声开了，杨如意掂着那只皮箱从楼院里走出来。临出门时，罗锅来顺又反复交代说："千万别回头哇！"

夜很黑，村街里静静的，杨如意提着皮箱孤零零地朝村外走去。

田野里空寂寂的，暗夜像网一样地张在他的面前。周围也像是有鬼火在闪，这儿，那儿，似乎都有些动静。他大步从麦地里斜插过去，脚步重重地踏在地上，那声音很孤。这条路是他早年多次走过的，他很熟悉。那自然是一次次挨揍的记录，娃子们常在野地里揍他。他记得很清楚，就在前边不远的田埂上，他被娃子们捆过"老婆看瓜"……

杨如意在那条田埂上略略地停了一下，又继续往前走。暗夜里，他那双眼睛贼亮贼亮的，呼吸极粗。在快要接近苇地的时候，他换了一下手，好像那皮箱很重。

苇地里黑默默的，大片大片的苇丛在冷风中摇曳着，不时地发出"呼啦、呼啦"的响声，不知名的虫儿也"吱吱""咝咝""唧唧"地叫着。突然就有什么刺溜一下蹿进苇丛里去了，接着又是"扑通"一声，蹿出灰灰黑黑的一条……

杨如意在苇地前站住了。他放下皮箱，默默地站了一会儿，高声说："'下帖'的朋友，我把钱带来了。"

苇地里仍是"呼啦、呼啦"地响着，却没有人走出来。

杨如意又往前走了几步，把皮箱扔在身边的苇丛里，再一次高声叫道："'下帖'的朋友，我把钱带来了。"

苇丛里有些动静了，那"呼啦、呼啦"的声音大了些。忽然就有了"呜呜"的嚎声，像鬼哭一样地叫着，十分瘆人。

这天夜里，一村人都没睡着觉，家家户户的灯都是亮着的。人们像是等待着什么，那神情竟然十分激动。

这晚，大碗婶的大脚片子都跑酸了。她"囊囊囊"一会儿串进这家，"囊囊囊"一会儿又进那家，来来回回地给人们传递消息：

"去了，去了。狗儿提着钱去了！"

"一万块呀！啧啧，一万块……"

谁也料想不到，第二天早晨，当太阳升起来的时候，两个脸上抹着锅灰的"强人"被公安局的民警押回村来了。

一村人都觉得上当了，上那狗儿的当了。狗儿杨如意瞒得好紧哪！他谁都瞒下了，连村长都不知道。他装着去送钱的样子，却私下里报告了公安局，让公安局的人事先准备好，他才掂着皮箱回来的……一时，村人们都似乎觉得亏了什么，心里愤愤的。

接下去人们就更吃惊了，那竟是本村的林娃、河娃两兄弟呀！

两兄弟脸上涂得黑乎乎的，手上戴着明锃锃的手铐，被民警们推推搡搽地朝村里走来。开初谁也没有认出来，两兄弟脸上都涂着厚厚的一层锅灰，看上去鬼一样的。可走着走着人们就认出来了，不知谁说了一句："哎，那不是林娃河娃吗？"这话一说，人们"哄"地围上来了。细细一看，就是这弟兄俩。

河娃走在前边，林娃走在后边，大概两个人在苇地里蹲的时间太长了，浑身都沾满了苇毛毛。村路很短，却又是漫长的，他们兄弟俩摇摇晃晃地走着，脑子里昏昏沉沉，已不觉得有什么耻辱了。

大约在半月前，兄弟俩就起了这念头了。他们赌输了，输得精光。当人走投无路时，邪念就出来了。这念头是河娃想出来的，他也仅是一时兴起，给林娃说了这话。可自此以后，弟兄俩就睡不着觉了，每到夜里，弟兄俩就脸对脸互相看着，河娃说："干吧？"林娃也嘟哝说："干吧？"可他们还是很怕的，很怕。过一会儿河娃又说："要是那狗杂种报告公安局咋办？"林娃也跟着说："那狗杂种报告公安局咋办？"两人又互相看看，眼瞅着屋顶不再吭了。又过了很久，河娃说："咱是借的，三年后挣来钱还他。"林娃说："……咱是借的。"河娃一骨碌爬起来，狠劲地擂一下床板，"干吧？"林娃却不吭了，只一声声地叹气。接下去两人就有点心虚了，你看看我，我看看你，各人都是一脸的汗。白天里，只要从那楼房前走过，河娃就觉得两眼发黑，脑子里一轰一轰地响，林娃呢，走到那儿身上就发冷，抖得厉害。念头起了，就再也放不下了，像是有人在逼他们似的。一天夜里，两人轮番在楼房周围转了好几趟，然后又跑到苇地里窜来窜去……可他们还是没敢下手，第二天夜里他们又去了，围着村子整整转了一大圈，而后又是跑到苇地里，把苇子踩倒了一大片，最后还是跑回家躺在床板上了，人像瘫了似的呼呼地喘气。怕呀，他们真怕呀！河娃说："球！咱怕个球！"林娃说："球，咱怕个球！"说完，就鲤鱼扳膘似的在床上翻来覆去。林娃人憨实，肚里是藏不住事的。就这么折腾了几夜，他的眼窝都坍了，像害了场大病似的。往下，他反倒催起河娃来："干吧，兄弟，干吧。我受不了了，实在是受不了了！"这时，河娃却说："再等等，再想得周全些。"林娃一刻也不想等了，红着眼说："毁了！越周全越毁。你周全个球哩！"于是两人夜里又围着楼房转，转了一圈又一圈，不知是谁先怯了，两人熬到半夜就又跑回家来了。林娃反反复复地自语说："咱是借呢，咱是借呢。三年后还他，咱不稀罕那狗杂种的钱。"河娃说："咱是暗借，只要到时候还上，就对得起良心了，不能算犯法。"可一次又一次，两人还是没敢下手。末一次，两人都用刀在手腕上划了一下，像盟誓一样地把血滴在碗里，弄了一瓶酒，就着喝下了。一见血（中原人见血不要命）两人的胆气就壮了，当天夜里他们就跳进楼院里勒死了那条狼狗！勒的时候手一点也不抖，活儿干得很利索，只是不敢往四下瞅……第二天，林娃想起来后怕，吓瘫成一堆泥了，一天都没敢出门。河娃倒壮着胆在村里走了两趟，还跟专程赶回来的杨如意搭了几句话，那会儿，他竟然出奇的平静。他看见了杨如意手里提的钱箱，心想这一次肯定得手了，很高兴地回家给林娃报了信儿。林娃也就信了。夜里，两人早早地抹了锅灰（这都是河娃出的主意），天一黑透就到苇地里去了。大冬天里，两人在苇地里冻了大半夜，身子都冻僵了。看见杨如意提着钱箱走过来时，林娃一猛子就想蹿起来，是河娃把他拉住了，河娃叫他等等再说。两人一直在苇地里藏着，心惊肉跳地藏着，当他们看见杨如意转身走开时，才敢去掂那只钱箱。可是，手刚一摸到钱箱，手电筒就亮了，几个民警扑上来就扭住了他们的胳膊！林娃"扑通"一声跪在地上，呜呜地哭着说："俺是借呢，俺是借呢。俺说了，俺还、还哩……"河娃也犟着脖筋说："俺这是'暗借'，俺三年头上还他，俺不犯法！……"民警们上去"咚咚"就是两脚，厉声说："老实点！"林娃还是嘟哝着说："俺是借哩呀，俺是借哩呀……"河娃的头拱在地上，"俺不犯法，俺不犯法……""咚咚"又是两脚，河娃不吭了，林娃还是小声嘟哝：

"冤哪，俺是借哩，不讲理了吗？……"

现在一切都结束了，一切都成了泡影。兄弟俩心里都空空荡荡的，仿佛经过了一场大梦。冬日的太阳暖暖地照在村街上，眼前的手铐一闪一闪地亮着冰冷的光。两人同时感到了那座楼房的存在，那座楼房仍是高高地矗立着，两人看到楼房时身子不由得哆嗦了一下，像是有什么东西刺到心里去了。两兄弟开头时还是不信邪的，可到了这时候，他们才觉得那楼房是不可抗拒的，那楼房太邪了。他们一看到楼房心里就受不住，总想干一点什么，总想豁出去。他们本可以安安生生贩鸡子的，给鸡身上打些水，一年多多少少也会挣个千把块钱，慢慢地不就什么都有了？然而那楼房太逼人了，它叫人不知不觉地就走上了邪路。它把人的欲念引逗出来了，一日日地逼迫着你，叫你天天都想发疯。人是不能把握住自己的，弟兄俩早就想去那楼屋里看看了，不知为什么，就是想去看看。村里接二连三地出邪，也没有阻挡住他们想去看看的欲望。那欲望反倒越来越强烈了。那是一个既让人恐惧又让人向往的地方。弟兄俩谁都没说过要去，可谁都想去，这念头是深藏在内心里的，于是，他们去了……

当弟兄俩从罗锅来顺身边走过的时候，河娃突然昂昂地抬起头来了。他瞪着眼，狠狠地朝地上吐了口唾沫，"呸！"接着高声吆喝道："杨如意，你狗日的等着吧，老子饶不了你！"

跟在身后的民警严厉地说："老实点！"

罗锅来顺木木地在路边上站着，他没想到事情会是这样的结局。那"帖子"竟是本村的娃子下的。唉，他摇摇头，心里暗暗地埋怨儿子……

这时，瞎眼的四婶拄着棍跌跌撞撞地扑过来了。不知是谁给她报了信儿，她老远就哭喊着说："天哪，给我这瞎眼的老婆留条活路吧！饶了他们吧！娃子不懂事，饶了他们吧！……"

林娃看见瞎娘，眼里的泪就流出来了，他"扑通"往地上一跪，哽咽着喊道:"娘……"

河娃看见娘也跪下了:"娘……"

村里人全都围上来了。一看到这场面,心软的女人也跟着掉了泪。是呀,一下子抓走俩娃子,叫这瞎眼人怎么活呢?

只见瞎眼的四婶让人搀着到了民警跟前,"扑通"往下一跪,拉住民警的衣服哭着说:"同志,行行好吧,行行好吧,看我眼瞎的份儿上,饶了他们吧……"

面对瞎了眼的老太太,民警们也没有办法了,只说:"大娘,你儿子犯法了,证据确凿,谁也救不了他们,你有话还是给法院说吧。"

瞎眼的四婶只是一个劲地趴在地上磕头,怎么说也不站起来。

一时人群里乱嚷嚷的,有的说:"有啥事说说算了,咋恁狠心哩?一村住着,抬头不见低头见,咋就把公安局的人叫来了,真是越有钱越狠哪!"

有的说:"抓了儿子,留下个瞎眼孤老婆,叫她咋活呢?恁干脆把这瞎眼人也抓走吧。"

有的说:"这事民不告官不究,还是去求求罗锅来顺吧……"

于是瞎眼的四婶又跪着爬到了罗锅来顺的跟前,哭着说:"老哥,不看僧面看佛面,求你上去说说话,饶了这俩娃子吧……"

罗锅来顺几乎快被众人的唾沫星子淹死了,他慌慌地跑到民警跟前,也像犯罪似的往地上一跪,说:"放了他们吧,放了他们吧,俺不告了。我当家,俺不告了……"

民警们都笑了。一个民警说:"你不告也不行啊。他们犯法了,谁也没有办法。"

林娃、河娃两兄弟看可怜的瞎娘在地上爬来爬去地给人磕头,便顶着一口气喊道:"娘,咱不求他们。俺们做事俺们顶着,你别……"说着,两兄弟哭起来了。

纷乱中，不知哪位好心人把村长杨书印叫来了。人们立时让开路，让村长走过去。人们都觉得村长是有面子的，他县上有人，肯定能说上话。可杨书印远远一看就明白了，来的民警都是邻县公安局的，他一个也不认识。要是本县的马股长他们，他是一定能说上话的。可狗儿杨如意偏偏托了邻县公安局的人。他是有用意的。杨书印一看不认识，本想拐回去的，可在众目睽睽之下，他还是走上前去，笑着对民警说："我是村长，有啥情况能不能给我讲一下？"

民警们冷冷地看了他一眼，说："我们是执行任务，没啥说的。有话到法庭上说吧。"

杨书印碰了个软钉子，心里十分气恼。他本想扭头就走，可又觉得太丢人，便沉着脸说："好，我找你们局长去！"说完，又往前跨了一步，摸了摸河娃的头……

河娃、林娃两兄弟转过脸来，对着众人双双跪下了。河娃流着泪说："叔们婶们，大爷大娘们，俺娘眼瞎，求各位多照应些……"

林娃哇哇地哭着说："俺没想犯法，俺是想借哩……"

众人也都掉泪了。村长杨书印叹口气说："会照顾你娘，好生去吧。"

警车开过来了。众人默默地让开路，那情形就像是给壮士送行似的，一时都觉得这弟兄俩太亏了，钱没得着一分，这也能算犯法吗？眼看好好的一家人散了。于是，离家近的就匆匆地跑回去拿俩鸡蛋给他们装兜里，也有的凑些钱来递过去，还有的从家里端盆水来，让他们弟兄俩洗洗脸。

临上车，瞎眼的四婶哭得死去活来，还是一个劲地说："饶了俺娃吧，饶了俺娃吧……"

河娃说："娘，你多保重吧。"

林娃还是迷迷糊糊地说："娘，俺不犯法，俺去去就回来了。"

民警们把他们押上车，"日儿"一下车开走了。众人在车后默默地跟了一会儿，见车远去了，拐回头看见瞎眼的四婶还在地上跪着求饶呢，一个个都恨恨地骂起杨如意来……

可那狗日的杨如意一直没有露面。

午时，杨如意到瞎眼的四婶家去了。

四婶孤零零地在院里的地上坐着，一身土，一脸泪，身边放着一根竹竿和一碗不知哪位好心人端来的面条。面条已经凉了，四婶连动也没动，一群蚂蚁在碗边爬来爬去。

杨如意站在四婶跟前，轻轻地叫了一声："四婶。"

四婶不说话，眼眨巴着，泪又下来了。

他又叫了一声："四婶……"

"谁?"四婶听声音不太熟，问道，手摸摸索索地去拿竹竿。

"我……如意。"

四婶抓起竹竿又磕又打。打着骂着，骂着打着，连声说："你是畜生，你不是人，你走你走!"

杨如意站着不动，只说："四婶，打吧，你多打几下出出气。你眼瞎，你也是吃了一辈子苦……"

四婶"呜呜"地哭起来了："娃呀，我可怜的娃呀!你爹死得早，好不容易把你们养活大，咋就做下这事哪?人家有钱有势呀……"

杨如意默默地站着，一声不吭。过了一会儿，他从兜里掏出一沓钱，说："四婶，别的我就不多说了。这是一千块钱，你老用吧。"

四婶哭了一会儿，恨恨地说："你走吧。我不要你的钱，拉棍要饭我也不要你的钱!"

"四婶……"

"我眼瞎心不瞎。是你把俺娃子逼到这条路上的。你盖那房，压一村人!老天爷都看着呢……"

杨如意又站了一会儿，悄悄地把钱放在地上，站起来说："四婶，我知道你不会原谅我。我走了。"

四婶摸索着往前爬了几步，抓起杨如意放在地上的钱扔了出去："拿去！我不要你的臭钱！"接着就哭着喊道："老天爷，你睁睁眼吧……"

杨如意从地上捡起钱，苦涩地摇了摇头，走了。

七十五

有人说，那楼房是阳宅扎到阴宅上了，是阴阳界。凡走进去的人都不会有好下场。

除非你无欲无求，心平如镜，三代都没做过一件恶事，辈辈积德行善，纵是如此，还要熬过种种蛊惑，见若不见，听若非听……熬过百日，你也许就无事了。

可又有谁能熬得过去呢？

七十六

入冬以来，村长杨书印的偏头痛病越来越严重了。他看过中医，也看过西医，中、西药都吃遍了，就是不见好。近些日子，他夜里总睡不好，常常做梦。那梦也是稀奇古怪的。他老梦见村里的公章丢了，那圆圆的木头戳子在办公桌里锁得好好的，突然不见了。他急坏了，赶忙组织人去找，可找来找去，哪里也找不到，他一气之下就召开了村民大会，让民兵站岗，反反复复地讲政策，让偷了公章的人自动交出来，交出来就没有什么罪了。然而，会场上的人都嘻嘻笑着，聊天的聊天，奶孩子的奶孩子，一点也不在乎。于是他又让民兵挨个去摸男人的裤腰带，他怀疑谁把公章拴到自家的裤腰带上了。村里的男人全站出来了，排着队从他跟前走过，肩头上一律搭着裤腰带，两手提着裤子，民兵喊着"一二一……"摸了半天，只摸到了几根旱烟袋和两枚铜钱。接着他又怀疑是女人把公章拴在奶子上了，就下令妇女主任去挨个摸摸女人的奶子，看是不是藏了公章。那妇女主任还是个姑娘，怕羞，扭扭捏捏地不想去。这当儿民兵队长把手高高地举起来了，他说："我去，任务再艰巨我也能完成。"他就去了，挨个在女人的奶子上抓一把，抓得女人叽叽哇哇乱叫，最后他又走到年轻的妇女主任跟前，嘻嘻笑着说："别怕，叫我摸摸，又不是黄瓜，摸摸也掉不了渣儿。"妇女主任脸都红了，吓得直往后退。他蹿上去把妇女主任的布衫掀得高高的，就势狠劲地捏了一下……民兵队长全摸过了，又笑嘻嘻地走到他跟前来。他问："都摸了？"民兵队长说："都摸了。"他问："啥滋味？"民兵队长说："光光的，软软的，有点腥。"他脸一沉说："日你妈，大白天调戏妇女，给我捆起来！"立时就有十几条汉子蹿出来了，看民兵队长独自一人占便宜，他们早就憋不住了，一个个如狼似虎地扑上前把民兵队长按在地上，五花大绑地捆了起来。接下去他又派民兵挨家挨户去搜，就是挖地三尺也要把公章找出来。民兵们从村东头一家一家地挨着搜，可搜到"大房子"跟前的时候，就没人敢进了。谁也不敢走进去，一个个都是战战兢兢的。他去了，他拍着胸脯说："跟我来！共产党员死都不怕，还怕啥？"看看还是没人敢进，他就一个人走进去了。果然，他在"大房子"里找到了那枚公章……

　　每当他从梦中醒来，就觉得十分荒唐。怎么会做这样的梦呢？真是笑话，大笑话。这时他就下意识地摸摸裤腰带，发现公章是在他的裤腰带上拴着的。那"硬家伙"摸着热乎乎的，也不知在裤腰上拴多久了。他记得他把公章锁在抽屉里了，却不料什么时候拴在腰带上了。他摇摇头说："小家子气，太小家子气。"

这个荒唐梦每出现一次，他的偏头痛病就加重几分。醒来时他的头像劈了一样，一半是木木地疼，一半是"嗡嗡"地响，十分难受。每到这时，他就采取以毒攻毒的法子，喝上几口酒，喝得晕晕乎乎的，就觉得头不是那么疼了。渐渐地，他越喝越多，只有酒才能抑制他这恼人的偏头痛病了。

为了给他治病，女人不知从哪里打听到了一个"偏方"，说是吃"百家蛋"能治偏头痛病，而且必须是刚下的鲜蛋。他不信这一套。可女人却是很信的，她每天端着个筐箩一家一家去找鲜鸡蛋。村长的女人总是有面子的，不管到谁家都有人给，就这么出去走了两趟，村长有病的消息便传出去了。往下，自然不用找就有人送了。村人们也接二连三地跑来探望，有钱的备些礼物，没钱的掂上一兜子鸡蛋，人来人往的，十分热闹。

每逢有人来，杨书印总是坐起来笑着说："没有啥，没有啥。一点小病，过些天就会好的。"

人们说："书印哪，你可得当紧身体呀！你瘦多了。"

他挺直腰说："瘦了吗？我不瘦哇，一顿还能吃两碗饭哪！"说着，便哈哈地大笑一阵，像年轻人似的从床上跳下来，在屋里走来走去，大甩着手。

可人一走，他的脸就沉下来了，眉头紧紧地蹙着，捂着头躺在床上，人就像瘫了似的……

不久，乡、县两级有关系的干部们也都听说杨书印病了，纷纷赶来探望。杨书印一手送出去的"人才"更不必说，也都备了厚重的礼品，匆匆赶回来看望这位"恩公"。一时门庭若市，大车、小车、摩托车络绎不绝地开到了杨书印家门前。

这会儿，杨书印的病像是一下子全好了，虽然十分的憔悴，但脸上有了红光，印堂很亮，说起话来谈笑风生，精神头很足。他绝口不提自己的病情，却一反常态，跟这些有权势的人物夸起杨如意来。他说他发现了一个很能干的人才，这娃子叫杨如意，是本地最有能耐的改革家。他讲杨如意如何白手起家，一个人办起了产值百万元的涂料厂……他说杨如意是本村土生土长的娃子，将来肯定是大有出息的。他十分恳切地让这些朋友回去替杨如意宣传宣传，鼓吹鼓吹，能宣传多大范围就宣传多大范围。他说这娃子是扁担杨的骄傲，最好让全省、全国都知道他……

"人才"们见身在病中的杨书印滔滔不绝地夸赞杨如意，虽然心里稍稍地有了点妒意，但还是被"恩公"那博大的胸怀所震撼了。他们知道"恩公"爱才心切，做什么事都是诚心诚意的，也都暗暗点头，生出了许多敬佩之意。

乡里县上那些有头脸的人物（当然包括烟站、税务所、供销社、工商局、公安局……的人）听杨书印反复地夸奖一个人，虽然都知他爱才，也不免疑惑他是否收了杨如意的礼物（那礼物一定不轻），不然，为什么老提杨如意呢？

杨书印自然不作解释。他要的就是这种效果，既然目的达到了，他也就不多说了。随你们怎么想都行。送客时，他专门让在省报社当记者的杨文广再多留一会儿，说他还有话要说。

当年连裤子都穿不上的杨文广如今也混出人样来了。省报记者的牌子响当当的，身为"无冕之王"，自然是吃遍天下无人敌，到哪里都是最好的招待，连各县的县长、书记们都怵他三分。傲气嘛，也随着身价长出来了，他是县委专程派小轿车送回来的，"春风得意马蹄疾"，谁也不放在眼里。但对"恩公"杨书印，他是不敢怠慢的，人得讲良心呢。过去说"农村是一个广阔的天地"，他心里说："广阔个球！广阔得连裤子都穿不上了。"要不是杨书印，他能有今天吗？

虽然送客时杨文广坐着连动都没动，可当杨书印折身回屋时，他就赶忙站起来了，走上前十分谦恭地说："老叔，您得保重身体呀！"

杨书印坐下来，沉吟半晌，一句话也没说，好像十分为难似的。

"老叔，您有啥话说吧，只要我能办的，一定尽最大努力。"杨文广说。

杨书印一只手捂着头，叹口气，缓缓地说："文广哇，你老叔一辈子爱才，从没失过眼。可、可你老叔看错了一个人，看错了……"

"谁？"杨文广不服气地问。

"如意呀，如意这娃子……"

"嗨，不就是个暴发户嘛！"杨文广截住话头，不以为然地说。

杨书印轻轻地拍着头说："这娃子是个干家子，是个人才，可惜我发现得晚了，晚了……"

杨文广不解地望着杨书印，好半天也没品出他话里的意思。

杨书印十分沉重地说："文广哇，这是私下给你说的。如意这娃子是块材料，可他这一段不走正道，奸污妇女，行贿受贿，啥恶事都干哪……"

"老叔，你、你是想叫我在报上捅（批评）他一下？"杨文广试探着问，他心里却有点犯难了。

"不……"杨书印摇摇头说，"这娃子不管怎么说是个人才。我失了眼，没能早些发现他，已经很对不起他了。我不能眼看着这娃子毁，我得拉他一把。他总是从扁担杨走出去的娃子呀！"

"老叔，那你说咋办？"

杨书印说："文广，如今你是省报的记者了，老叔也不能再把你当孩子看了。你这次回来看老叔，老叔心里很高兴。这么多年老叔没求过人，这次，老叔想求你办件事……"

"说吧，老叔，只要我能办的。"杨文广心里一热，赶忙站起来了。

"文广，你坐你坐。"杨书印亲切地拍拍杨文广，说，"文广，老叔要你在报上多发几篇文章，好好地宣传宣传如意。要是能在《人民日报》上也发些文章，那就更好。多宣传宣传他吧，报纸影响大，报上一登，注意他的人就多了。上上下下都看着他，这娃子兴许还能走上正道……"

杨文广一下子怔住了，心里暗暗地倒抽一口凉气。多年的记者生涯，使他似乎猜出了杨书印的心迹。报纸上每宣传一个人，都招来很多麻烦。且不说有各种各样的应酬马上会加到这个人身上，上上下下都会来吃他捧他拉他骗他……而各种各样的反面意见也就跟着来了，他成了众矢之的，所有的问题、毛病都暴露在光天化日之下，紧接着马上就会有人写信反映他的问题，到处告状。更可怕的是，这些专业户、个体承包户真正能站住脚的干净的没有几个，多多少少都是有些问题的。那么，宣传来宣传去，最后不是被吃垮就是进监狱。全省以至于全国，不知有多少赫赫有名的个体承包户被"宣传"到牢房里去了……杨文广不敢往下想了。老叔对他的"恩德"也使他不能往别处胡想。老叔话说得这么恳切，又是这样爱才，是决不会用这种手段坑人的。老叔在乡下住着，也许不知道外边的情况。不管怎么说，老叔都是善意的。老叔尽心尽力地把他拉巴出来，人非草木，孰能无情？他得应承下来……

杨文广想了想说："老叔，我写。可有一条，我得实事求是地写。不然……"

杨书印点点头说："那是，得照实写。不过，这娃子确实是个干家子，还是多鼓励鼓励吧。多写长处，多写长处……"

杨文广说："好，我组织几篇文章。发表是没有问题的，听说杨如意跟我们那里的副总编关系不一般……"

杨书印意味深长地说："我总算对得起这娃子啦，对起他啦！"

杨文广笑着说："等如意出了名，得让他好好请请老叔哩！"

杨书印淡淡地说："对如意，老叔尽尽心就是了，你也别跟他说是我叫写的。用不着多说。"

"好，我不说。"

当天夜里，村长杨书印又带病去看望了瞎眼的四婶。他给四婶带去了两匣风干的点心，一进屋就抓着四婶的手说："老嫂子，书印对不住你。书印没照顾好那俩侄子，书印有罪呀！"

四婶手捧着那两匣点心，眼里只有流泪的份儿了。她好半天才哭出声来，紧接着就想下跪："书印，书印，说啥你也得救救那俩侄子呀……"

杨书印把瞎眼的四婶搀起来，说："老嫂子，自己村里娃子，我不会不管的。你慢慢说，慢慢说。"

四婶就又哭起来了："书印哪，这可叫我咋活啊？一个瞎老婆子，一点路也没有哇……"

杨书印说："别哭，事既然出来了，哭也没用。你听我说，你怕不怕？"

四婶用脏兮兮的衣裳擦了擦眼上的泪，说："我一个瞎老婆子还有啥怕哩。"

杨书印轻声说："老嫂子，你只要不怕，这事就好办了。我托人一边活动着，你进城去找杨如意……"

"他叔，我连门都没出过呀。"

杨书印说："我找人把你领去。别怕，一个瞎眼人谁都会可怜的。你到那儿赌坐门口哭了。谁问你，你就给他说说杨如意那些恶事。把他奸污妇女的那些乱七八糟的事情说了，哭着说着，人围得越多越好……"

"这法儿中？"

"中。"

"能把怹那俩侄子救出来？"

"你去吧，不出三天，可怜你的人就会越来越多。那狗儿杨如意就坐不住了，他怕丢人，非给你说好话。到那时候，你就说林娃河娃的事。他是原告，原告一撤诉，事就好办了……"

"你是说……讹他？"

"讹他。"

"他叔……"

"这就看你了，老嫂子。他不狠吗？他不狠你俩娃子会抓起来吗？"

四婶摸索着硬朗朗地站起来了，她说："我去，我去，我跟他拼上这条老命！"

杨书印又叮咛说："老嫂子，你可别叫他一哄就回来了。你得硬下一条心，别怕他们吓你。你是瞎眼人，谁也不敢咋你。咱乡下人，为了娃子的事，也不能讲脸面了……"

四婶感激地说："他叔，要不是你，谁还能给咱拿个主意哩。娃们要能回来，下辈子也不能忘了你。"

这时，杨书印从兜里掏出二十块钱，叹口气说："老嫂子，这是二十块钱，你拿着路上用。按说，咱当干部哩，不能出这种主意。可本村本姓的娃子，出了事我也不能不管哪。"

四婶眨巴眨巴瞎眼，说："他叔，你放心，我不会胡说的。自己孩子的事，自己还不清楚吗？……"

该做的都做了。一个靠智慧生存的人在处理这件事情上，也可以说达到了人生艺术的高峰。对此，杨书印是满意的。他不容许一个年轻的娃子把他看透，更不能容忍那娃像宣布罪状似的把他的好好孬孬全说出来。人被看透了，也就完了。他要治治这娃子。他是老了，但他只要有一口气在，就不能让这娃子把他攥在手心里任意摆弄，扁担杨是他杨书印的天下……

然而，当杨书印满意地离开瞎眼四婶家时，在黑暗中（瞎眼人是不点灯的），他瞅见瞎老婆那乱蓬蓬的头发上白光闪闪爬满了虮子，继而他感觉到了那白光中虱子的蠕动，闻到了酸味、臭味和泪水的气味；听到了老鼠的"吱吱"叫声；看到了瞎老婆那肮脏的满身污垢的破袄和黑得像狗爪子一样的粗筋暴凸的老手；看到了床上铺的烂席片和破烂不堪的家什；同时也看到了瞎眼人脸上那无法表达的感激之情。这时候，他的内心深处突然亮了一下，在那极快的一瞬间，他问自己：这是干什么？这样做合适吗？何苦去骗一个瞎眼人呢？她这一辈子够凄凉了，你是村长，对这一切你该负有责任的……已经走出屋门的杨书印突然转过身来，想说一点什么，可这一点亮光很快熄灭了。他看见那瞎眼人倚在门口，流着泪说："他叔，叫你操心啦。"

七十七

有人说，那楼房里有一面很大很怪的镜子（不知摆在哪一间屋子里）。那镜子有许多奇妙之处。只要你一踏进楼院，那镜子隔着墙就能照出你的影子来。那影子不是现在的你，是八百年前的你。它能照出你八百年前是什么东西托生出来的……

还有人说，那镜子是盖房扎根基时从地底下扒出来的，是棺材里的东西。是一面魔镜。那上边映出来的影子全都不是人，看看准吓你半死……

七十八

小独根拴了八十多天了。

他拴腻了，拴怕了，也拴急了。天一天一天冷了，虽然那绳子很长，他可以带着绳子跑到屋里玩，但总是不方便的。看见别的孩子在村街里跑来跑去，他眼气极了，总是央告娘说："给我解了吧，给我解了吧……"

娘也心疼他，娘想解又不敢解，怕万一有个好好歹歹，这"破法"就不灵了。娘说："再忍忍吧，娃儿，再忍忍。"

独根又哭又闹，躺在地上不起来："不哩，不哩。解了解了……"

娘就哄他说："快了，快了，明儿就解，明儿就解。"过了今日有明日。独根一天天闹，独根娘就变着法儿哄他，他说什么就答应什么。

独根问："拴拴就有福了？"

独根娘赶忙说："拴拴就有福了。"

"拴拴就能住大高楼了？"

"拴拴就能住大高楼了。"

"拴拴就不怕鬼了？"

"拴拴就不怕鬼了。"

独根安生些了，只是怏怏的，脸上很愁。娘怕他愁出病来，就花钱去代销点买了一把糖，引逗着村里的娃子来跟他玩。娃们嘴里噙着一颗糖块，就来跟他玩了。独根很高兴地领着他们垒"大高楼"，可垒着垒着，糖吃完了，娃们便说："俺走哩。"独根拦住不让走，赶忙朝屋里喊："娘，拿糖。"娘笑了，娘笑独根精，小小的人儿，说话跟大人似的，也赶忙说："买买，再买。"话说了，人却没有站起来。过了会儿，娃们又说："俺走哩。"独根喊："娘，买糖吧。"独根娘就赶快买糖去了。

好歹哄着娃们在院里玩了一上午，往下他们就不来了，喊也不来。独根就自己在院里跑着玩，带着一根绳子跑来跑去，跑着嘴里念着："糖糖糖，有糖就玩了，没糖就不玩了……"

娘一出门，小独根看四下没人，就悄悄地在锄板上磨那根绳子，磨着磨着就磨断了，绳一断他就慌慌地往外跑，像小狗一样一溜烟地跑了出去。他朝他最喜欢去的地方跑去了，眼前是一个五彩缤纷的世界，他还从没看到过的世界……

娘回来时不见了独根，脸"唰"一下白了，慌忙跑出去找，心扑通扑通跳着，揪着，连喊声都变了："独根，独根，独根呀！……"

家里人也都慌了，赶紧分头去找，村里村外到处是一片呼唤声。

一找找到场里，却见小独根在坑塘边上坐着，在淹死他小姐姐小哥哥的坑塘边上坐着。他两手捧着小脸，两眼专注地望着坑塘里的水纹，就那么静静地一个人独坐着……

独根娘几乎惊得要喊出声来了，可她赶忙捂住自己的嘴，心惊肉跳一步一步往前挪，生怕惊动了他。当独根娘快到坑塘边时，却见小独根笑眯眯地站了起来，手里晃悠着那断了的半截绳头，竟然贴着坑塘边转悠起来了，小身子一晃一晃的，很神气。独根娘吓得心都快要蹦出来了，终于，她憋不住喊了一声："独根——"

小独根像是没听见似的，仍是笑眯眯地围着坑塘边转悠，还一蹦一蹦呢。他在前边走，独根娘蹑手蹑脚地在后边赶，转了一圈又一圈，却怎么也赶不上……

奇呀，太奇了！这娃子怎么跑到这里来了？这是当年淹死他小姐姐小哥哥的地方啊。一村人都远远地站着，谁也不敢上前，生怕有闪失。人们大张着嘴，一个个像傻了似的，连大气都不敢出，就呆呆地看着独根娘追孩子，一步又一步，步步都像是踩在心上，邪呀，她怎么就赶不上一个四岁的孩子呢？

独根娘的心都快要碎了。独根是她最后的希望，是杨家的一条根哪。她跑不敢跑，喊不敢喊，就那么提心吊胆地在后边紧跟着，眼看着孩子蹒蹒跚跚地在坑塘边边儿上晃，一歪一歪的，时刻都会滑进去……她老错那么几步，快了，孩子也仿佛是走快了；慢了，孩子也似乎慢了，就这么眼睁睁地跟着，却赶不上……独根娘的心都快要憋炸了，最后，她声嘶力竭地喊了一声："独根呀——"随着这声泣血的呼唤，她终于扑上去抱住了他，呜呜地哭起来了……真悬哪！

事后，独根娘一次又一次地追问他："孩子，你给娘说，你咋就跑到坑塘上去了？你咋就去那儿了？"

小独根摇摇头，说："我不知道。"

"你想想，你咋想起跑到那儿了？"

"不知道。"

"孩子，你看见啥了？"

"不知道不知道不知道……"

小独根不说，咋问都不说。村里人听说了这稀奇事，也都安慰独根娘说："不赖不赖，万幸！总还是带了一截绳子，要不是那绳子，人怕就没命了。"

"绑好吧，可不敢再叫他出去了。"

"邪呀！看严实点吧。"

自此，独根娘再也不敢出门了。小独根身上的绳也拴得更结实了。娘哄着他一天天在墙上划道儿，划一道就说："熬吧，娃儿，又过了一天了。"

可是，独根娘还是放不下心来。她老犯疑惑：这娃子怎么一跑就跑到那坑塘边去了？是那俩小死鬼小冤家还阴魂不散？是这娃子托生时没喝"迷魂汤"？不然，他怎么几朝几代以前老八百年的事都知道呢？连瘸爷都不知道，他就知道。一到快出什么事的时候，他夜里就忽腾一下坐起来了，坐起来就喊："杨万仓回来了！"

独根娘害怕这孩子有个三长两短，想想掉掉泪，想想掉掉泪，心里总是七上八下的，不落实。她还怕那淹死的俩小冤家阴魂不散，来缠这孩子，又专门去坑塘边烧了些纸钱，愿吁了一番。

又过了几天，独根娘托人进城给独根买了一盒可以垒"大高楼"的积木玩具。当她把那盒五颜六色的积木玩具交给独根时，独根又蹦又跳的，高兴坏了。这会儿，独根娘突然多了个心眼，她抓住那盒积木不松手，问："独根，你给娘说，那天你咋就跑到坑塘边去了？"

小独根望望娘，又看了看那积木，不吭声。娘非让他说，娘抓住积木就是不松手。他太想要那积木玩具了，迟疑了片刻，他眨眨小眼，吞吞吐吐地说："我也不知道。我想……"

"你想干啥哩？"娘紧着问。

"我上大高楼呢。那楼好高好高，一坎台一坎台一坎台……"

独根娘呆住了，颤声问："你、你上去了？"

"上去了，一坎台一坎台上，上得好累……"

"上到顶了？"

"上到顶了。我累了，就坐下歇了。"

"你看见啥了？"

"看见、看见……"独根歪着头想了好半天，说，"我看见水呀，花呀，树呀，人呀，人都不穿衣服哪……"

"还看见啥了？"

"还看见……好长好长好长，好宽好宽好宽一条路，我正想往前走呢，不知咋的，就听见你叫我……"

"扑嗒"一下，积木掉在地上了，花花绿绿地撒了一地。独根娘像吓傻了似的，扑上去抱住独根，惊惊乍乍地叫了一声："我的娃呀！"

七十九

有人说，那楼房里还藏着一个很大的"蜘蛛精"，那"蜘蛛精"也是从地底下的坟墓里爬出来的，至少有五百年的"道行"。它是靠吸人的精血成精的，吸一个人的精血可以增十年的"道行"。它在整座楼房里都布了网，只要沾了那网，人的精血就被吸去了，身上只留下一个小得看不见的红点。凡是被吸了精血的，过不了多久，人就萎了……

八十

穿西装的"小阴阳先生"突然到扁担杨村来了。

没有人请他，是他自己来的。扁担杨村出现的一件件邪事，都使这位名气早已超过"老阴阳先生"的年轻人不服气。于是，他不要一分钱，也不用人请，主动地自觉地投入了这场战斗。

他是吃"邪"饭的，吃这碗饭的人极看重名声，假如他在金屋跟前栽了，他就很难在这块地方混下去了。他更不能忍受的是那狗儿杨如意的张狂，他得想法镇住金屋，镇住那邪气。镇住了金屋，也就是镇住了杨如意。

这位八十年代的"先知"为了镇邪，也为了自己的名声，终于把自己跟苦难的扁担杨村人绑在了一起，同仇敌忾，共同对付金屋。

开初的时候，他身后总跟着一群娃子，娃们很好奇地看这个目光很邪的人在村子里转来转去，谁也不知道他在干什么。慢慢也就没人再跟他看热闹了，因为没有热闹可看。他常常像木了似的站在一个地方不动，那目光像钉子似的揳出去，就钉在一个地方不动了，而很长时间之后才挪动一下位置。后来人们发现他是随着阳光移动的，他是借天之阳来勘查地之阴，当光亮向前推进时，他也跟着动一下；当亮光回收时，他就往后退，他整个人都沉在思维的燃烧之中了，人们看到的只是那双很邪很亮的眼睛，只有这双眼睛显示了他的存在，那光点如豆如炬，竟然从不眨一下，具有很强的穿透力……

七天里，他先后从八个方位寻找镇邪的破解之法。楼屋的每个角度他都看过了，地形地势他也都用很精确的步子丈量了，连风向他都测定了，紧接着他在楼屋周围接连下了十二道符，使出了他全身的本领和所有的驱邪之法。而后他天天来村里转一趟，看看动静，那脸上是看不出什么的。只是那双眼睛像猎犬似的四处探望，那步子也忽东忽西地"邪"着走，嘴里念念有词，谁也不知他说了些什么。

结果，他没有看出什么动静，还是失败了。

有很长一段时间，小阴阳先生再没有来过扁担杨。谁也不知道他到哪里去了。县长的小舅子专程派车来接他去看看"日子"，一连跑了三趟都没找到人。他躲起来了，谁也不见，谢绝了所有找他算卦的人。据说，他正闭门钻《易经》呢，试图从《易经》里找到破解之法……

十五天之后，小阴阳先生又在扁担杨村出现了。他人很瘦，松松垮垮地穿着那件破西装，目光更邪了，只是不那么亮。这次来扁担杨，他就没到楼屋跟前走，只在傻来来跟前站了一会儿，接着叫他掌起面来端详了一番，摇摇头，笑了笑，又悠悠荡荡地去了，嘴里哼着"来来去去，去去来来……"的逍遥歌。

八十一

有人说，那楼屋里二十四间屋子，间间都有妖邪之处，只是阳气壮的人看不见罢了。那整个就是一座炼狱，是炼人的地方。凡胎肉体是经不住那邪气的，除非你有金刚不坏之身……

八十二

腊月初五那天，省里有一位作家到扁担杨村来了。这位作家看上去很瘦，人窝窝囊囊的像只大虾，整个瞅就那副眼镜好像还有点"学问"。他说他是来采访的，听说这村子搞得不错（狗日的，作家也说假话）。村长杨书印很热情地接待了他，把他安排在自己院里的西厢房住下。天冷，杨书印还特意地给他生了一盆红红的炭火让他烤。当天中午，村长做东请作家吃酒。三杯酒下肚，这位作家就说实话了，他说直到昨天为止，他还不知道世界上有这么一个名叫扁担杨的村子，他是专程来采访"农民企业家"杨如意的。他看了报纸上登的文章，对这个人很感兴趣，于是就来了。

杨书印三十年前当过耕读教师，那时也曾制过几首顺口溜似的歪诗，对作家是极崇拜的。他不知对这位姓马的作家该如何称呼，就称他为"马作家"。他说："马作家，你采访杨如意该到城里去找他，咋到乡下来了？"

　　接着，"马作家"滔滔不绝地发表了一番宏论。他说城里他去过了。他不想吃"流水席"，想吃吃"小灶"，懂吗？"小灶"。他说现在去采访杨如意的人很多，去参观学习的人也很多，人拉拉溜儿不断。上上下下都去吃，整桌整席地吃，吃得满嘴流油，一个劲说好好好，那没什么意思。他说他想了解一些不掺水的东西，真东西。他说他看到一个要饭的瞎老婆婆整日里在涂料厂的门前闹，说她两个儿子都被抓起来了，是抓起来了吧？他说他很同情这个要饭的瞎老婆婆。他想深入地了解这块土地，了解产生这么一个"农民企业家"的环境和条件。"土壤，"他说，"土壤你懂吗？"

　　村长杨书印显然不完全懂，但他明白他的意思了，很高兴地说："好哇，很好。"

　　此后，"马作家"就在杨书印家里住下来了。他每天掂着一个本子到村里去采访"第一手资料"，一家一家地串门。问到杨如意时，人们都说："那狗日的不是东西！"他说他最感兴趣的就是这些"不是东西"的东西，他让人们随便说说"那狗日的"怎么不是东西，人们就各自说了"那狗日的不是东西"的地方，说法很多，说得也很玄乎，他就一个劲地记，记了厚厚一本子。晚上回来吃饭时，他很高兴地说："今天收获很大，收获很大。"杨书印只是笑笑，也不多说什么。接着"马作家"小声问："那狗日的，不不，杨如意。杨如意真的是一天换一个女人吗？"杨书印意味深长地说："这很难说，不过……"往下，他不说了。"马作家"沉思良久，推一推眼镜，自言自语地说："这很有可能哇，很有可能！人哪，脖里勒根绳，也就老老实实地跟着走了。这绳子一解，那脖子恨不得涨二尺粗！农民意识，这是典型的农民意识……"于是，杨书印对他招待得更热情了，顿顿有酒。

　　晚上，"马作家"又悄悄地问杨书印："你说，杨如意真是一天换一个女人吗？"

杨书印笑了。

"马作家"郑重地说："哎哎，说说没有关系，没有关系的，都不是外人嘛，我很想了解这一点。"

杨书印用肯定的目光望着他，话却是含含糊糊的："这种事，怎么说呢……"

"细节，细节，关键是细节。你说说细节吧……"

杨书印又笑了。

于是，关于"细节"两人整整说了半夜，越说越投机了。

"马作家"在村里住了三天，他说三天胜似在城里待十年，三天他就把一个村子了解"透"了。初八上午，他突然提出要去那座楼房里看看。他说这些天人们一直提那"楼屋"，一说就说到那"楼屋"了，说得神神秘秘玄玄乎乎。他说他很想去看看，问杨书印能不能领他去。

杨书印说："村里有很多传言，说那房子邪。这种事不可不信，不可全信。你还是别去了。"

"马作家"说："迷信，全是迷信！我一定要去看看，你领我去吧。"

杨书印迟疑了一下。他也是不信邪的，他不是怕，他是觉得进那狗日的楼丢身份，他心里不痛快。

"马作家"习惯性地一推眼镜，说："怎么，你也怕呀？老共产党员了，还信这一套？"

杨书印被缠得没有办法，于是就领他去了。两人在楼院里转了一圈，上上下下都看了看。临出门时，"马作家"擦了擦头上的汗，说："没有啥嘛，没有啥。不就是一座房子嘛！"杨书印也淡淡地说："没有啥。"然而，不知为什么，两人心里都怯怯的。

中午，杨书印摆了一桌酒菜给"马作家"送行。在酒桌上，"马作家"

十分激动，连声感谢村长的支持。他说他回去要写一篇"爆炸性"的报告文学，爆炸性的！懂吗？他说他过去写过不少谎言，这次一定要写一篇真实的东西，最最真实的东西，一流作品！他说细节太多了，太精彩了，全是"第一手资料"。他还说他要把杨如意发了财之后一天换一个女人的"细节"写进去，毫不掩饰地写进去……于是，话越说越近，两人就称兄道弟，一杯接一杯喝酒。

"马作家"酒量很大，茶量也很大，他一边喝酒一边喝茶一边吃菜一边说话，很有大文人的派头。他说："文人，烟酒茶嘛。"杨书印也从来没像今日这么高兴过，他兴高采烈地陪着作家，也是一边喝酒一边喝茶一边吃菜一边说话，很有点老村长的风度。两人一时劝"哥哥"喝，一时又劝"老弟"喝。酒至半酣，菜也尝遍了，"马作家"推一推眼镜，红羞半隐，吞吞吐吐地说："老哥，现在物价涨得太快了，简直是火箭速度。不瞒你说，家里油不够吃了，你弟妹总是埋怨我。要是有便宜些的香油，能不能稍稍给我买一些？不要多，二斤就行……"杨书印听了，哈哈大笑说："买什么，太外气了！你咋不早说……"说着，立时吩咐女人准备十斤小磨香油，好让作家老弟走时带去。作家老弟慌忙掏钱，好一阵子才摸出两张十块的，杨书印忙拦住说："干啥，干啥？拿钱就太不够意思了！十斤油算啥？装起来，装起来。"作家老弟带着几分羞愧迟迟疑疑地把钱装起来了。于是又喝……

送走作家，杨书印挺身在村口站着，心情十分之好。他知道那狗日的杨如意完了，这么一折腾他就完了。娃子呀，你再精明也不是老叔的对手，你毁了……

日光暖暖的，天晴得很好，田野里绿汪汪一片，凉凉的泥土的腥味随风飘来，远处传来老驴"咴咴"的叫声。杨书印轻飘飘地走着，浑身上下每一个毛孔都是舒服的。他觉得大地像碾盘一样缓慢地在他眼前旋转，他的一个小指头轻轻地动了一下，那"碾盘"就转得快了些。村街里，房子倒过去了，人、狗、猪也都缓慢地倒过去了。人颠倒着走是很有意思的，有意思极了。他哈哈笑着往前走，人像小船似的摇着，他说："毁了，毁了，你娃子毁了……"这时他觉得心里有一股热流慢慢地往上涌，只有小肚儿沉甸甸的。他拍了拍小肚儿，两只膀子一耸，就把披着的皮袄甩在地上了。继而他从容不迫地解开了裤带，掏出那硕大无比的"阳物"，对着阳光，对着土地，对着村街，对着人、狗、猪撒出了射线一般的热尿。那尿珠沉甸甸的，溅出了五彩光芒。这泡热尿憋得太久了，他撒得好舒服好痛快好惬意！三十多年来，他从没有这样舒服过。他觉得他从一层厚厚的壳子里脱出来了，他扔掉了戴了三十多年的面具，重新还原成一个人了，赤裸裸的人。他说，日他妈，我就是比别人尿得高！不信你看看，我就是尿得高。他双手捧着"阳物"，就像端着一架高射机枪一样，一路撒去，两眼紧盯着那白白的尿线。那尿线冲浇在冬日的黄土地上，曲曲弯弯地跳动着。他心里说："日他妈，我划一道线，我划一道线就不能从这儿过了。谁超过这道线，我就收拾他驴日的！"于是他一路尿去，走着尿着，尿着走着……

村街里一片惊呼声。女人们吓得四处逃窜，她们眼看着五十多岁的村长杨书印竟然站在当街里撒尿！那硕大无比的"阳物"一甩一甩地裸露在裤子外边，神气气地一路尿来，带着野蛮蛮的架势。

女人们慌乱的身影使杨书印脑海里出现了桃红色的遐想。他忽然记起三十年前他当耕读教师时在课堂上讲过的那句话，是他从书上看到的。他说："同学们，宁吃鲜桃一口，不吃烂杏一筐。"他吃过"鲜桃"吗？除了自家女人，他还"吃"过什么？他觉得太亏了，这一辈子日他妈太亏了，还不如那狗儿杨如意。三十多年来他正正经经地披着一张人皮，见了女人连看都不敢多看。其实他是很想看很想"吃"的，假如有那么一天，他真想把全世界的漂亮女人都"吃"了，一个不剩，统统"吃"掉。他太亏了，他只偷过一次嘴。狗儿杨如意说他"覆"过三次，那是扯淡！他就在苇地里干过一次，他把花妞干了。花妞那年才十七岁，长得水灵灵的，比鲜桃还嫩。他早就想下手了，可他一直捞不着机会。他处心积虑地想了半个月，才在苇地里把花妞干了。他脑海里又出现了苇地里那一刻间的快乐，那一刻间胜似十年！他仿佛又听到花妞那轻轻的让人心荡的叫声："叔，你别。你是叔哩，你别……"他心里说，啥叔不叔，老子是男人啊，男人！想到这里，他又哈哈笑了……

村街里，男人们跑出来拉住他说："书印，你喝醉了，快把家伙装起来吧，多寒碜啊！"

杨书印摇摇晃晃地捧着"阳物"，又横着撒了一圈尿水，瞪着眼说："日他妈，老子当了这多年干部，连尿一泡的权利都没有了？你管老子，你算个球！"

杨书印觉得他整个人都飘起来了，飘到空中去了。他眼前那模糊不清的人全成了侏儒，像蚂蚁似的，他一伸手就能捏死几个。三十多年来他一直日哄着这些鳖娃奔生路。他为他们操了不少心，他图的什么？假如能坐坐北京"金銮殿"，那也值了，屌的一个村长，整日里操不完的心，防了这个又防那个，火柴盒大的乌纱，也得小心护着。自己想说的话不能说，自己想干的事也不能明着干，弄不好，鳖娃们就掀翻他了。屌哩，整天得挺住个身架子，唬着个屌脸，装模作样地说些官面上的话。累呀，一天一天地算计着跟鳖娃们斗心眼，上头吐口唾沫下边就是雨，还得小心躲"雨"，不能让"淋"着。一会儿是"高级社"，一会儿是"大队"，一会儿是"革委会"，一会又是"行政村"，一网一网地"捞"你，弄不好就给"网"住了。人谁不想吃好点穿好点过得好点？可日他的你就不能这样说，你得说为别人。这为别人，那为别人，都他妈是假的。老子要不为自己过得好些，日日盘算，夜夜思谋，能干那些事吗？够了，够了……

女人慌慌张张地从家里跑出来，这会儿她也顾不了那么多了，红着脸跑到跟前，赶忙给他往裤裆里塞那"阳物"。他手一扒拉就把女人甩到地上去了，捧着"阳物"又是一阵扫射……

有人实在看不下去了，骂道："几十几的人了，啥东西！"

他摇摇晃晃地朝那人扑过去，走着喊着："啥东西？日你妈，肉东西，叫你女人来试试?!"

旁边有两个汉子架住了他，劝道："醒醒吧，书印。看你醉成啥了？赶紧回家吧。"

他推开了扶他的汉子，叉着腰说："谁醉了？谁醉了？谁敢说老子醉了？老子一点也不醉，老子账记得清着呢。一九六……七年……五、五月十、十四……老、老、老子……在苇、苇地里，把、把花妞日、日了……老子醉不醉？"

人们一下子愣了，都呆呆地望着他。

女人像疯了一样扑上去打他："你胡呲个啥？你喝了几口猫尿胡呲呲啥哩?! ……"

"站开！"他吼了一声，一扒拉又把女人扒拉到边上去了。他拍着胸脯喊道："说老子一九七六年吞了五千块救济款，是老子独个吞了吗？日他娘，老子只得了三千六，剩、剩下的……"

女人慌了。女人不敢看众人，忙上去捂他的嘴，两人一骨碌摔倒在地上。杨书印觉得摔得一点也不疼，身子像棉花包似的，很轻。他从地上挣扎着爬起来，扯着喉咙喊道："说老子倒腾了一万四千斤公粮，说老子在窑上拉了四万块砖，说老子占了人家的宅基，逼了人命……老子都认了，老子站在当街里认！看谁敢咋老子?! 嘀咕？嘀咕啥嘀咕……"

女人哭着说："别信他胡说，他喝醉了，他喝醉了……"

他跌跌撞撞地往前走，走着说着："醉个屌毛灰！老子清楚着哩。"

村街里一群娃子在他身后跟着看热闹，他猛地就转过身来，红着眼说："跟啥跟?"娃子们"哄"一下吓得四下跑。他却呵呵一笑说："尿、尿哩。"于是又捧着"阳物"一路撒起来。他的尿水很旺，洋洋洒洒地从村东尿到村西，而后又原路撒回来。细长的连绵不断的尿线在他眼前冲出了一条五彩缤纷的路，他三十年来紧锁在内心深处的本能一下子全释放出来了，一个赤裸裸的灵魂还原了。人们所看到的已经不是那个沉稳老辣含而不露的村长了，而是一个还原了本来面目的属于高级动物的人。他那随着尿线撒出去的目光里充满了各种各样的欲望，那欲望是强烈的、热辣辣的。女人看到这样的目光会脸红，男人看到这样的目光会畏惧，连猪狗都在这样的目光下逃避……他骂着尿着，尿着骂着，一路坦坦荡荡……

只有一群一群的娃子像看猴戏似的跟着他，直到他躺倒在村头的麦地里。他舒舒服服地躺下了，像躺在软床上一样，四肢叉开，挺出一个"大"字来。当家人往家里抬他时，他还烂醉如泥，全然不知。

这是杨书印（作为人）最为幸福的一天，也是扁担杨村最耻辱的一天。他敞着"阳物"整整尿了一条村街。历任干部虽然也有喝醉酒尿到人家灶火里的，但谁也没有醉到这种地步，竟然敞着"大物件"在村街里荡荡地走。这是人干出来的事吗？这行为是连猪狗畜生都不如的！谁家没有老婆孩子？谁家没有姐姐妹妹？而且他张狂着说出来的那些话都是犯"天条"的！

这天，扁担杨村人干活、走路全都默默的，头都不抬，更是一句话也不说，连一向嘴快的大碗婶嘴上也像是贴了封条。扁担杨出这样的事，真是太叫人难堪了。

一根在扁担杨村立了三十多年的"旗杆"倒下了。杨书印完了，人们都知道他完了，他在扁担杨村再也抬不起头了。他精明了一世，算计了一世，却还是完了。一个高大的彪悍的身影，在扁担杨人的心目中毁了……

于是，人们想起杨书印原是不喝酒的，他一向滴酒不沾。这就更使人疑惑：一个滴酒不沾的人，怎么一下子就会醉成这个样子呢？

那么，唯一的解释是他上午到那座楼房里去过。他中邪了！后来，有许多村人证明杨书印那天从楼院里走出来时恍恍惚惚的，脸色不好。十成十地中邪了。

（据说，那位跟杨书印去楼里看了看的"马作家"后来也出了事。他在回省城的路上汽车出了事故，一车人都好好的，单单他被撞断了三根肋骨！）

又是那座楼房……

三天后，年轻的村支书来找杨书印索要公章，本打算客客气气地安慰杨书印几句，接着说要盖个证明材料，腔不能高，但要说得有分量些。可他在杨书印家门前转了三圈，还是没敢进去，他怯，那怯是久存在心底里的。杨书印毕竟是杨书印，人倒了，威还在呢！最后，这年轻的村支书，咬了咬牙，一跺脚说："我怕个屌呀！"还是硬着头皮走进去了。

推开门，他愣住了。那公章就在堂屋门口的小桌上放着，已经放了三天了。

杨书印知道他完了，他知道。

在杨书印经历了这场"大荒唐"之后，在村人们经受了难以承受的耻辱之后，人们都觉得杨书印再也不会出门了，再也没脸出门了。一个靠智慧靠心计赢人的历程应该说就此完结了。

是的，杨书印整整在床上躺了半个月。在这半月时间里，谁也不知道他究竟想了些什么，连他的女人也不知道，只见他整天大睁着两眼望着屋顶……

直到有一天，人们见他走出家门时，他脸上已没有了那很深的诡秘和威严，没有了经过周密盘算之后的智慧的燃烧，没有了那种叫人胆寒的脚步声，变成了一副苍苍凉凉、空空明明的样子。他的一只手像孩子般地举着，好像端着什么，却什么也没有端。他站在像鬼一样蹲着的来来面前，哈哈大笑。笑着，那只空举着的手还动着，好像是举着一个盆样的东西……来来也笑，呵呵地傻笑。

杨书印完了，什么也不是了。可人们仍然怵他，因为人们不知道他那空举着的手里到底端了什么……

八十三

有人说，对那楼屋得以邪治邪，以恶降恶。得用屎尿血秽之物泼它，天天泼，泼上一百天，那邪气自然就退了。

只是没有人敢去泼。

八十四

天阴着，村子越发地闷了。寒冬腊月里，常见瞎眼的四婶一个人拄着棍进城去监狱探儿子，小脚一步一步地挪出村子，跨过小桥，路漫漫，人凄凄，谁见了都会掉泪。

村街里空荡荡，肆虐的寒风"呜呜"地吼叫着，年轻的汉子竟然一个也看不见了，再也瞅不到揣怀倚墙而蹲的男人了。只有傻来来鬼似的在门口坐着，仍旧是两眼发直。

罗锅来顺还在草棚里住着。他极少出门，见了人也都是惶惶的，像欠了什么。他任冻死也不住那楼房了，就每日里病恹恹地在草棚里躺着，有一天，人们见他探出头来叫独根，叫了两声，也就住了。

下雪那天，罗锅来顺悄没声地去了。谁也不知道他是什么时候死的。只是天黑时，见杨如意骑摩托回来了，他进草棚不久，里边便传出了狼嚎一般的哭声……

按平日，到这时候，村人们该是蜂拥而至的。罗锅来顺一生不容易，这会儿人死了，说啥也该去送送他，见上最后一面。然而，村里没有一个人去。不是嫉恨死人，是恨那狗儿杨如意。再说，也怕那楼屋的邪气。

这晚，一村人都没有出门，只静静地等着。等什么呢，那又是说不清的。

二日，杨如意匆匆地骑着摩托出去了，半晌时分，打棺材的匠人请来了，城西"国乐队"的人请来了，连外路的亲戚也陆续到了。唯有本族的人没来一个。杨如意里里外外地张罗了一阵，便沉着脸走出楼屋，在村街里来回走了两趟，仍是没碰上一个人。村街里冷冷清清的，只有雪飘飘扬扬地下着。

终于，杨如意扔掉烟蒂，叉腰在当街站了，哑着喉咙高声喊道："老少爷儿们听着，我爹过去了。有哪个愿上坟打墓的，一人三十块！愿出来送殡的，不论亲疏远近，闺女媳妇、大人小孩，一人五块……"

杨如意在村里喊着走着，走着喊着，村东村西都喊遍了，还是没有人出来。他站住了，两眼红红的，牙咬得咯咯响，末了，又挺身高声喊了一遍："全村的老少爷儿们听着，我爹活着的时候没有对不起你们的地方。这会儿我爹过去了，众位乡邻不看活人看死人，若是还念一点情分，看起我爹的老脸，愿打墓的，一人四十块！愿送殡的……一人十块！"

没有人应声。

　　村街里仍是空空荡荡的，瞅不见一个人影儿。砭骨的寒风挟裹着雪粒呼啸着一阵阵灌进来，天地一片孝白。雪地上只有两个孤孤单单的脚印⋯⋯

　　谁家死人没人帮忙呢？亲戚们实在看不下去了，劝杨如意说："如意，去吧，恁爹一辈子就这一回事。去一家一家地给人磕头送孝吧，这是规矩。一家一家地磕头，一家一家地送孝，进门就跪下，头磕烂也得把人请来！这是恁爹的大事呀⋯⋯"

　　杨如意脸色发青，嘴唇都咬出血来了。他一声不吭地在村街里站了很久。而后，他大步走回来，一阵轰鸣之后，他又骑着摩托冲出村去了。

　　午时，杨如意回来了，摩托后边跟了两辆拖拉机，拖拉机上站满了人。这些人全是他花钱从邻村雇来送殡的。这年月只要给钱，总有人干。车上大人小孩都有，一下车整个村子立时热闹起来。

　　午后，鞭炮噼里啪啦地炸着，响器呜哩哇啦地吹着，拿了钱的外村人各司其职，里里外外地忙碌着，把村街里的雪都踏黑了⋯⋯

　　不到一顿饭的工夫，一支浩浩荡荡的送殡队伍出现在村街里。前边站的是打引魂幡的老人；接着是满身重孝的杨如意；再后是外路的几位亲戚；跟着又是吹吹打打的两班响乐；中间是十六条抬棺材的壮汉；挨着是一群举花圈的女人小孩；后边又是撒纸钱放响铳的⋯⋯一个个欢欢喜喜踏雪而去。

　　虽然是花钱请来的送殡队伍，那情景也是十分的壮观体面。一切按古礼进行，该做的殡仪都做了。

　　当送葬队伍来到村口时，却突然地停住了。鼓手们正吹到热烈处，突然间噎了半口气在肚里；抬棺的汉子正走得有劲，也一个个像钉住了似的桩立；举花圈的女人孩子不知怎么回事，叽叽喳喳地互相问："怎么了？怎么了？"所有的人都愣住了：

——在村口的雪地上站着一个人。那人腊月天光着黑黑的脊梁，金鸡独立在寒风中，一动也不动。那是瘸爷，本姓本族德高望重的老族长瘸爷。是瘸爷拦住了这支送葬队伍。

瘸爷很久没出过门了。村里又接连发生了很多事，他都充耳不闻。他知道不解开那个"⊙"，他是没有办法解救村人的。他重又陷进那个深不可测的"⊙"里了，每日里苦苦思索着。倏尔间似乎捕捉住了什么，倏尔脑海里又空荡荡的，一片茫然。他太苦了，为族人他的心血都快熬干了……

本来，听到罗锅来顺的死讯，他是很悲伤的。他等着杨如意送孝来，只要那狗儿来磕头送孝，他是会去的。他是老族长，村里死了人，按规矩是该来请他去安排葬礼的。他也不能不去。可一等不来，再等不来，瘸爷实在忍不下去了。这世间难道没有"章法"了吗？瘸爷站出来了，他要治治这娃子。

光着脊梁的瘸爷在漫天飞雪的寒风中定定地立着。他手里拄着那根拐杖，两眼瞪得黑凤凤的，牙咬得"咯咯"响，厉声喝住送葬队伍："站住，本村本族的人都死绝了吗？叫你娃子去请外人来给你爹送殡！就是死光死绝了，你娃子背也得把你爹给我背到坟里！哼，请人送殡，丢你十八代祖宗的人！"

满身戴孝的杨如意往前跨了一步，冷冷地说："丢人丢我自己的。瘸爷，我爹过去了，让他老人家安安生生上路吧。"

瘸爷气得七窍生烟，牙都要咬碎了，他抖抖地指着杨如意说："好。娃子，你有钱，你中！你可以请人送殡。既然村里族里的人都死绝了，你、你……过去吧！"

杨如意看了看瘸爷那冻得黑紫的胸膛，慢慢地说："我求过爷儿们了。话说了，路走了，还要怎样？"

"娃子，你……欺人太甚！"

"不敢。"

一阵冷风袭来，瘸爷哆嗦着嘴唇说："行啊，你娃子行啊！你娃子愿出钱葬父，你娃子给三十，多大的价呀！爷儿们稀罕你那几个钱吗？嗯？仁义是用钱能买来的吗？你娃子不仁，爷儿们不能不义……"

"瘸爷仁义，我服了。"杨如意平静地说。

这当儿，村里人全都跑出来了。人们齐齐地站在瘸爷的身后，黑压压一片。人们都不吭声，只默默地望着瘸爷。这会儿，只要瘸爷一发话，他们会拥上去揍死那狗日的。

瘸爷站着。

杨如意也站着。

两人目光相对，眼里似要迸出火星来！

瘸爷泼命了！瘸爷光出脊梁来就是想跟这娃子泼命的。瘸爷不怕这娃子，这娃子是他看着长大的，这娃子也一样在土窝里滚过，小时也是用黑窝窝一口一口喂大的。现今他仗着有钱就能乱了规矩吗？瘸爷只是心里寒，那高大的楼房就像是在他眼前矗着，银光闪闪地映出一个巨大的"⊙"，瘸爷突然觉得两眼发黑，头嗡嗡地转，可他还是硬撑着，他要撑到最后一刻！

杨如意往前跨了一步，却又站住了。他握紧双拳，恨不得把这老东西扔到雪地上。后爹苦了一辈子，临死还不让他安生吗？

天太冷了，瘸爷的整个身心都要结冰了。他浑身冻得黑紫，脸像干瘪的紫茄子一样抽搐着，一股浓重的寒气在他五脏里游走，而后全身的神经都像冰坨子一样一点一点凝固。他几乎站不住了，那条独腿冰棍似的木着，黑塔一般的身量歪歪地向一边倾斜，压在那根拐杖上。可他还是站着的，那只青筋暴凸的老手抖抖地指着杨如意，眼里喷射着绝望的死光……

雪默默地下着，北风怒吼，天地间一片耀眼的冷白。周围的人也都默默地站着，揪心地望着这位愤怒得快要爆炸的瘸爷，老人命都不要了，时刻都有倒下的危险！

老人太可怜了，天啊，你睁睁眼吧！

杨如意那逼人的目光一点一点地短回去了。他望着摇摇晃晃的老人，终于说："人已经请了，钱也花了。瘸爷……"

瘸爷抖动着身子，撑着一口气，依旧是很强硬地说："咋请来的咋请回去！我还没死呢，按老规矩！"

杨如意扭头看了看送殡的队伍，咬着牙说："我要不呢？"

瘸爷"咚"地拍了一下胸脯，喊道："娃子有种，就从我身上踏过去吧！我看着你娃子从我身上踏过去！只要我还有一口气在——"说到这儿，瘸爷"咳"了一阵，身子斜得更厉害了，可他还是挣扎着大声喊，"来吧，娃子，来吧！"

人群开始往前蠕动了，人们挤挤地往前拥着，想要上前扶住瘸爷……

杨如意用怜悯的眼光望着老人，此刻，他的心软下来了，一声长长的叹息从他的内心深处发出来，他轻声说："瘸爷，你太老了……"而后，他缓慢地转过身去，双手一拱，对请来送殡的外村人说："各位对不住了。族人都是很仁义的，是我杨如意不是人，礼数少了，既然族人愿意帮忙，那就请各位回去吧。大冷天劳大家走一趟，得罪了。多多包涵吧。钱，我照付……"

来送殡的外村人一看这场面，也就乐得清闲，钱挣到手了，立时一哄而散……

瘸爷大手一挥，吼道："接过来！来顺走了，咱要排排场场打发他。叫娃子看看，这世间还有仁义在！"

村人们被瘸爷的凛然之气打动了，一个个心里热乎乎的，说话间呼啦啦拥上前来，打幡的打幡，抬棺的抬棺，秩序井然不乱……

这是一个极其宏大悲壮的场面，是精神火炬最成功的也是最后一次燃烧。全村的男男女女老老少少全都加入了送葬的队伍，连孩子也被这肃穆、神圣的气氛镇住了，悄悄地跟在队伍里走。一千多人的送葬大队齐刷刷地走在雪地上，没有人说一句话，默默地走着，默默地，默默地……

身穿重孝的杨如意被甩到一边去了。没人招呼他，也没人理他。他简直成了一个与此毫不相干的局外人，一个被人遗弃的狗杂种！他孤零零地站在那儿，眼看着这支前不见头后不见尾的无声的送葬队伍从他身边走过，走过……

到了坟地，待死人下葬后，全村人又在瘸爷的带领下，庄重肃穆地去给死者添坟，每人捧上一抔雪土挨个去添，千百双手在雪地上挖出了一个个土坑……他们要把罗锅来顺的坟头添得大大的、高高的，好叫那狗儿看看"仁义"的力量，看看众人的骨气，看看这世间罕见的扁担杨村人的壮举，好叫后人们记住这次葬礼，记住这"仁义"之墓是怎样垒起来的……

添了坟，村人们搀扶着瘸爷一个个散去了。坟地里又剩下了最后才跟来的杨如意，他还是一个人孤零零地站在坟前。

这天晚上，村里没有一个人到杨如意家去吃丧宴，也没有人去喝他一口水，吸他一支烟。连外边的亲戚们也受不住这样的冷落，匆匆上路了。他们按瘸爷的吩咐，就是要让这狗日的看看，不花钱也是可以打发死人上路的。只要有"仁义"在，钱是买不来"仁义"的……

瘸爷为这仁义之举一连发了三天三夜高烧。昏迷中，他眼里还一直映着那个巨大的"⊙"……

七天孝满。瘸爷在病床上召集全族的长者商量续家谱的大事，待人齐之后，他又打发娃子去把杨如意叫来了。瘸爷当众对杨如意说："娃子，你爹去了，后事也都安排妥了。有一句话我得说：你本就不是杨家的人，家谱上也自然不能有你的名字。从今往后，你行事立人，好好歹歹都与本族无关。记住，你不是本族的人了。你……去吧。"

"带肚儿"！

族人们都知道杨如意是"带肚儿"，是他娘从北乡带过来的，不是杨家的种。过去人们认下了，那是为他爹。这会儿他爹去了，情分也就了了。现在，杨如意不是本族的人了。瘸爷当众明确地告诉他，你杨如意不是本姓本族的人了……

杨如意眼默默地闭了一会儿，牙咬了又咬，一句话也没说。他是很想回到村里来的，他在外奔波得太苦了，人们各样的脸色也都看遍了，他早就打了回村来的主意。他跟杨书印斗的目的，就是想有朝一日能回到村里来，在家乡盘下个窝。人是离不开热土的，他总算把杨书印斗垮了，那样强的十二万分精明的角色都被他斗垮了，可他没想到这块土地是不容他的。族人，广大的族人也不容他。到了这时候，他才晓得，扁担杨村最厉害的人并不是杨书印，是这块土地，还有世世代代在这块土地上生活的人们。他们才是最最厉害的，再强硬的人在他们面前也是无能为力的。这群常常受人欺负、吃苦受罪的人比城里人有更可怕的地方……

杨如意不动声色地点上一支烟吸着，直到一支烟吸完了，他把烟蒂儿扔在地上，大脚一踩，说："我也正想找瘸爷呢。想让瘸爷给村里老少爷儿们捎个口信：有哪位兄弟想去涂料厂干活，车在村口等着呢，月工资一百元……"

瘸爷慢慢地睁开眼来，翻眼皮看了看杨如意，问："就这话？"

"就这话。"

"说完了？"

"说完了。"

瘸爷眼一闭，摆摆手说："你走吧。"

杨如意看看瘸爷，又瞅了瞅众人，似乎还想说一点什么，可他摇了摇头，大步走出去了。

瘸爷默默的。

众人也都默默的。

半夜时分，瘸爷一个人悄悄地走出家门，缓慢地朝村街里走去，村街里静静的，月光像水一样泻在大地上，映着一个凄凉的老人的身影。老人抬起头来，定定地望着那高高矗立着的楼房，那楼房在月光下被一团一团的黑黑白白的雾气裹着，像狰狞的巨兽一般焰焰放光。瘸爷极力克制住内心的颤抖，一步一步地朝那高大的楼房走去。他要好好看看这座充满邪气的楼屋，好好看看它。瘸爷走得很慢，眼前冒着碎钉一般的金花，恍惚中，一个巨大的闪光的"⊙"朝他压过来了，瘸爷在这个朝他压过来的"⊙"里蓦然地看到了他的凄惶的一生，看到了他的生命之源。在生命将尽的最后一瞬间，人生的轰毁在老人的脑海里出现了。那久久不能破译的"⊙"逐渐走向明朗了……他突然想问一问自己：人活着是为了什么？人又是什么东西？给万物以生命又养育了万物的大地又是为了什么？

可惜这一切都来得太晚太晚了。一条绳索，自己为自己精心编制的绳索，已紧紧地勒在了他的脖子上……

这晚，狗咬了一夜。

第二天早上，人们发现瘸爷吊死了，他吊死在那楼屋的铝合金大门上！一根新搓的麻绳勒着脖子，两眼喷着愤怒的火焰……

瘸爷败了。瘸爷以死相搏，终还是败了。瘸爷高挂在大门上，人们仿佛听到了瘸爷那无声的呐喊。瘸爷以死来昭示人们，他为扁担杨村人做了最后一件事……

瘸爷眼里没有恐怖，他再也不怕那所楼房了，他死了。

老族长的暴死激起了全村人的义愤。人们悲愤地把瘸爷的尸首从大门上卸下来，死后的瘸爷浑身僵硬，两眼仍然睁得很大，那很吓人的目光里仿佛要告诉人们什么，可他说不出来了，再也说不出来了。

胆大的村人试图把瘸爷的两眼合上，可那眼皮怎么也合不拢，就那么直直地瞪着……

瘸爷要告诉人们什么呢？

他是在诉说扁担杨村不该失去的"仁义"二字吗？他是在讲述弄得整个村子鸡犬不宁的那个一直不能破解的"⊙"的秘密吗？他是在痛骂这所楼房带给村人的妖邪之气吗？他是在呼唤人间最淳朴的乡情吗？

没人知道。

瘸爷以他生命的最后之光，以他那凛然的正气与邪气抗争，他把自己高高地挂在那铝合金做的大门上，用死亡给扁担杨村人留下了一个巨大的问号。

但愿瘸爷的浩气长存！

村人们自然又忆起瘸爷一生为人们做下的一件件善事，看他临老落得这样悲惨，一个个都落下泪了。整个村子充满了死亡的恐怖，那高吊着的尸身给人们带来了强烈的压抑和悲痛！村子里哭声连天，骂声连天，都说是好好的一个村子糟在杨如意手里了，一切都是那狗儿杨如意作下的孽！

一时，全村人同仇敌忾，一个个眼都恨红了，大叫着不能轻饶那狗儿杨如意！于是，村里由老辈人出头，全村老少一致同意，决定把瘸爷的尸身暂时停放在杨如意门前，等那狗儿回来之后，逼迫他大祭瘸爷！

把瘸爷的尸身停放在狗儿门口，就是为了治杨如意。他们已经想好了：

一、开门十天，高搭灵棚，八班响乐对吹。

二、置办上好的柏木棺材一口，得刻上"福禄寿"三字，金镶边抹三十八道老漆，少一遍漆也不行。

三、棺木里要铺金盖银，一项不少，还要置办春夏秋冬四时送老衣，一式十二套，里外三新，单、棉、皮一样不少，世上有啥料子，就得扯啥料子，总共是四十八套七百零二件，一件不能少。

四、全村人戴重孝给瘸爷送殡，全套孝衣（不要平布料）由杨如意置办，然后一家一家去磕头送孝，不论大人小孩，见人就磕头，少一家也不行。

五、开门十天里，家家断炊，丧宴由杨如意置办。全村三千口人（不管出外的还是在家的）来了就吃，啥时想吃啥时吃，吃流水席，早晚不误。

六、十天后让杨如意披麻戴孝亲自为瘸爷摔老盆（老盆上应钻七十六个眼，全由杨如意一人钻），还要一步一磕，三步一祭，行"二十四叩大礼"把瘸爷送到坟里。

七、"二七"给瘸爷请匠人扎房子，三进院的，骡马牛羊全扎，要丫鬟仆女成群……

为了出这口恶气，村人们把凡是能治人的、能花钱的点子全想出来了。殡葬瘸爷的一切费用当然都得让那狗日的杨如意掏。他们要在十天内好好摆弄摆弄他！吃不垮他也要拖垮他，拖不垮他也要日弄垮他，要把这狗儿日弄得死不了活不成，净净光光才罢手……

这是个阴郁的日子，也是个欢乐的日子，村里村外一片喧闹，就等杨如意回来了。

当天，村里就派了八条壮汉进城去"请"杨如意回来。可去的人连杨如意的面都没见，没找到他。第二天，村里又派了十二条壮汉虎汹汹地进城去了，说是揪也要把他揪回来！然而，进城的汉子回来说，这回杨如意真坏事了，省、市、县三级调查组正在查他的账目呢！报纸上把他吹得太厉害了，很多人写信告状，他还有很多问题都露出来了，专门到扁担杨采访的那位作家的报告文学发出来之后，上边很重视，杨如意狗儿已经被隔离审查了，谁也不让见。第三次，村里出动了上百人，说是抢也要把这狗日的抢回来……

可是，拥进城去的人又听说杨如意逃跑了，他乘人不防悄悄地溜了，连公安局都在通缉他呢！这狗儿临逃跑时还叫人捎话说：

他还要回来的。他还要回来！

（但也有人说，那狗儿杨如意疯了，他被送进疯人院了。他也中了邪。他能不中邪吗？）

找不到杨如意，村人们也只好草草地葬了瘸爷。草草的，没人愿出钱，也只好委屈他老人家了，幸亏还没用席裹……

尾声（一）

罗锅来顺死了。杨如意如今也不见踪影了。只有那座楼房还高高地矗立在扁担杨的土地上。它成了一座空楼，一座谁也不能毁掉的楼。它已扎在扁担杨村人的眼睛里，心窝里，再也没人敢轻看它了。

总还会有人走进去的，还会有。它太引人了！

一位有眼力的村人说：扁担杨村注定要经受这么一个罪孽深重的时期，注定要有人接连不断在那邪光里经受一次又一次痛苦的洗礼。在千百次血与火的冶炼熬煎中，那一声声灵魂的呻吟兴许会唤醒扁担杨村那些最优秀的后人。这些优秀者将重新去寻找，破译那个人生之"⊙"，那个不解之谜，直到解开它。

"⊙"解开之日，就是扁担杨村人得救之时。

寻找吧！破译吧！

那楼房就是解开这个"⊙"的唯一线索。

那楼房就是澄清这个"⊙"的唯一途径。

只有走进去的人才有希望……

尾声（二）

小独根的"百日灾"终于熬到头了。

黑漆漆的四更天里，娘带着小独根走出了家门。雾很大，天又黑，小独根抱着一只红公鸡，迷迷糊糊地往前走。路是看不见的。眼前全是很稠很湿很凉的雾气，娘领着他摸索着往前走。走着在心里数着步数，娘数，也叫他数……

终于走完这一百步了。娘站住了，他也站住了，眼前仍是雾，黑乎乎的雾，还是什么也看不见。黑暗中，小独根听见有人在叫他的名字，一声声叫，他很想转过头去看看，可娘把他拽得死死的，就是不让他回头。娘说："等吧，娃，红日头出来就行了。"小独根就等着，怀里那只红公鸡"扑棱、扑棱"地挣扎，他使劲抱紧那红公鸡，可它还是从怀里挣脱了，"刺棱棱"地飞了出去，小独根刚想撵，娘说："别动！"他就不动了，可他却趁势扭头看了看，他看见了那座高楼，高楼金光闪闪……

鸡叫了，天亮了，红日头出来了。娘松口气说："好啦。"小独根回过头来，蓦地，他发现那只红公鸡竟然飞到了全村的最高处——那楼房顶上，正引颈高歌呢！

小独根笑了。娘不知道他已回过头了，他看见了那高楼，他一定要进去看看……

尾声（三）

　　不久，扁担杨村又回来了一个财大气粗的年轻人。他在外闯荡了十年，人们连他的名字都忘记了，家里的父母也早已不在人世了。可他口口声声说他是扁担杨村人，是本姓本族的人。他在外边看见麦玲子了，是本村跑出去的麦玲子……这个年轻人回来后又张狂着要盖房子，要盖一所更大更高级的房子，盖一所扁担杨村人从来没见过也从来没听说过的房子。

　　他说，他有钱！

　　这娃子叫杨如意，村里原本是没有楼房的。

　　真没有吗？

1988 年